MISSION 3
ARIZONA MAX

Casterman
Cantersteen 47
1000 Bruxelles

www.cherubcampus.fr
www.casterman.com

Publié en Grande-Bretagne par Hodder Children's Books, sous le titre : *Maximum Security*
© Robert Muchamore 2005 pour le texte.

ISBN 978-2-203-02066-5
N° d'Édition : L.10EJDN000429.C015

© Casterman 2007 pour l'édition française
Achevé d'imprimer en mars 2017, en Espagne.
Dépôt légal : mai 2009 ; D.2009/0053/310
Déposé au ministère de la Justice, Paris (loi n° 49.956 du 16 juillet 1949
sur les publications destinées à la jeunesse).

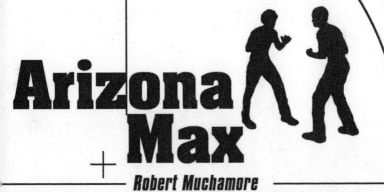

Arizona Max

Robert Muchamore

CHERUB/03

Traduit de l'anglais
par Antoine Pinchot

Avant-propos

CHERUB est un département secret des services de renseignement britanniques composé d'agents âgés de dix à dix-sept ans recrutés dans les orphelinats du pays. Soumis à un entraînement intensif, ils sont chargés de remplir des missions d'espionnage visant à mettre en échec les entreprises criminelles et terroristes qui menacent le Royaume-Uni. Ils vivent au quartier général de CHERUB, une base aussi appelée « campus » dissimulée au cœur de la campagne anglaise.

Ces agents mineurs sont utilisés en dernier recours dans le cadre d'opérations d'infiltration, lorsque les agents adultes se révèlent incapables de tromper la vigilance des criminels. Les membres de CHERUB, en raison de leur âge, demeurent insoupçonnables tant qu'ils n'ont pas été pris en flagrant délit d'espionnage.

Près de trois cents agents vivent au campus. Le rapport de mission suivant décrit en particulier les activités de **JAMES ADAMS**, né à Londres en 1991, deux opérations à son actif, un agent respecté et admiré de ses camarades malgré ses nombreux démêlés avec la direction de CHERUB ; **LAUREN ADAMS**, sa sœur, née à Londres en 1994, actuellement en session d'entraînement initial; **KERRY CHANG**, née à Hong-Kong en 1992, petite amie de James, rompue aux techniques de combat à mains nues; **GABRIELLE O'BRIEN**, née à la Jamaïque en 1991, meilleure amie de Kerry; **BRUCE NORRIS**, né en 1992 au pays de Galles, surdoué des arts martiaux; les jumeaux **CALLUM** et **CONNOR REILLY**, nés en 1993, spécialistes des épreuves d'endurance et des langues étrangères; **KYLE BLUEMAN**, né en 1989 au Royaume-Uni, dont le comportement disciplinaire est fréquemment mis en cause par les autorités de l'organisation.

Les faits décrits dans le rapport que vous allez consulter se déroulent en 2005.

Rappel réglementaire

En 1957, CHERUB a adopté le port de T-shirts de couleur pour matérialiser le rang hiérarchique de ses agents et de ses instructeurs.

Le T-shirt **orange** est réservé aux invités. Les résidents de CHERUB ont l'interdiction formelle de leur adresser la parole, à moins d'avoir reçu l'autorisation du directeur.

Le T-shirt **rouge** est porté par les résidents qui n'ont pas encore suivi le programme d'entraînement initial exigé pour obtenir la qualification d'agent opérationnel. Ils sont pour la plupart âgés de six à dix ans.

Le T-shirt **bleu ciel** est réservé aux résidents qui suivent le programme d'entraînement initial.

Le T-shirt **gris** est remis à l'issue du programme d'entraînement initial aux résidents ayant acquis le statut d'agent opérationnel.

Le T-shirt **bleu marine** récompense les agents ayant accompli une performance exceptionnelle au cours d'une mission.

Le T-shirt **noir** est décerné sur décision du directeur aux agents ayant accompli des actes héroïques au cours d'un grand nombre de missions. La moitié des résidents reçoivent cette distinction avant de quitter CHERUB.

La plupart des agents prennent leur retraite à dix-sept ou dix-huit ans. À leur départ, ils reçoivent le T-shirt **blanc**. Ils ont l'obligation – et l'honneur – de le porter à chaque fois qu'ils reviennent au campus pour rendre visite à leurs anciens camarades ou participer à une convention.

La plupart des instructeurs de CHERUB portent le T-shirt blanc.

1. Zéro absolu

Le grand jour est arrivé : vous allez participer au programme d'entraînement initial de CHERUB. Des agents qualifiés vous ont sans doute décrit les épreuves qu'ils ont affrontées au cours de ces cent jours particulièrement éprouvants, et vous vous faites déjà une petite idée de ce qui vous attend. S'il est vrai que chaque session poursuit le même objectif – éprouver votre endurance physique et votre résistance psychologique –, nous nous efforçons d'y intégrer des paramètres originaux afin de ménager l'effet de surprise inhérent à nos méthodes d'apprentissage.

(Extrait du Manuel d'entraînement initial de CHERUB.)

Courbées contre le vent glacial, les deux fillettes progressaient à pas lents dans la neige. Malgré leurs lunettes de glacier fortement teintées, l'effet de réverbération était si intense qu'elles ne voyaient pas à vingt mètres.

— On est bientôt arrivées ? cria Lauren Adams pour se faire entendre malgré le vent hurlant.

Bethany Parker consulta le GPS fixé à son poignet.

— Le point de passage se trouve à deux kilomètres et demi, répondit-elle. On devrait y être dans quarante minutes.

— Si on veut se mettre à l'abri avant la nuit, on a intérêt à se grouiller.

Elles tiraient derrière elles des traîneaux ultralégers qu'elles pouvaient hisser sur leurs épaules lorsque le terrain se faisait plus accidenté. Elles s'étaient mises en route à l'aube en direction d'un objectif situé à quinze kilomètres du camp de base. Hélas, en Alaska, au mois d'avril, les jours ne duraient pas plus de cinq heures. Elles devaient progresser dans une couche de cinquante centimètres de poudreuse. Chaque pas mettait leurs cuisses et leurs chevilles au supplice.

Malgré les trois épaisseurs de tissu qui couvraient ses oreilles, Lauren fut la première à entendre le sifflement.

— On va encore s'en prendre une bonne ! hurla-t-elle.

Les deux jeunes filles s'accroupirent derrière leurs traîneaux dressés à la verticale et s'accrochèrent fermement l'une à l'autre. Sur une plage, on peut entendre une vague gronder avant qu'elle n'atteigne le rivage. Dans les plaines neigeuses d'Alaska, un sifflement aigu annonçait chaque bourrasque.

Lauren et Bethany étaient équipées pour affronter le grand froid. Elles portaient un T-shirt à manches et un caleçon long ; une combinaison polaire à zip qui recouvrait tout le corps, à l'exception d'une ouverture autour du visage ; une sorte de grenouillère, conçue pour piéger la chaleur, qui ressemblait vaguement à un costume de lapin, la queue et les oreilles en moins ; des gants couverts de protège-gants étanches maintenus au-dessus du coude grâce à une bande élastique ; une cagoule ; des lunettes de glacier ; un anorak extrêmement épais ; des bottes fourrées aux semelles munies de crampons.

Cet équipement leur permettait de supporter les −18 °C ambiants, mais la température chutait de quinze degrés chaque fois qu'une rafale balayait la plaine. Le vent plaquait les vêtements contre la peau et chassait la couche d'air tiède accumulée dans les fibres synthétiques.

La bourrasque les frappa de plein fouet. Lauren sentit l'air glacé s'infiltrer dans les minuscules interstices de ses lunettes. Elle colla son visage contre l'anorak de Bethany et ferma les yeux.

Les deux fillettes chassèrent la couche de neige poudreuse que la rafale avait déposée sur leurs vêtements et se redressèrent, un peu chancelantes.

— Ça va ? cria Bethany.

Lauren leva les deux pouces en l'air.

— Tu crois vraiment que je vais flancher au quatre-vingt-dix-neuvième jour ?

• • •

Les filles atteignirent le refuge au moment précis où le soleil disparaissait à l'horizon. C'était un conteneur métallique orange fluo, au sommet duquel étaient dressées une antenne radio et une hampe où flottait un drapeau déchiré.

Elles déblayèrent la neige accumulée au pied de la porte puis s'engouffrèrent dans l'abri. Lauren tira les deux traîneaux à l'intérieur. Bethany alluma le radiateur à gaz.

— On a encore moins d'autonomie que la nuit dernière, dit-elle en ôtant ses gants.

Lors de leur première soirée passée en Alaska, elles avaient trouvé dans leur refuge deux grandes bouteilles de gaz. Elles avaient poussé le radiateur à fond, longuement réchauffé leur repas et fait bouillir de l'eau pour se laver. À court de combustible, le chauffage avait cessé de fonctionner au milieu de la nuit. La température intérieure avait brutalement chuté au-dessous de zéro. Échaudées par cette leçon édifiante, les filles avaient dès lors pris soin d'économiser leurs réserves.

En attendant que l'atmosphère se réchauffe, elles conservèrent leurs vêtements, à l'exception de leurs gants.

Elles procédèrent à un examen attentif des aliments à haute teneur énergétique qui avaient été laissés à leur attention : de la viande en boîte, des céréales, des pâtes précuites, des barres de chocolat et du glucose en poudre. Elles trouvèrent les ordres de mission concernant l'épreuve du lendemain, des sous-vêtements propres, des doublures de bottes neuves et des matelas en mousse. Grâce aux ustensiles de cuisine et aux sacs de couchage que contenaient leurs traîneaux, elles avaient de quoi se reposer confortablement pendant les dix-neuf heures qui les séparaient du lever du soleil.

Alors, Lauren remarqua un objet massif recouvert d'une bâche, à l'autre extrémité du conteneur.

— Je parie que ce truc a quelque chose à voir avec la prochaine épreuve, dit Bethany.

Elles découvrirent une boîte en carton de deux mètres de long sur un mètre cinquante de hauteur, sur laquelle était imprimée l'image d'une motoneige Yamaha.

— Cool ! s'exclama Bethany. Je ne crois pas que mes jambes auraient pu supporter une journée de marche supplémentaire.

— T'as déjà conduit ce genre de bécane ? demanda Lauren.

— Non, mais ça ne doit pas être très différent des quads de la résidence d'été.

— Prenons notre température et appelons le camp de base.

Les filles placèrent une languette de plastique sous leur aisselle.

— 35,5 °C, annonça Bethany. Tout va bien.

— Pareil.

C'était une température un peu basse, mais parfaitement normale pour des fillettes de dix ans qui venaient de parcourir quinze kilomètres dans un froid extrême.

Une heure de plus, et elles auraient probablement développé les premiers signes d'hypothermie.

Lauren alluma la radio, tourna le bouton de fréquence et porta le micro à ses lèvres.

— Numéro trois à instructeur Large. À vous.

— Instructeur Large, je vous reçois fort et clair, numéro trois. Bienvenue à la maison, mes p'tits sucres d'orge. À vous.

Lauren détestait la voix de Norman Large, instructeur en chef de CHERUB et sadique professionnel. Son rôle dans l'organisation consistait à placer les futurs agents dans des situations éprouvantes, tant sur le plan physique que psychologique. Il s'acquittait de ses fonctions avec un zèle remarquable. En vérité, il prenait un plaisir infini à faire souffrir ses élèves.

— Nous sommes arrivées au refuge. Tout est OK pour moi et numéro quatre, dit Lauren. À vous.

— Pourquoi tu n'utilises pas la fréquence cryptée, numéro trois ? demanda Mr Large. À vous.

Lauren, réalisant la bourde qu'elle avait commise, bascula le commutateur.

— Toutes mes excuses. Je suis désolée. À vous.

— Oh, je te garantis que tu le seras, désolée, et dès demain matin, quand tu seras en face de moi. Moins dix points pour Poufsouffle. Terminé.

— Terminé, dit Lauren, la gorge serrée.

Elle posa le micro puis donna un coup de pied dans la paroi métallique du conteneur.

— Je le hais !

Bethany lâcha un petit rire.

— Je crois qu'il te le rend bien, depuis que tu l'as massacré à coups de pelle.

Lauren sourit au souvenir de l'acte de rébellion qui avait brutalement mis un terme à sa première session de programme d'entraînement initial.

— Bon, au boulot, dit-elle. Commence à traduire ton ordre de mission. Je vais chercher de la neige. On a besoin d'eau potable.

Lauren s'empara d'un seau et d'une lampe de poche, entrouvrit la porte du conteneur et se glissa à l'extérieur par l'interstice, de façon à ne pas laisser entrer l'air froid. Il faisait nuit noire, et seul un mince rai de lumière s'échappait de l'abri.

Elle distingua une masse blanchâtre dans la neige. Elle se frotta les yeux, convaincue que son esprit lui jouait des tours. Elle alluma sa torche, poussa un hurlement, se précipita à l'intérieur du conteneur et claqua vigoureusement la porte.

— Qu'est-ce qui t'arrive ? demanda Bethany, en levant les yeux de son ordre de mission.

— Un ours ! s'étrangla Lauren. Il est couché juste devant. Je crois qu'il dort. Bon sang, un pas de plus, et je lui marchais sur la tête.

— Tu as des hallus, ma vieille.

Lauren leva les yeux au ciel et lui tendit la lampe.

— Vérifie par toi-même, si tu ne me crois pas.

Bethany passa la tête par la porte entrebâillée. Dans le faisceau de la torche, elle vit bel et bien un ours blanc qui ronflait paisiblement, exhalant des petits nuages de vapeur, à moins de cinq mètres de l'entrée du refuge.

∴

Lauren s'étant remise de ses émotions, les deux amies estimèrent que la situation n'était pas alarmante. La position de l'animal leur permettait de ramasser la neige qui s'entassait devant la porte sans quitter le conteneur. En outre, il leur semblait peu probable que l'ours demeure exposé au froid extrême tout au long de la nuit. Sans doute s'en irait-il trouver un abri avant l'aube.

La température intérieure s'éleva rapidement. Les filles ôtèrent leurs bottes puis mirent anoraks et combinaisons à sécher au-dessus du radiateur. Elles chaussèrent des baskets et s'allongèrent sur les matelas de mousse isolante. Lauren ouvrit des boîtes de cornedbeef et de fruits tandis que Bethany faisait fondre de la neige dans une poêle, sur un réchaud portable.

Une heure durant, à la lumière chancelante d'une lampe à gaz, elles étudièrent leurs ordres de mission. Ils ne comprenaient que cinq pages, mais celui de Bethany était rédigé en russe, et celui de Lauren en grec, deux langages qui employaient des alphabets non latins, et dont les deux jeunes filles ne maîtrisaient que quelques rudiments.

Leur objectif était simple. Elles devaient préparer la motoneige, monter les accessoires, lubrifier la boîte de vitesses et le moteur, puis remplir le réservoir d'essence. Dès le lever du soleil, elles disposeraient de deux heures pour rejoindre un point situé à trente-cinq kilomètres de l'abri. Là, elles retrouveraient les quatre autres participants du programme et affronteraient une épreuve intitulée *Test final de courage physique en environnement extrême*.

Lauren plongea sa cuiller dans une boîte de corned-beef. La viande graisseuse était tiède à l'extérieur, mais dure et glacée à l'intérieur.

— Voyons le bon côté des choses, dit-elle. Au moins, la notice de montage de la motoneige est en anglais.

2. Split sept-dix

Toute la semaine, James Adams avait songé avec impatience à la soirée en ville du samedi. Pourtant, tandis qu'il attendait son tour, assis sur une chaise en plastique devant la piste de bowling, son moral était au plus bas. Les quatre agents de CHERUB qui l'accompagnaient semblaient s'amuser comme des fous.

Kyle était en grande forme. Rayonnant, il distribuait hot-dogs et Cocas à ses camarades grâce à la petite fortune qu'il avait accumulée en fourguant des DVD pirates aux résidents du campus. James avait l'habitude de le voir tremper dans des combines douteuses, mais c'était la première fois que ses arnaques portaient réellement leurs fruits.

Les jumeaux Callum et Connor avaient fait un pari stupide : sortir avec Gabrielle avant la fin de la soirée. Aux yeux de James, malgré la sympathie qu'ils inspiraient à ceux qui les connaissaient, ils n'avaient aucune chance. À treize ans, la jeune fille qu'ils convoitaient avait déjà tout d'une femme. Si elle s'était cherché un petit ami, ce que rien ne semblait indiquer, elle avait mieux à faire que de s'embarquer dans une romance lamentable avec l'un de ces garçons aux cheveux en pétard et aux incisives si écartées qu'on aurait pu y glisser un Mars.

— *Strike!* s'exclama la jeune fille en éparpillant ses dix quilles dans toutes les directions.

Elle se leva puis se lança dans une danse du ventre frénétique.

— À ton tour, Kyle ! cria-t-elle.

Lorsqu'elle se retourna pour regagner sa place, elle constata que Connor et Callum lui souriaient bêtement, assis de part et d'autre de sa chaise.

— Joli coup, dit Callum.

— Tu vois, je te l'avais dit, ajouta Connor. Il suffisait de garder le coude plus près du corps. Ta position était beaucoup plus équilibrée.

Gabrielle le fusilla du regard. Elle n'avait tenu aucun compte de ce conseil. La chance était seule responsable de ce strike. Elle considéra son siège et réalisa qu'elle ne pourrait pas supporter une seconde de plus la compagnie de ces dragueurs pathétiques. Elle se baissa pour ramasser son sac.

— Tu vas où ? demanda Callum, visiblement dérouté. Qu'est-ce qui se passe ?

— James a l'air un peu paumé. Je vais lui tenir compagnie un moment et essayer de lui remonter le moral.

— Très bonne idée, dit Connor en se levant. Je viens avec toi.

— Non, lâcha sèchement Gabrielle. Par pitié, je vous demande de rester là, OK ?

— Mais… bégaya le garçon avant de se rasseoir brutalement.

— Bon, écoutez-moi, vous deux. Je ne sais pas si je me fais des idées ou quoi, mais je trouve que vous vous comportez de façon super bizarre depuis le début de la soirée, et franchement, ça commence à me taper sur les nerfs. Vous pouvez me foutre la paix cinq minutes ?

Sur ces mots, mal à l'aise, elle se pencha en avant pour récupérer sa veste posée sur le dossier de la chaise. Les jumeaux affichaient une expression rigoureusement identique : celle d'un gamin de quatre ans dont la mère a confisqué le jouet favori.

James fixait la pointe de ses baskets d'un œil vague. Gabrielle s'assit à ses côtés et posa une main sur sa cuisse.

— Qu'est-ce qui t'arrive, mon vieux ? T'es pas dans ton assiette ? Tu penses toujours à ce qui s'est passé à Miami ?

L'été précédent, James, placé dans une situation de péril imminent, avait abattu un malfaiteur pour sauver sa peau. Il en faisait toujours des cauchemars.

— Un peu, dit-il en haussant les épaules. Je crois aussi que Kerry me manque. Elle ne m'a pas donné de nouvelles depuis une semaine.

— Pas étonnant. Dans son dernier mail, elle disait qu'elle était bien arrivée au Japon et qu'elle allait commencer une importante mission d'infiltration.

James hocha la tête.

— J'ai eu sa contrôleuse de mission au téléphone. Elle m'a dit que tout se passait bien et qu'avec un peu de chance, Kerry serait de retour dans un mois.

— Et pour Lauren, comment ça se passe ?

— Oh, tu sais ce que c'est. Je n'ai que des rumeurs à me mettre sous la dent, mais il paraît qu'elle ne s'en sort pas trop mal.

Gabrielle éclata de rire.

— Tu te souviens de notre programme d'entraînement en Malaisie ? Quand Kerry et moi on vous avait enfermés sur le balcon de l'hôtel et que vous avez dû nous lécher les bottes pour qu'on vous laisse entrer ?

James esquissa un sourire.

— Si je me souviens ? La vengeance est un plat qui se mange froid.

Soudain, ils sentirent un liquide glacé dégouliner dans leur cou. Ils se retournèrent et comprirent qu'ils venaient d'être arrosés de Coca et de glace pilée par deux garçons de seize ou dix-sept ans, sur la piste voisine, qui se comportaient comme des primates depuis le début de la soirée.

— Eh ! hurla Gabrielle à l'adresse d'un amas de boutons d'acné portant un maillot de Tottenham. Ça va pas la tête ?

— Désolé, dit le garçon avec un sourire malfaisant, en considérant son gobelet de carton d'un air stupide.

Gabrielle eut l'impression que ces excuses sonnaient faux.

— James, lança Kyle. C'est à toi.

Il quitta sa chaise et saisit une boule. Quelques années plus tôt, lorsqu'il vivait à Londres, il avait profité d'une offre promotionnelle pour prendre quelques leçons gratuites. En théorie, il savait ce qu'il avait à faire pour obtenir un score honorable : laisser le poids du projectile entraîner son bras vers l'arrière, jusqu'à hauteur de l'épaule, le laisser retomber et libérer ses doigts naturellement. Mais ce soir-là, tout allait de travers. En vérité, son humeur morose n'avait rien à voir avec Kerry et le programme d'entraînement de Lauren. Il était furieux pour la bonne et simple raison qu'il était incapable de viser correctement.

Il se plaça face à la piste et tâcha d'effectuer un lancer des plus académiques. La boule renversa les trois premières quilles. Pendant une fraction de seconde, il crut avoir réalisé son premier strike de la soirée. Mais la quille numéro sept, au fond à gauche, chancela brièvement avant de se stabiliser. La dix, elle, resta parfaitement immobile. James avait le sentiment d'être victime d'une malédiction.

— Un *split* sept-dix ! s'exclama Kyle en se frappant les cuisses de bonheur. T'es mal, Adams, t'es très mal !

James jeta un œil au panneau d'affichage. En règle générale, seul Kyle parvenait une fois sur quatre à lui ravir la première place. Mais cette fois, il avait déjà perdu deux manches, et, à quatre coups de la fin de la partie, il accusait un retard de trente points. Il détestait la façon dont son camarade se réjouissait de sa malchance, oubliant un peu facilement qu'il aurait agi exactement de la même manière s'il s'était trouvé en tête de la compétition.

Il saisit une boule et se positionna face à la piste pour sa deuxième tentative.

Au bowling, il n'existe qu'un moyen de faire tomber les quilles sept et dix : frapper l'une d'elles à pleine puissance en espérant qu'elle rebondira sur le mur du fond, puis renversera la seconde. Réussir un tel coup tient du miracle. Aucun professionnel au monde n'est capable de le réaliser sur commande.

— Tu n'as pas une chance sur un million, ricana Kyle.

James lui adressa un sourire faussement confiant.

— Ferme-la et profite de la leçon.

Il lança la boule aussi fort que possible, au détriment du contrôle et de la précision. Elle lui échappa plus tôt que prévu. Il sut aussitôt qu'il avait manqué son coup.

— À gauche, à gauche, murmura-t-il, les dents serrées, tandis que la boule frôlait la gouttière. Allez, ma petite, encore un effort…

Hélas, le projectile quitta la piste à plusieurs mètres de son objectif. James, les yeux fermés, proféra quelques obscénités à voix basse. Il lui fallait à présent regagner sa place et affronter le visage moqueur de Kyle.

— Huit points et une gouttière ! s'exclama gaiement ce dernier. Tu devrais peut-être demander au super-viseur de te laisser jouer avec les T-shirts rouges, sur la piste junior…

James se traîna jusqu'à son siège en soupirant.

— Il a raison, dit-il à Gabrielle. Au point où j'en suis, je pense que ces gamins pourraient me mettre une raclée.

— Au moins, tu t'en tires mieux que Callum et Connor, fit observer son amie en pointant du doigt l'écran où s'affichaient les scores.

— Encore heureux. Y a pas plus nul que ces deux-là.

Gabrielle lui tapota la cuisse en souriant.

— Allez, déprime pas. C'est pas ton jour, voilà tout.

Sur ces mots, ils reçurent une nouvelle gerbe de Coca. Ils se retournèrent et virent deux garçons en maillot de foot qui se roulaient sur le sol.

— Vous jouez à quoi, bande de connards ? hurla James. On est complètement trempés !

— Ça ne partira jamais, gémit Gabrielle en considérant avec inquiétude les taches brunes dont son dos était constellé.

Les deux garçons se relevèrent en ricanant.

— Ça va, c'est bon, on déconne, dit celui en maillot de Tottenham.

Son camarade semblait moins pacifique.

— Vous avez qu'à vous mettre ailleurs, lança-t-il. Y a des tas de chaises libres, dans le coin.

— Tu permets qu'on s'assoie *devant* notre piste ? répliqua Gabrielle.

— Allez vous rouler par terre ailleurs, les amoureux, ajouta James.

Le garçon lui donna un coup de poing dans le dos.

— T'es en train de me traiter de pédé, là ?

James et Gabrielle quittèrent leur siège et se tournèrent face à leurs adversaires. Ils réalisèrent alors que ceux-ci les dominaient de la tête et des épaules.

— Je n'ai aucune envie de me battre, dit James.

— Moi non plus, grinça le garçon. Mais j'ai l'impression que tu fais tout pour t'en prendre une. Alors, fais-moi plaisir : dégage avec ta guenon.

Le gros dur, qui mesurait vingt-cinq centimètres de plus que Gabrielle et lui rendait une bonne quinzaine de kilos, ignorait qu'il venait d'insulter gravement une ceinture noire deuxième dan de karaté. La jeune fille exécuta un *mawashi gueri* par-dessus la rangée de sièges en plastique. La semelle de sa chaussure de bowling atteignit le garçon en plein visage. Avant d'avoir pu reprendre son souffle, il se retrouva cloué au sol, le nez en compote et un ongle vernis planté dans la joue droite.

— Répète ça, pour voir, gronda Gabrielle, le poing brandi. Vas-y, fais-moi plaisir.

Ses cris résonnèrent sur le plafond métallique. Une centaine de paires d'yeux étonnés étaient braquées sur elle. Il régnait un silence tendu. On n'entendait plus que les bruitages électroniques provenant des bornes de jeux d'arcade.

James bondit souplement par-dessus les sièges et posa la main sur l'épaule de Gabrielle.

— Laisse tomber, dit-il d'une voix qui se voulait apaisante. C'est des minables.

Gabrielle ôta sa main du visage de sa victime et se redressa. James pensait avoir désamorcé la situation, quand il réalisa que quatre autres garçons avaient formé un cercle autour d'eux. Il tenta de franchir le barrage et reçut un coup de poing maladroit à la tempe.

Il riposta aussitôt par un coup de coude à la face puis, alors que son adversaire reculait en titubant, balaya ses jambes et l'envoya rouler au sol. Deux autres agresseurs se jetèrent sur lui, tandis que le quatrième s'efforçait de déséquilibrer Gabrielle en la saisissant par les épaules.

Les cours de self-défense dispensés à CHERUB avaient fait de James un combattant hors pair, mais il n'avait aucune chance de terrasser au corps à corps trois adversaires plus grands et plus lourds que lui. Par chance, les trois autres agents présents dans la salle de bowling volèrent à leur secours.

Kyle, Connor et Callum enjambèrent les sièges puis se ruèrent sur les voyous. James reçut un nouveau coup sur le crâne et s'effondra sur le sol. Une violente bataille éclata au-dessus de sa tête.

Kyle enfonça un genou dans l'abdomen de l'un des garçons. Les jumeaux martyrisèrent le voyou en T-shirt de Tottenham, lui tordant brutalement le bras dans le dos.

Lorsque les deux superviseurs de CHERUB chargés de s'occuper des plus jeunes intervinrent enfin pour séparer les belligérants, l'issue du combat ne faisait plus de doute. Les cinq perturbateurs gisaient lamentablement sur le sol sous le regard sévère des agents, qui les mettaient au défi de tenter quoi que ce soit.

James s'allongea sur le dos et inspira profondément. Il était heureux de se trouver du côté des vainqueurs, même s'il n'avait pas vraiment pu prendre part à ce succès. Il pensait que ces vauriens avaient bien mérité cette correction. L'insulte lancée à Gabrielle ne pouvait pas rester impunie.

Mais son enthousiasme fut de courte durée. Tandis qu'il se traînait vers son siège, les vêtements sales et le crâne douloureux, il réalisa que cette action d'éclat serait inévitablement sanctionnée par les autorités du campus.

..

Le docteur Terence McAfferty, plus connu sous le nom de Mac, fixait tour à tour les cinq agents aux visages anxieux qui se tenaient debout devant son bureau de chêne. Il se demandait combien de fois il s'était trouvé dans une telle situation depuis les treize années qu'il était à la tête de CHERUB. Il estima que ce chiffre devait atteindre plusieurs centaines.

— Fort bien, commença-t-il d'une voix lasse. L'un de vous peut-il me dire comment cette bagarre a éclaté ?

Kyle, l'agent le plus expérimenté du groupe, fit un pas en avant.

— Un type de la piste d'à côté s'en est pris à Gabrielle, expliqua-t-il. Il l'a arrosée de Coca et l'a insultée. Nous avons estimé qu'il méritait une bonne correction.

— Je vois, dit Mac avec une moue dubitative. Ainsi, vous avez tous simultanément décidé de lui apprendre les bonnes manières. Je suppose donc qu'aucun d'entre vous ne peut être blâmé plus que les autres ?

— C'est exact, monsieur.

Les élèves hochèrent la tête. Quelques minutes plus tôt, à bord du minibus qui les ramenait au campus, ils avaient décidé d'endosser collectivement la responsabilité du pugilat. Gabrielle avait ouvert les hostilités, bien sûr, mais l'insulte qu'elle avait essuyée expliquait à elle seule son comportement.

— Je comprends, dit Mac. Si c'est la façon dont vous souhaitez que je règle cette affaire, qu'il en soit ainsi. J'ai parlé aux superviseurs qui se trouvaient sur place, et je me suis fait une petite idée de ce qui s'est réellement passé.

En prononçant ces mots, Mac fixait intensément Gabrielle.

— J'imagine que vous avez conscience des conséquences qu'aurait pu avoir votre coup d'éclat. Quelle est la règle numéro un à adopter pour un groupe d'agents de CHERUB en sortie hors du campus ?

— Faire profil bas, murmurèrent en chœur la jeune fille et les quatre garçons.

— Faire profil bas, répéta Mac en hochant la tête. CHERUB est une organisation ultrasecrète. Le salut de vos camarades qui se trouvent actuellement en mission d'infiltration dépend du fait que *nous n'existons pas*. Lorsque vous vous trouvez à l'extérieur du campus, j'attends de vous un comportement discret et irréprochable. Vous devez à tout prix éviter de tels affrontements, même lorsque vous êtes soumis à de graves provocations. Est-ce que je me fais bien comprendre ?

— Oui monsieur, murmurèrent les agents, les yeux baissés.

— Ce soir, au bowling, un grand nombre de civils ont pu admirer votre démonstration de karaté. Ne pensez-vous pas qu'ils se demandent à présent qui vous êtes et par quel miracle un groupe d'adolescents peut maîtriser à ce point les arts martiaux ? Pouvez-vous imaginer les problèmes que nous aurions dû affronter si l'un de vos adversaires avait été sérieusement blessé ? Je sais bien que vous êtes entraînés à mesurer votre force lorsque vous vous battez à mains nues, mais un accident est vite arrivé. Quoi qu'il en soit, estimez-vous heureux que j'entretienne d'excellentes relations avec le poste de police local. Si je n'avais pas usé de toute mon influence, vous croupiriez en ce moment même dans une cellule en attendant de comparaître devant un juge. À présent, venons-en au chapitre des punitions.

Il était minuit. Les agents, épuisés, avaient écouté ce discours d'une oreille distraite. Ils se raidirent, à la fois impatients et anxieux de savoir quelle sanction ils allaient se voir infliger.

— Tout d'abord, vous êtes privés de sortie pour les quatre mois à venir. Deuxièmement, comme vous le savez, nous manquons de recrues à CHERUB, et nous peinons à augmenter nos effectifs. Je vous offre la chance d'apporter du sang neuf à notre organisation.

Sur ces mots, Mac ouvrit le tiroir de son bureau et en tira un bloc d'ordres de mission préimprimés. James laissa échapper un gémissement. Il venait de comprendre qu'il allait être envoyé dans un orphelinat pour mener une opération de recrutement. C'était la première fois qu'il écopait d'une telle punition. À ce qu'on disait, c'était un véritable cauchemar.

3. Un léger contretemps

Lauren et Bethany observèrent à la lettre les indications figurant dans la notice de montage de la motoneige. Elles achevèrent la préparation du véhicule peu avant minuit.

En dépit des prescriptions du manuel de survie grand froid, qui conseillait l'utilisation d'un sac de couchage individuel, elles zippèrent leurs deux duvets et se pelotonnèrent l'une contre l'autre. La théorie était une chose ; s'endormir confortablement près de sa meilleure amie, même si ses bras empestaient le gasoil, en était une autre.

∴

Malgré les morceaux de carton qu'elles avaient introduits dans les interstices de la porte pour se protéger du vent glacial, les premiers rayons du jour filtrèrent à l'intérieur du conteneur.

Avant de s'endormir, craignant qu'une panne d'oreiller ne ruine quatre-vingt-dix-neuf jours d'efforts, elles avaient toutes deux réglé l'alarme de leur montre. Un concert de sonneries stridentes les tira d'un sommeil profond.

Lauren se glissa aussitôt hors du sac de couchage et alluma l'une des lampes à gaz. Le sol du conteneur était gelé. Elle secoua énergiquement Bethany, comme chaque matin depuis que le programme d'entraînement avait débuté.

— Debout, feignasse, dit-elle. Commence à rassembler l'équipement pendant que je prépare le petit déjeuner. On ferait mieux de ne pas traîner.

Elle baissa sa combinaison en polaire jusqu'aux chevilles puis s'accroupit au-dessus d'un seau, indifférente au regard de son amie.

— Pourquoi on n'est pas des garçons ? demanda-t-elle, tandis que Bethany, assise sur son matelas, enfonçait une paire de doublures neuves dans ses bottes. Ça serait plus facile si on avait quelque chose entre les jambes.

— Tu voudrais vraiment ressembler à nos crétins de frères ? Je me demande ce qu'ils fabriquent en ce moment. Compte tenu du décalage horaire, je parie qu'ils sont en train de mater la télé en trempant des biscuits au chocolat dans du thé chaud.

Lauren poussa un ricanement.

— Oh, tu sais, James est tout le temps puni. Il doit plutôt être en train de faire des tours de piste, à l'heure qu'il est.

— En compagnie de Jake, si tu veux mon avis. Mon frère est presque aussi nase que le tien.

— Tu as besoin du seau avant que je le vide ? demanda Lauren en réajustant ses sous-vêtements puis en remontant la fermeture éclair de sa combinaison.

— Oui. Ma vessie va exploser. Bon sang, j'espère que l'ours s'est fait la malle.

— S'il est encore là, il va se prendre une douche dont il se souviendra.

Lorsque Bethany se fut soulagée, Lauren entrouvrit prudemment la porte. L'air glacial lui mordit les mains et le visage. Elle jeta le contenu du seau dans la neige puis jeta un coup d'œil à l'extérieur.

— Et merde ! s'exclama-t-elle. Il n'a pas bougé.

L'ours dormait toujours. Une mince couche de poudreuse recouvrait son corps, à l'exception de son museau d'où s'échappaient des volutes de vapeur.

— Il est énorme. Il pourrait nous décapiter toutes les deux d'un seul coup de patte. On ne peut pas sortir la motoneige tant qu'il est là. Il faut le faire fuir.

— Faut pas traîner, dit Bethany en rejoignant sa camarade près de l'ouverture du conteneur. Il sera bientôt l'heure de se mettre en route.

Lauren hocha la tête en signe d'approbation.

— Dans les documentaires animaliers, ils disent que tous les animaux sont craintifs. Ça ne devrait pas être très compliqué.

Sur ces mots, elle se mit à marteler la paroi du conteneur avec le seau de métal, produisant un vacarme insoutenable. L'ours ne bougea pas d'un millimètre.

— Saloperie de bestiole, lâcha-t-elle.

— Je vais tenter quelque chose, dit Bethany. Pendant ce temps, prépare le petit déjeuner.

La porte étant restée longtemps ouverte, la température de l'abri avait dangereusement chuté. Les deux jeunes filles battirent en retraite au fond du conteneur pour enfiler leurs gants et leur cagoule. Lauren mélangea des flocons d'avoine et du lait dans une casserole de fer-blanc puis la fit chauffer sur le réchaud. Bethany fouilla parmi les pièces d'équipement ultraléger réparties sur le sol, saisit deux poêles à frire, les projectiles les plus lourds qu'elle pût trouver.

— Si je ne veux pas le manquer, il va falloir que je m'en approche, dit-elle. Tiens-toi prête à refermer la porte derrière moi.

Le cœur battant, elle se glissa à l'extérieur, s'arrêta prudemment à trois mètres de l'animal, lança les deux poêles, puis fit demi-tour pour courir se réfugier dans l'abri.

Lauren claqua la porte derrière elle. Emportée par son élan, Bethany se prit les pieds dans un traîneau et s'effondra au fond du refuge parmi les ustensiles de cuisine.

— Rien de cassé ? demanda son amie.

— Je survivrai. Ça a marché ?

Lauren jeta un œil à l'extérieur. L'ours n'avait pas bougé. La première poêle était plantée dans la neige, tout près de son museau. L'autre, posée en équilibre instable sur son dos, se soulevait à chaque respiration.

— Je le crois pas, s'étrangla-t-elle. Bon sang, tu as vu l'heure qu'il est ? On devrait déjà avoir pris notre petit déjeuner, préparé notre équipement et sorti la motoneige.

— Il faut à tout prix trouver un moyen de le faire partir de là ! s'étrangla Bethany en frappant sa cuisse de sa main gantée.

— Il doit être sourd ou malade.

— Et si on chargeait tout l'équipement sur la moto-neige avant de la sortir discrètement ? Dès qu'on aura démarré, il n'aura plus une chance de nous rattraper.

— Trop risqué. Imagine qu'on cale au démarrage et que les ratés du moteur le réveillent...

— Franchement, je crois qu'il faudrait un feu d'artifice pour le décider à lever le camp.

— Bethany, tu es un génie ! s'exclama Lauren.

— Quoi ? Tu délires ? Si on se sert de notre fusée de détresse, l'hélicoptère de secours viendra nous chercher, et le programme sera terminé pour nous deux.

— Je ne te parle pas de ça. Je veux juste dire que tous les animaux ont peur du feu.

Sur ces mots, elle s'empara d'un long morceau de carton, le roula en tube puis le noua à l'aide de la bande de plastique de l'emballage de la motoneige. Enfin, elle le bourra de bouts de chiffon maculés de gasoil qu'elles avaient utilisés pour nettoyer le véhicule après en avoir rempli le réservoir.

— Voilà, dit Lauren. Ça, je peux te garantir que ça va le réveiller.

— T'es trop forte, approuva Bethany d'un ton admiratif en fouillant son traîneau à la recherche de ses allumettes étanches.

— Je ne suis pas sûre qu'il apprécie. Tiens-toi prête

à fermer la porte dès que je serai revenue me mettre à l'abri.

Bethany gratta une allumette et approcha la flamme de l'une des extrémités. Les chiffons s'embrasèrent aussitôt. Lauren se glissa à l'extérieur du conteneur et constata avec soulagement que le vent ne soufflait pas assez fort pour éteindre son dispositif.

Elle tourna le tube à l'horizontale puis avança vers son objectif. Le carton s'enflamma. Lorsqu'elle ne fut plus qu'à cinquante centimètres de la tête de l'ours, elle le posa sur le sol, le fit rouler vers sa cible, tourna les talons et courut se réfugier dans l'abri. Bethany claqua la porte derrière elle.

Elles restèrent silencieuses de longues minutes avant d'oser jeter un coup d'œil à l'extérieur. Elles s'attendaient à voir un ours de quatre cents kilos au museau roussi détaler dans la plaine enneigée. La vision qui s'offrit à elles était stupéfiante : la tête de l'ours était en flammes ; l'un de ses yeux était tombé à l'intérieur de son crâne.

— Nom d'un chien, on l'a tué ! hurla Bethany. Il devait être très vieux, ou malade.

Lauren n'avalait pas cette théorie. Elle avait remarqué des volutes de fumée grise s'échappant de l'orbite vide de l'animal. Elle n'avait jamais étudié en détail l'anatomie de l'ours, mais elle avait la certitude que ces gros mammifères n'étaient ni creux ni inflammables.

— C'est un faux, conclut-elle.

Lauren se précipita hors de l'abri et s'accroupit au chevet de la bête. Sa fourrure, tendue sur une structure en plastique, était constituée de fibre synthétique. Son crâne avait partiellement fondu. À l'intérieur, elle distingua des tubes en caoutchouc, une batterie de voiture et la pompe électrique qui simulait les mouvements de sa cage thoracique.

— Comment on a pu se laisser avoir, après tous les coups tordus que nous ont réservés les instructeurs ? gronda Bethany avant de donner un coup de pied dans la neige.

Lauren consulta sa montre.

— Cette petite plaisanterie nous a fait perdre un bon quart d'heure. Avalons notre petit déjeuner en vitesse et barrons-nous.

Les deux jeunes filles regagnèrent le refuge. Lauren saupoudra de glucose en poudre et de complément énergétique le porridge qui bouillonnait dans la casserole de fer-blanc. Elles devaient impérativement faire le plein de calories pour supporter les températures extrêmes tout au long du parcours. Le mélange avait la couleur et la texture du ciment.

— J'espère que c'est le dernier tour qu'ils nous jouent, dit Lauren en s'essuyant la bouche avec une serviette en papier.

— Si tu veux mon avis, on ferait bien de se méfier pendant les quatre heures de programme qu'il nous reste à tenir, fit observer Bethany, entre deux bouchées de porridge.

4. James + Kyle 4 ever

Quand ils partaient en mission, les agents de
CHERUB manquaient d'innombrables heures de cours.
De retour au campus, ils devaient participer aux
sessions de rattrapage du samedi matin. James mau-
dissait cette disposition du règlement intérieur, car elle
ne lui laissait que le dimanche pour faire la grasse
matinée.

Il était presque 11 heures lorsqu'il se décida enfin à
quitter sa couette. Vêtu d'un simple caleçon et d'un
T-shirt CHERUB, il se traîna jusqu'à la fenêtre et jeta
un coup d'œil entre les stores. C'était une matinée
d'avril pluvieuse comme les autres. Des résidents, des
garçons de huit à neuf ans pour la plupart, disputaient
un match de football sur la pelouse, derrière les courts
de tennis.

James alluma son ordinateur portable puis fit glisser
son doigt sur le trackpad pour relever ses e-mails. Il
espérait recevoir un petit mot de Kerry. La boîte de
réception contenait deux messages : un spam d'une

société lui proposant *le test de personnalité gratuit qui pouvait changer sa vie*, et une note de Zara Asker, sa contrôleuse de mission :

James,
RV au centre de contrôle, salle 31, à 15 h 30, pour la préparation de ta mission de recrutement.
Zara Asker

Il renonça à adresser un e-mail à Kerry, car ses trois derniers messages étaient restés sans réponse. En outre, il n'avait d'autre nouvelle fraîche à lui apporter que le récit de la bagarre de la veille, un événement qu'il préférait passer sous silence.

Ne se sentant pas le courage de descendre au réfectoire, il brancha la télé sur *Sky Sports News*, prépara un bol de céréales et se versa un verre de jus d'orange. On frappa à la porte.

— C'est ouvert.

Kyle et Bruce, en short et baskets, entrèrent dans la chambre, une serviette-éponge sur l'épaule.

— Tu n'es pas encore prêt ? s'étonna Kyle.

James jeta un œil à la pendule.

— Je n'avais pas vu qu'il était si tard, dit-il.

Chaque dimanche matin, les trois amis se rendaient ensemble au cours de gym. La plupart des garçons préféraient jouer au football ou au rugby, mais James, après avoir passé les treize premières années de sa vie à louper des buts immanquables et à se prendre des ballons en pleine poire, avait fini par accepter que les sports collectifs n'étaient pas son fort.

— Laissez-moi le temps de m'habiller, dit-il.

Il s'empara de l'une des chaussettes sales éparpillées sur le sol et s'assit au bord du lit.

— Toutes mes félicitations pour la démo de kung-fu d'hier soir, dit Bruce.

— Te connaissant, si tu n'avais pas été puni et consigné au campus, je suis certain que tu n'aurais pas résisté à la tentation de distribuer quelques baffes.

— J'ai peut-être passé deux heures à genoux à récurer le sol de la cuisine, mais moi, je ne vais pas rester un mois enfermé dans un putain d'orphelinat. Ceci dit, tu as raison, je n'aurais pas manqué ça, quelles qu'en soient les conséquences.

— Franchement, dit James en sélectionnant une chaussette non coordonnée à la première, je ne comprends pas pourquoi vous psychotez avec ces missions de recrutement. Je ne vois pas ce que ça a de si terrible.

Kyle, qui avait participé à cinq opérations de ce type, hocha la tête.

— Je t'explique. Tu crèves d'ennui, et les autres garçons sont des débiles profonds qui passent leur temps à te piquer tes affaires. Une fois, on m'a envoyé à Newcastle. Les mecs me sautaient dessus toutes les cinq minutes. Je suis resté trois semaines et je me suis battu tous les jours.

— Tu as recruté quelqu'un, au moins ?

— Ouais, les jumeaux. Ils avaient un accent ridicule,

mais ils avaient plus de neurones en service que tous les autres réunis.

••

Les cours de gymnastique étaient dispensés dans la plus ancienne des trois salles de sport dont disposait le campus de CHERUB. On l'appelait « gymnase des garçons », un nom qui datait de l'époque où les filles étaient exclues de l'organisation. James adorait ce bâtiment décrépi, avec son horloge en bois figée pour toujours sur 4 heures 45, ses lampes jaunâtres suspendues à des câbles métalliques et son parquet usé qui crissait sous les baskets. Au-dessus de la porte, sur un panneau peint à la main, on pouvait encore déchiffrer l'inscription :

Prière d'essuyer la semelle de ses tennis
avant d'entrer.
Tout contrevenant sera sévèrement châtié.
P.T. Bivott, responsable des sports

Si les châtiments corporels n'avaient pas été bannis depuis vingt ans, Meryl Spencer aurait volontiers soumis certains de ses élèves aux rigueurs de ce règlement.

Quarante stations de travail étaient réparties dans la vaste salle, du simple matelas en mousse destiné à la pratique des pompes au banc de musculation, en passant par le rameur et les haltères.

Toutes les deux minutes, Meryl donnait un coup de sifflet pour inviter les participants à changer d'agrès. La séance de quatre-vingts minutes ne prévoyait que deux courtes pauses. L'instructrice et son adjoint surveillaient attentivement leurs élèves, distribuant réprimandes et coups de pied aux fesses à ceux qui commettaient l'imprudence de paresser.

À l'issue de la séance, les huit garçons se retrouvèrent dans les vestiaires. James sortit de la douche, enfila un caleçon propre puis fit jouer ses pectoraux devant le miroir embué. Au cours des trois derniers mois, grâce à cette activité dominicale, il avait gagné huit centimètres de tour de poitrine.

Bruce le frappa dans le dos avec sa serviette.

— Arrête de frimer, lança-t-il en souriant.

— Tu es jaloux, répliqua James en faisant rouler un stick déodorant sous ses aisselles. Je suis taillé comme un super-héros. Pas étonnant que la moitié des filles du campus me courent après.

— Non mais tu penses vraiment ce que tu dis ? gloussa son ami en réprimant un éclat de rire.

Kyle, qui assistait à la scène, saisit une occasion en or de placer l'une de ses blagues maison.

— Il a raison, dit-il d'une voix haut perchée avant de poser une main sur les fesses de James. Moi, je le trouve supersexy.

James poussa un cri perçant et fit un bond de cinquante centimètres.

— Joue pas à ça avec moi, Kyle, gronda-t-il.

Kerry avait mis des mois à le persuader qu'il n'y avait aucun mal à être gay, mais il ne parvenait toujours pas à supporter ces plaisanteries vaseuses. Il repoussa violemment son ami, un rictus haineux sur le visage. Bruce et les autres garçons se tordaient de rire. James, désireux de sauver la face, saisit Kyle par la nuque et lui planta un baiser mouillé sur la joue. Ce dernier recula, frappé d'horreur.

— Espèce de sale petit… murmura-t-il en se frottant le visage avec sa serviette.

— Ben quoi, qu'est-ce qui te prend ? dit James sur un ton mielleux. Embrasse-moi, mon amour.

Ulcéré par l'hilarité de ses camarades, Kyle rassembla ses affaires et battit en retraite de l'autre côté du vestiaire.

•••

Malgré les nappes blanches, l'argenterie et le délicieux rôti traditionnel du déjeuner dominical, rien n'avait pu dissiper la morosité des agents assis à la table de James, pas même la blague concernant son idylle naissante avec Kyle. Tous s'étaient vu confier une mission de recrutement, et ils appréhendaient le briefing de l'après-midi.

Kyle, James et Gabrielle, le ventre tendu à craquer, marchaient sous la pluie fine vers le centre de contrôle.

La construction flambant neuve se trouvait à un kilomètre du bâtiment principal. À première vue, l'ensemble, qui avait vaguement la forme d'une banane, paraissait spectaculaire, avec ses vitres sans tain et son toit hérissé d'antennes satellites. Mais cette première impression était de courte durée : pour accéder à l'entrée, il fallait emprunter le chemin de planches posées sur la boue qui serpentait entre brouettes et bétonnières. Le portail d'entrée ultra-sécurisé, qui était censé scanner l'empreinte rétinienne des visiteurs, était surmonté d'un panneau « hors service ».

En tant que vétéran de CHERUB, Zara Asker disposait d'un vaste bureau situé à l'extrémité d'un long couloir qui empestait la colle à moquette. La lumière naturelle pénétrait dans la pièce par d'immenses baies arrondies qui couraient du sol au plafond. James considéra avec étonnement le luxueux mobilier de bois précieux rehaussé de métal chromé. Il flottait dans l'air une entêtante odeur de peinture fraîche. La contrôleuse se leva de son siège avec difficulté, révélant une ample salopette tendue sur un ventre rond. Zara était enceinte de huit mois et trois semaines.

— Bien, bien, bien, dit-elle en adressant un sourire à James et Kyle. Le docteur McAfferty m'avait promis qu'il ne tarderait pas à trouver quelques volontaires pour nos missions de recrutement. À vrai dire, je ne suis pas vraiment étonnée que ça soit tombé sur vous, mes petits hooligans préférés. Quant à toi, tu dois être Gabrielle. Nous n'avons pas encore eu le plaisir de travailler ensemble.

Sur ces mots, elle serra chaleureusement la main de la jeune fille. Malgré la nature de la mission qui lui avait été confiée, James était heureux de la mener sous les ordres de Zara. Lors de la précédente opération à laquelle il avait participé, il avait pu apprécier ses qualités humaines et professionnelles.

— Comment va Joshua ? demanda-t-il.

Un sourire éclatant illumina le visage de la jeune femme.

— Il a beaucoup grandi depuis la dernière fois que tu l'as vu. Ses molaires qui poussent le travaillent, et il nous rend la vie difficile, à Ewart et moi. D'ailleurs, s'il te prend l'envie de visiter le bâtiment des instructeurs, je peux te proposer quelques heures de baby-sitting…

James éclata de rire.

— C'est trop d'honneur. Je ne peux vraiment pas accepter.

— OK, dit-elle, mettons-nous au boulot. Je pense que vous savez tous en quoi consiste une mission de recrutement. Chacun de vous va recevoir une bio-graphie fictive, une fausse identité et un orphelinat d'affectation. Attendez-vous à quitter le campus en cours de semaine. Je ne peux pas vous en dire plus pour le moment. En vertu des règles de CHERUB, vous avez le droit de refuser de participer à cette opération. Seu-lement, je préfère vous avertir que le docteur McAfferty vous infligera une punition alternative, et je peux vous assurer que vous y perdriez au change. Lorsque vous vous trouverez dans l'établissement qui vous a été attribué, votre mission consistera à observer le comportement de ses pensionnaires. Vous tâcherez de dénicher une recrue répondant aux critères de notre organisation : un garçon ou une fille brillant et de bonne constitution physique, sans aucun lien familial. Nous recherchons en particulier les jumeaux monozygotes et les enfants bilingues. Pour plus de précisions, consultez ce document.

Zara se pencha sur le bureau et tendit à chaque agent un ordre de mission.

— Tout candidat potentiel sera exfiltré de son établissement dès que vous nous communiquerez son identité, poursuivit Zara. Nous nous arrangerons pour lui administrer un sédatif et nous le conduirons au campus pour lui faire subir les tests de recrutement.

On frappa à la porte.

— John, s'exclama Zara. Je suis heureuse de constater que je ne suis pas la seule à travailler le dimanche après-midi.

James jeta un coup d'œil par-dessus son épaule et reconnut aussitôt les lunettes cerclées de fer et le crâne chauve de John Jones. Il avait travaillé avec lui lors d'une mission en Floride, l'année précédente, avant qu'il ne quitte le MI5, la branche adulte des services secrets britanniques, pour devenir contrôleur à CHERUB.

— Je cherchais James, dit John. Tu ne l'envoies pas en opération, j'espère ?

— Mac lui a confié une mission de recrutement, expliqua Zara. J'imagine qu'il ne verra pas d'objection à suspendre sa punition si tu as besoin de lui pour quelque chose d'important.

Le cœur de James s'emballa à l'idée d'échapper à sa sanction. John Jones hocha la tête.

— Je pourrais te parler en privé ?

Zara se tourna vers les agents.

— Allez m'attendre dans le couloir, vous trois, dit-elle.

Ces derniers se retirèrent en silence.

— Je n'arrive pas à croire que tu vas t'en tirer aussi facilement, lança Kyle lorsqu'ils eurent quitté le bureau.

James se contenta de croiser les bras et de lui adresser un sourire arrogant.

Dix minutes s'écoulèrent avant que Zara ne les invite à les rejoindre.

— James, dit-elle, je viens d'appeler le docteur McAfferty. Il est prêt à annuler ta punition si tu acceptes la mission qui te sera proposée ce soir, au cours d'un briefing d'urgence.

— Espèce de planqué, chuchota Kyle.

James affichait une mine satisfaite.

— À ta place, je ferais moins le malin, dit John Jones. Quand tu verras ce que je t'ai réservé, il se pourrait bien que tu choisisses la mission de recrutement.

5. La petite sirène

Sur les onze recrues qui s'étaient présentées au camp d'entraînement trois mois plus tôt, seules six étaient parvenues à atteindre le point de passage final. Frigorifiées, elles se tenaient au garde-à-vous dans la neige. Mr Large, l'instructeur en chef, affichait sa mine des mauvais jours.

— Est-ce que quelqu'un peut expliquer à cette pauvre fille ce que les ours polaires font au cours de l'hiver ? hurla-t-il.

— Ils hibernent, monsieur, marmonna une élève.

— Correct, mademoiselle Thicko, répondit le colosse. Ils creusent un trou dans la glace, s'y roulent en boule et pioncent jusqu'à ce que les premières fleurs du printemps viennent leur chatouiller les narines. Si tu avais pris la peine d'étudier le manuel, Lauren Adams, tu aurais su que les ours blancs, qui se nourrissent de poisson, vivent sur la banquise, près de la côte. Pas ici, à cent kilomètres à l'intérieur des terres. Est-ce que tu comprends ce que je te dis ?

— Oui monsieur, murmura Lauren.

— Par ailleurs, peux-tu m'expliquer pourquoi tu as communiqué sur une fréquence non cryptée ?

— J'avais froid, j'étais épuisée et…

À ce moment, elle vit les yeux de son instructeur jaillir littéralement de leurs orbites. Elle changea aussitôt de stratégie.

— Je suis navrée, monsieur. Je n'ai aucune excuse.

Mr Large se précipita sur Lauren, la renversa sur le dos et planta ses rangers pointure cinquante de chaque côté de sa tête.

— Ce matin, Lauren Adams, je me suis réveillé avec une méchante douleur aux cervicales, comme tous les jours depuis qu'une petite ordure m'a frappé lâchement dans le dos avec une pelle, il y a cinq mois. Peux-tu me rappeler de qui je suis en train de parler ?

— De moi, monsieur.

— Si j'en avais eu le pouvoir, je t'aurais chassée définitivement de CHERUB.

Contrairement à ce que Lauren avait redouté, Large n'avait exercé aucunes représailles au cours du programme d'entraînement. À présent, elle réalisait avec horreur qu'il avait attendu le dernier jour pour exercer sa vengeance.

— Comme le prévoient vos ordres de mission, nous allons maintenant procéder au *Test final de courage physique en environnement extrême*, annonça l'instructeur. Cependant, je me suis permis de procéder à une légère modification. En réalité, cette épreuve sera exclusivement dédiée à Lauren Adams.

Cette dernière sentit sa gorge se serrer. Elle ne se pensait pas capable d'affronter une troisième session. Un échec à ce stade du programme sonnerait la fin de sa carrière à CHERUB.

Large la saisit brutalement par les poignets et la remit sur pieds.

— Qui est le meilleur nageur d'entre vous six? demanda-t-il sans quitter Lauren des yeux.

— Je crois que c'est moi, monsieur, répondit-elle.

— Correct, lança l'instructeur avec un sourire espiègle. Je dirais même que tu n'as rien à envier à la Petite Sirène, si mes souvenirs sont bons. J'ai justement besoin d'un volontaire pour traverser une rivière à la nage et ramener les T-shirts gris que j'ai malencontreusement oubliés sur la rive opposée. Tu es la candidate idéale, tu ne crois pas?

— Oui, monsieur, bredouilla Lauren.

Elle faisait de son mieux pour garder une contenance. Large prenait un plaisir infini à voir pleurer ses recrues.

Il fit un pas en arrière et s'adressa aux cinq autres élèves.

— Vous autres, je vous autorise à venir en aide à votre camarade. Je vous avertis que si elle ne parvient pas à rapporter les T-shirts, vous devrez vous en charger vous-mêmes. La rivière se trouve à quatre cents mètres, derrière cette colline. Vous feriez bien de vous magner si vous voulez être au chaud au coucher du soleil.

Les élèves gravirent l'élévation en tirant leurs traîneaux sur l'épaisse couche de neige poudreuse. Large et ses deux assistants, Miss Smoke et Mr Speaks, fermaient la marche. Parvenus au sommet, ils perçurent le grondement assourdissant de la rivière. C'était un cours d'eau déchaîné d'environ cent mètres de large, mais la couche de glace qui s'était formée le long de ses berges réduisait le parcours de Lauren à une soixantaine de mètres.

Miss Smoke, une femme aussi féminine qu'un boxeur à la retraite, pointa un bras musculeux vers l'autre rive.

— Vos T-shirts gris se trouvent dans un sac à dos étanche, derrière ce cône de plastique orange, grogna-t-elle.

Les élèves baissèrent leurs cagoules et se réunirent en conciliabule. Aucun d'entre eux n'osait croiser le regard de Lauren. Ils se sentaient partagés entre la pitié qu'ils éprouvaient à son égard et le soulagement d'échapper à une telle punition.

— Ça aurait pu être pire, dit-elle en essayant de faire bonne figure et de dissiper le malaise de ses camarades. Je vais devoir nager toute nue. Sinon, mes vêtements se colleront à ma peau à l'instant où je sortirai de l'eau.

— Nous avons tous un tube de crème antifroid dans notre trousse de premiers secours, dit Aram, un garçon de douze ans d'origine kurde. Je pense qu'elle pourrait agir comme une couche isolante.

— Excellente idée, répondit Lauren.

— Nous devrions attacher nos cordes de sécurité et nouer l'une des extrémités à sa taille, suggéra Bethany. On devrait pouvoir atteindre l'autre rive, et ça nous permettrait de la tirer de l'eau en cas de problème.

— Génial, s'enthousiasma la jeune fille. Je nage à l'aller, et vous me tirez au retour.

— Tu crois vraiment que tu peux y arriver ? demanda Aram.

— Ce qui est sûr, c'est que je vais me les geler. En plus, les courants m'ont l'air plutôt vicieux. Mais la distance à parcourir est à peine supérieure à une longueur de bassin.

Lorsque les recrues eurent noué leurs cordes les unes aux autres, Lauren vérifia la solidité du dispositif, puis chacun alla chercher son tube de crème antifroid dans son traîneau.

Bethany prit son amie par la main, la guida jusqu'à la berge de la rivière et l'aida à retirer ses vêtements. Tous les élèves avaient étudié le manuel de survie grand froid. Ils savaient que la température de l'eau vive était légèrement supérieure à 0 °C. Bien sûr, s'y baigner n'avait rien d'une partie de plaisir, mais Lauren n'encourait pas de danger mortel. C'est à l'extérieur qu'elle jouait gros. En exposant sa peau nue à l'air libre plusieurs minutes, elle courait le risque de subir de graves brûlures, exactement comme si elle avait plongé dans une marmite d'eau bouillante.

Deux garçons posèrent un matelas de mousse isolante sur la neige et disposèrent un traîneau à chaque extrémité pour éviter que le vent ne l'emporte.

— OK, dit Lauren. Est-ce que tout le monde sait ce qu'il doit faire ? On ne peut pas se permettre de cafouillage.

Les recrues hochèrent la tête. Rassurée, elle s'assit sur le matelas de mousse. Deux camarades retirèrent hâtivement ses bottes puis la déshabillèrent. L'heure était grave, et le fait de se trouver nue devant ses camarades lui était parfaitement indifférent. Bethany enfouit ses sous-vêtements dans sa combinaison polaire pour prévenir tout risque de gel.

Lauren s'allongea. Les garçons la couvrirent avec un sac de couchage.

— Tout est OK ? demanda Bethany.

— C'est bon. Passez-moi la crème.

Aram et son frère cadet Milar lui tendirent les tubes. Elle s'enduisit le corps, les doigts tremblants.

Bethany glissa l'une des extrémités de la corde sous le sac de couchage. Lauren la noua autour de sa taille, comme un lacet de chaussure, de façon à pouvoir la détacher en cas de problème.

— Tout le monde est prêt ? demanda Aram.

Les autres élèves opinèrent, le visage grave.

Avec l'aide de Bethany, il tira le matelas jusqu'à Miss Smoke, qui se tenait sur la fine couche de glace, à la limite des eaux tumultueuses.

Cette dernière souleva le duvet, découvrit Lauren jusqu'à la taille et vérifia la solidité de la corde.

— Souviens-toi, dit-elle. L'air est beaucoup plus froid que l'eau. Garde la tête immergée aussi longtemps que possible, et ne traîne pas lorsque tu auras atteint la rive opposée.

Incapable de desserrer les mâchoires, Lauren hocha brièvement la tête.

— OK, dit l'instructrice. On y va.

Bethany ôta entièrement le sac de couchage. Aram inspecta Lauren une dernière fois et appliqua de la crème là où la couche semblait trop mince.

Elle effectua trois petits bonds sur la pointe des pieds et plongea dans la rivière. La température de l'eau, supérieure d'une vingtaine de degrés à celle de l'air, lui sembla presque agréable.

Elle crawla énergiquement, orientant régulièrement sa bouche vers la surface pour respirer. Après deux minutes de lutte contre le courant, estimant qu'elle devait avoir atteint la berge opposée, elle souleva la tête hors de l'eau. Une bourrasque glacée lui fouetta le visage. Elle parvint à garder les yeux ouverts et réalisa avec consternation qu'elle se trouvait à peine à mi-chemin. Sentant sa résolution faiblir, elle plongea de nouveau et se remit à nager aussi vite que le lui permettait son corps meurtri. Elle nourrissait désormais de sérieux doutes quant à sa capacité à accomplir cette épreuve. Les minutes suivantes furent les plus éprouvantes de son existence. Sa peau avait perdu toute sensibilité et elle ressentait une douleur aiguë au flanc gauche.

Elle aperçut enfin le cône orange à moins de cinq mètres de son visage. Mais si poser la main sur une surface solide était un soulagement, s'extraire de l'eau représentait un véritable défi.

Ses doigts étaient insensibles et la glace n'offrait aucune prise. Ses trois premières tentatives échouèrent lamentablement. Alors qu'elle commençait à désespérer de pouvoir jamais rejoindre son objectif, une vague providentielle la souleva et elle parvint à poser un genou sur la rive.

Il lui fallait à présent limiter au maximum le temps de contact entre sa peau et la couche de glace. Tremblant comme une feuille, elle frotta ses mollets de haut en bas pour récupérer un peu de crème antifroid et s'en enduisit la plante des pieds.

Quelques gouttes d'eau tombèrent sur son dos et gelèrent aussitôt. C'était comme si on lui enfonçait des ongles dans la chair.

Elle effectua quatre bonds vers le cône, ramassa le sac, le passa autour de ses épaules puis se retourna. Un concert d'exclamations salua son exploit. Elle resta immobile quelques secondes pour savourer ce triomphe, les deux pouces levés vers le ciel, puis se remit en marche vers la rivière.

Alors, la peau de son talon gauche, qui s'était littéralement soudée à la glace, se déchira, lui arrachant un hurlement de douleur. Elle jeta un coup d'œil par-dessus son épaule, aperçut une trace sanglante dans la neige, effectua trois bonds en avant et plongea dans l'eau.

Aussitôt, elle sentit la corde se tendre autour de sa taille. Elle essaya d'enchaîner quelques mouvements de brasse, mais ses camarades la tractaient avec une telle énergie que tous ses efforts restèrent vains. La fibre synthétique mordait ses hanches, martyrisait ses articulations. Elle ne parvenait pas à se hisser à la surface pour reprendre son souffle.

Soixante secondes plus tard, Lauren se retrouva étendue sur le matelas de mousse. Aram et Milar ôtèrent son sac à dos. Les autres recrues la frottèrent énergiquement avec des serviettes puis la couvrirent de tous les sacs de couchage disponibles.

Lauren sentit sa vision se brouiller. Bethany agitait une veste thermique au-dessus d'elle.

— Lève-toi ! cria cette dernière. Tu dois absolument enfiler tes vêtements avant de…

• ••

Lorsqu'elle revint à elle, Lauren sentit l'odeur entêtante de la crème antifroid. On lui avait bandé les pieds, et ses hanches brûlées au deuxième degré la faisaient atrocement souffrir.

— Bienvenue dans le monde des vivants, dit Bethany d'une voix apaisante.

Lauren était allongée sur le sol, dans la pièce principale du camp de base qu'elles avaient quitté cinq jours plus tôt pour arpenter les plaines glacées d'Alaska. La chaleur étouffante et la lumière crue des lampes halogènes lui semblaient irréelles. Ses camarades, vêtus de shorts et de T-shirt gris, étaient étendus sur d'énormes coussins. Les cheveux encore humides, ils buvaient du thé dans des mugs fumants.

— Combien de temps… ? demanda Lauren, avant qu'une quinte de toux ne la contraigne à s'interrompre.

Bethany consulta sa montre.

— Tu es restée dans les pommes pendant quarante minutes. Selon Miss Smoke, tu souffres d'hypothermie et d'hypoglycémie, mais rien de bien grave. Tu iras mieux dans quelques heures, avec un peu de repos, un bon casse-croûte et des boissons chaudes. Au fait, je suis certaine que tu seras ravie d'appendre que ton succès a mis Large dans une rage folle.

— Où est mon T-shirt gris ?

— Dans ta main, idiote. Je ne l'ai pas déballé. J'avais peur que tu fasses des taches, avec toute cette crème antifroid.

Lauren referma ses doigts engourdis sur le sachet de plastique transparent. Elle le porta à hauteur de ses yeux et contempla le logo CHERUB imprimé sur le tissu gris.

— Bon vent, programme d'entraînement, murmura-t-elle en souriant.

— À nous les missions d'infiltration, ajouta Bethany.

6. Appelle-moi Dave

Moins vaste et luxueux que celui de Zara, le bureau de John Jones disposait néanmoins de trois ordinateurs, un grand écran LCD mural et un long divan de velours beige. Les hautes baies vitrées surplombaient le parc du campus plongé dans l'obscurité.

Dave Moss, un agent de seize ans portant un T-shirt noir frappé du logo CHERUB, était assis sur le divan. Ce garçon était une légende. Il avait reçu le T-shirt bleu marine à l'âge de onze ans et le noir à treize ans, à l'issue d'une mission qui avait permis de coffrer la moitié des criminels d'Ukraine. Il parlait cinq langues et avait remporté tous les tournois d'arts martiaux auxquels il avait participé.

CHERUB comptait dans ses rangs de nombreux surdoués, mais Dave sortait du lot sans pour autant passer pour une bête à concours aux yeux de ses camarades. Il devait sa popularité à ses capacités, mais aussi à son aspect physique. Il était grand, musclé, avec des yeux vert clair et de longs cheveux blonds. Il arborait un look un peu grunge. Il sortait toujours avec les filles les plus séduisantes du campus, et il se murmurait que l'une d'elles était tombée enceinte. Lorsque Kerry lui avait appris la nouvelle, James avait fait mine d'être scandalisé. En vérité, aux yeux de tous les garçons, cette rumeur avait fait de Dave un dieu vivant.

— James, tu connais David Moss ? demanda John Jones.

— Non, répondit James en serrant nerveusement la main de son héros. Je suis enchanté de faire ta connaissance, David.

— Appelle-moi Dave, répondit le garçon avec un large sourire.

James se sentait minable. *Je suis enchanté de faire ta connaissance.* On n'aurait pas pu trouver phrase d'introduction plus ringarde.

— Les contrôleurs de mission tiennent David en très haute estime, précisa John Jones. Nous sommes à la recherche d'agents de son calibre pour mener l'une des plus importantes opérations dont notre organisation ait jamais été chargée.

James souriait jusqu'aux oreilles.

— Je me doutais bien qu'il s'agissait d'une super-mission, bégaya-t-il. Je veux dire... Tout le monde connaît la réputation de Dave.

— Tu ne te débrouilles pas mal non plus, James, le rassura le garçon. J'ai consulté ton dossier personnel. Tu n'as que deux missions à ton actif, mais, dans ton cas, la qualité l'emporte largement sur la quantité.

— Merci.

Ce compliment avait apaisé l'inquiétude qu'il éprouvait en présence du héros du campus.

— Alors, demanda-t-il, en quoi consiste cette mission ?

Dave adressa à John Jones un regard oblique.

— Je peux lui montrer ?

Le contrôleur de mission hocha la tête.

— Avant tout, il faut que les choses soient claires. James, que tu acceptes ou non cette mission, je veux que tout ça reste entre nous.

James hocha la tête.

— Bien sûr, comme d'habitude.

Dave glissa un bras derrière le dossier du sofa puis exhiba un long tube de métal équipé d'une crosse et d'une poignée.

— Tu sais de quoi il s'agit ? demanda John.

— C'est un lance-missiles, dit James.

— Exact. Il n'y a pas plus simple. Tu le cales contre ton épaule, tu verrouilles ta cible et tu presses la détente. C'est une arme jetable dernier modèle, conçue pour tirer un seul coup. Le missile est équipé d'un dispositif de ciblage hypersophistiqué et d'un moteur à propergol solide d'une portée de dix kilomètres.

James poussa un sifflement admiratif.

— Avant le début des années quatre-vingt-dix, poursuivit John, les armées du monde entier utilisaient des bombes non guidées larguées par des avions à quinze kilomètres d'altitude. En gros, ils ouvraient la soute et croisaient les doigts pour qu'elles touchent leur objectif. Seul un projectile sur vingt atteignait sa cible. Les autres s'écrasaient aux alentours, produisant de terribles dégâts collatéraux parmi les populations civiles. Lors de la première guerre du Golfe, les Américains ont utilisé pour la première fois des missiles de croisière Tomahawk. Tranquillement assis dans une salle de contrôle, un opérateur pouvait désormais pulvériser une cible située à cinq cents kilomètres avec un taux de succès de quatre-vingt-dix-neuf pour cent. Ce nouveau matériel a offert à l'armée américaine un avantage stratégique décisif. Seul point noir : un missile Tomahawk coûtait alors un demi-million de dollars, soit un budget quotidien de deux milliards par jour. Même les Yankees n'avaient pas assez de cash pour financer ces dépenses.

Dave tendit l'arme à James pour qu'il puisse l'examiner.

— Du coup, continua John Jones, aujourd'hui, les ingénieurs en armement ne cherchent plus à produire des missiles plus gros, plus précis ou à plus longue portée, mais à réduire les coûts de production. L'arme que tu tiens entre les mains est le fruit de quinze ans de développement. Son nom officiel est LMPGE : Lance-Missiles Portatif à Guidée Électronique, mais les soldats le surnomment missile *Buddy*. Il intègre un système de calcul et de positionnement bon marché, comparable aux microprocesseurs des ordinateurs et aux GPS grand public. Il suffit de programmer la position de la cible grâce à un ordinateur portable ou un téléphone mobile capable de faire tourner un programme de navigation Internet. Grâce à une liaison satellite, il est même possible de mettre à jour en temps réel les données concernant un véhicule en mouvement, comme une voiture ou un bateau. Ensuite, le tireur n'a plus qu'à se retirer à dix kilomètres du point d'impact, à pointer le lance-missiles vers le ciel, à appuyer sur la détente puis à attendre que sa cible soit pulvérisée.

James tourna le tube de métal entre ses mains.

— Combien coûte cette merveille ? demanda-t-il.

— Quinze mille dollars, dit John Jones. Bien entendu, les Américains ne les vendent qu'aux forces militaires de leurs alliés.

— *Blam !* s'exclama James en appuyant sur la détente. Il faut que je commence à mettre des sous de côté.

Le contrôleur de mission sourit.

— En fait, James, on espère que tu pourras mettre la main sur quelques-uns de ces joujoux.

— Quoi ? Les Américains ne veulent pas nous en vendre ?

Le visage de John se ferma.

— Trente-cinq prototypes avaient été réservés à l'armée britannique pour pratiquer des essais sur le terrain. Il y a un peu moins de trois semaines, un avion-cargo de la Royal Air Force s'est posé sur une base du Nevada pour prendre livraison du chargement. Seulement, le camion qui transportait les missiles s'est volatilisé.

— Tu veux dire que quelqu'un les a piqués ? s'étrangla James.

— Exactement. Notre seule consolation est que nous croyons savoir qui a fait le coup.

— Des terroristes ?

— Non, ou, du moins, pas directement. Les services secrets américains soupçonnent qu'ils ont été détournés par une spécialiste du trafic d'armement nommée Jane Oxford. Selon nous, elle ne les a pas encore revendus. Ces missiles pourraient lui rapporter une fortune. Elle choisira le client le plus offrant, que ce soit un groupe terroriste ou un État dictatorial. Nous pensons que sa cupidité peut nous permettre de gagner du temps.

— Quels dégâts pourrait provoquer un tel missile ? demanda James.

— Compte tenu de son poids, il ne peut pas embarquer une grande quantité d'explosif, mais il compense sa faible puissance par une précision diabolique. Il suffirait à un terroriste de pointer un missile *Buddy* à la fenêtre de son appartement de la banlieue de Londres pour pulvériser la reine en pleine nuit, au cœur de Buckingham Palace. Tout est possible, avec un engin aussi perfectionné.

— Il n'existe pas de contre-mesures ?

— Il n'y a pas grand-chose à faire. Les Américains protègent leur Président grâce à une batterie anti-missile Phalanx montée sur semi-remorque. Mais cette arme a été conçue pour la défense antiaérienne des navires de guerre. Elle crache des milliers d'obus de vingt millimètres à la minute. Imagine un peu les dégâts que pourrait provoquer un incident de tir en pleine foule, lors d'une parade présidentielle.

— Je vois le tableau, murmura James.

— Une décision a été prise au niveau ministériel des deux côtés de l'Atlantique. L'information ne sera pas rendue publique, afin de ne pas semer la panique dans l'opinion.

— … et parce que les politiciens qui clament sur tous les toits qu'ils sont en train de gagner la guerre contre le terrorisme passeraient pour de parfaits crétins, ajouta Dave.

— Notre problème, continua John, c'est que les forces de police et les agences de renseignement britanniques et américaines recherchent Jane Oxford depuis le début des années quatre-vingt, et rien ne nous autorise à penser qu'ils se montreront plus efficaces aujourd'hui qu'ils ne l'ont été depuis trente ans. Cependant, les Yankees nous ont communiqué une piste intéressante, que seul un garçon de ton âge est en mesure d'exploiter.

— Les services secrets américains n'ont pas leur propre CHERUB ? demanda James.

John secoua la tête, puis sortit du tiroir de son bureau un ordre de mission.

— Tu ferais mieux de lire ça attentivement.

7. Un truc de dingue

** CONFIDENTIEL **

ORDRE DE MISSION DE JAMES ADAMS

CE DOCUMENT EST ÉQUIPÉ D'UN SYSTÈME ANTIVOL INVISIBLE. TOUTE TENTATIVE DE SORTIE HORS DU CENTRE DE CONTRÔLE ALERTERA IMMÉDIATEMENT L'ÉQUIPE DE SÉCURITÉ.

NE PAS PHOTOCOPIER – NE PAS PRENDRE DE NOTES

Jane Oxford, née Hammond – Les premières années

Jane Hammond naît en 1950 dans une base de l'armée américaine du Hampshire, en Angleterre. Elle est la fille du capitaine Marcus Hammond, citoyen des États-Unis spécialisé dans la logistique, et de sa femme Frances, de nationalité britannique.

Jane passe les premières années de sa vie dans diverses installations militaires à travers le monde. C'est une jeune fille brillante dotée d'un tempérament rebelle. À quinze ans, alors qu'elle vit en Allemagne, elle fugue en compagnie d'un G.I. de dix-neuf ans. Trois semaines plus tard, à court de ressources, les deux amoureux se rendent à la police parisienne.

Son père, promu au grade de général, demande sa mutation en Californie. Il espère offrir à sa fille un cadre plus stable où elle pourra se concentrer sur son travail scolaire et préparer son entrée à l'université.

Nommé responsable de la logistique de la base navale d'Oakland en pleine guerre du Vietnam, il est chargé de l'acheminement de l'équipement, du ravitaillement et des troupes qui se battent alors de l'autre côté du Pacifique.

Contrairement à ce qu'il avait espéré, Jane délaisse son travail scolaire et commence à traîner avec une bande de hippies. Sur les photos datant de cette époque, elle apparaît comme une jeune fille négligée, portant de longues tresses, des colliers indiens et un jean troué.

Elle rencontre Fowler Wood, un marginal de vingt et un ans qui fréquente l'université de Californie. Président d'un groupe radical d'étudiants opposés à la guerre du Vietnam, il sensibilise Jane à son combat politique.

Fowler, qui cherche depuis des mois un moyen non violent de parasiter l'effort de guerre américain, s'intéresse de très près aux activités du général Hammond. L'idée lui vient de saboter les armes qui transitent par la base navale d'Oakland. Jane s'introduit clandestinement dans le bureau de son père et dérobe des laissez-passer vierges permettant d'accéder aux docks. En outre, elle découvre un planning indiquant la date de livraison d'un important stock de fusils d'assaut. Fowler et ses camarades dressent alors un plan audacieux : ils prévoient de s'introduire sur la base, d'ouvrir les caisses contenant les armes, de les saupoudrer de soude caustique et de laisser le produit chimique corroder le métal tout au long du transport vers le Vietnam.

Deux jours avant l'opération, le groupe pacifiste, à l'issue d'une procédure de vote, décide de suspendre l'action de guérilla, jugée trop risquée. Jane, ulcérée par cet acte de lâcheté, rompt avec Fowler, dérobe sa voiture et le carnet de chèques de sa mère, puis fait route vers le Mexique.

Jane Hammond et Kurt Oxford

Jane s'installe dans la chambre d'un motel bon marché de San Diego, agglomération qui partage une frontière avec la ville mexicaine de Tijuana. Alors qu'elle écume les bars à la recherche de faux papiers d'identité, elle rencontre Kurt Oxford, un marginal de vingt-huit ans à la longue barbe et aux bras couverts de tatouages. Cofondateur des Vandales, un club de motards californien rival des célèbres Hell's Angels, il compte de nombreuses condamnations pour agression et vol à main armée. Jane emménage avec lui, dans la villa où se rassemblent les membres du club.

La police soupçonnant les Vandales de s'enrichir en passant de la drogue par la frontière mexicaine, l'habitation est placée sous surveillance vingt-quatre heures sur vingt-quatre. L'étude des photos d'archives montre que Jane entreprend une métamorphose spectaculaire, troquant ses tenues hippies pour des vêtements de cuir. Compte tenu de la faible considération accordée aux femmes dans le milieu des bikers, la police ne prend même pas la peine d'enquêter sur son identité. En effet, les règles officielles du club leur réservent un statut particulier : elles ne sont pas membres à part entière, n'ont pas le droit de piloter une moto, ne participent à aucune activité criminelle et doivent rester silencieuses lors des rassemblements officiels du club, sauf lorsqu'elles sont chargées de servir les hommes à table.

Kurt manifeste un vif intérêt pour les laissez-passer dérobés par sa petite amie. Dépourvu de tout scrupule, il voit immédiatement les profits qu'il pourrait réaliser en les revendant au marché noir à des groupes rebelles ou terroristes par l'intermédiaire d'un narcotrafiquant mexicain avec qui il entretient une relation d'affaires.

Malgré les nombreuses manifestations pacifiques auxquelles elle a participé, Jane approuve aussitôt les projets de son nouveau petit ami. Selon les psychiatres criminologues qui ont depuis étudié son dossier, c'est une jeune fille instable, totalement dénuée de sens moral, souffrant d'une tendance à la morosité, qui ne s'épanouit que dans la transgression et le danger.

L'ascension et la chute du couple Oxford

Kurt Oxford et Jane Hammond mettent leur plan à exécution et procèdent à de nombreux vols sur les docks de la base navale d'Oakland. En quelques semaines, ils amassent près de vingt-cinq mille dollars, l'équivalent de cent quarante mille dollars d'aujourd'hui. Jane, désormais *experte en fabrication de faux laissez-passer, découvre que ces documents pourraient lui permettre de s'introduire dans tous les dépôts d'armes américains. Au cours des deux années suivantes, le couple organise plus de quatre-vingts cambriolages sur tout le territoire des États-Unis grâce à un scénario parfaitement rôdé : en se basant sur les livres d'inventaire dérobés dans le bureau de son père, Jane se fait passer pour l'assistante d'un officier des services logistiques et effectue une commande par téléphone. Dès le lendemain, Kurt, coiffé, rasé et vêtu d'un uniforme, se présente au dépôt de matériel à bord d'un camion militaire acheté dans un surplus, muni de papiers préalablement dactylographiés par sa complice dans leur chambre de motel. Une fois le chargement effectué, il quitte la base et rejoint la côte, où des trafiquants mexicains embarquent les armes à bord de bateaux en direction de l'Amérique du Sud.*

Ce plan exploite une défaillance de l'administration militaire : deux cent cinquante mille soldats se battent alors au Vietnam, et des milliers de camions transportent de l'armement dans tout le pays ; les fonctionnaires chargés de tenir à jour ces inventaires se montrent incapables de consigner tous ces mouvements. Lorsqu'un officier inspecteur constate une disparition, souvent plusieurs mois après le vol, il le met sur le compte d'une banale erreur d'écriture.

En 1968, Kurt et Jane engrangent vingt mille dollars (cent dix mille dollars actuels) par mois. À la tête d'une fortune estimée à un demi-million de dollars mis à l'abri dans divers paradis fiscaux, ils voyagent en première classe et séjournent dans des hôtels cinq étoiles. Ils cessent de parti-

ciper aux opérations et chargent des membres de leur gang de motards de procéder aux cambriolages.

Le 26 décembre 1968, le couple loue une suite au Desert Inn, un hôtel-casino de Las Vegas. Le lendemain, Kurt offre à Jane une bague en diamant de deux carats, puis la conduit à bord d'une limousine de location jusqu'à une chapelle spécialisée dans les mariages minutes. De retour à l'hôtel, les deux époux se soûlent et commencent à perdre une importante somme d'argent à une table de black-jack. À l'issue d'une bagarre l'ayant opposé à l'un des joueurs, Kurt est remis aux forces de l'ordre par l'équipe de sécurité du casino.

Lors du contrôle de routine mené au poste de police local, les enquêteurs découvrent que l'homme qu'ils ont appréhendé a violé les termes d'une remise en liberté conditionnelle accordée cinq ans plus tôt par l'état du Nevada, dans le cadre d'une affaire concernant un affrontement armé entre bandes de motards rivaux à Reno.

Moins de six heures après son mariage, Kurt est incarcéré au pénitencier du comté de Las Vegas pour y purger une peine de cinq ans de réclusion.

Quelques jours plus tard, Jane apprend que son mari est également recherché par les forces de police californiennes, qui souhaitent l'interroger à propos d'une affaire de meurtre non résolue.

Kurt Oxford est extradé vers la Californie. Le 24 janvier 1969, cinq jours avant de comparaître pour homicide devant le tribunal, il est abattu par un garde dans la cour de la prison au cours d'une émeute raciale. Il succombe à ses blessures onze jours plus tard.

Jane Oxford, trafiquante d'armes internationale

À l'âge de dix-neuf ans, Jane Oxford, riche et dépourvue de liens familiaux, est inconnue des services de police, à l'exception de la déclaration de disparition remplie par son père à Oakland. Craignant un scandale public, le général Hammond a remboursé la voiture volée de Fowler Wood ainsi que le montant des chèques tirés sur le compte de sa mère.

Au cours des années soixante-dix, au lieu de se ranger sagement, Jane Oxford étend la portée de ses opérations illégales au niveau international. Son commerce d'armes volées est florissant. Lorsque les autorités militaires se décident enfin à enquêter sur les disparitions constatées et mettent en place de nouvelles mesures de sécurité, elle met au point des techniques plus sophistiquées pour poursuivre le pillage. Elle prend contact avec les agents administratifs les plus vulnérables, des fonctionnaires gagnés par la lassitude ou le mal du pays, et leur propose de fermer un œil sur certains faits douteux ou de conduire un camion hors de la base, en échange d'une voiture neuve ou de l'apport nécessaire à l'achat d'une maison individuelle.

Jane, bien décidée à court-circuiter son intermédiaire mexicain et à traiter directement avec ses acheteurs, entreprend une tournée mondiale sous divers noms d'emprunt, et établit des relations avec des groupes terroristes, des barons de la drogue, des seigneurs de guerre et des dictateurs. Elle conclut d'importants accords commerciaux, mais ses activités de détournement dans les bases américaines, associé à

sa formidable entreprise de corruption, demeure sa prin-
cipale source de revenus.

Le Fantôme

*En 1982, Michael Smith, un ancien membre du gang des
Vandales, est arrêté dans une base militaire du Kentucky
après avoir essayé de franchir le poste de sécurité à bord
d'un camion transportant des obus de mortier. Le malfaiteur, ayant égaré les papiers qui lui ont été remis par l'un
des associés de Jane Oxford, a présenté des documents gros-
sièrement contrefaits datant d'une opération antérieure.*

*Smith, craignant d'être inculpé pour les douzaines de
cambriolages dont il s'est rendu coupable au cours des dix
années précédentes, propose spontanément aux officiers qui
l'interrogent des informations concernant Jane Oxford en
échange d'une remise de peine. Il apprend alors avec stupéfaction qu'elle n'est pas recherchée et qu'aucune force de
police n'a jamais entendu parler d'elle.*

*Du jour au lendemain, les révélations de Michael Smith
propulsent Jane Oxford sur la liste des criminels les plus
recherchés du pays. Le FBI, la CIA et la police militaire
mettent en place une équipe de deux cents agents chargés de
la traduire devant un tribunal. Leur seul problème : ils ne
disposent strictement d'aucune information la concernant.*

*Après quatorze ans d'activités couronnées de succès, Jane
ne prend plus part aux opérations sur le terrain. Les enquêteurs ignorent qui sont ses adjoints, dans quel pays elle vit,
si elle est remariée et si elle a des enfants. Elle n'a établi
aucun contact avec ses parents depuis sa fugue, seize ans*

plus tôt. Tout ce dont les enquêteurs disposent, c'est d'une photo prise lors de son mariage, en 1969, saisie parmi les effets personnels de Kurt Oxford dans la chambre du Desert Inn. Environ vingt millions d'heures de travail ont été investies en interrogatoires, opérations de surveillance et tentatives d'infiltration. Pourtant, à ce jour, Jane Oxford reste introuvable. Les agents du FBI l'appellent le Fantôme.

État actuel de l'organisation de Jane Oxford

Aujourd'hui, les armes importées des anciens pays de l'Est qui inondent le marché noir ont rendu obsolète et peu rentable l'ancien modèle économique de l'organisation de Jane Oxford. Comme tous les trafiquants, on suppose qu'elle concentre désormais ses activités sur le commerce de matériel de haute technologie.

Depuis 1998, le FBI pense qu'elle a orchestré plus de vingt opérations soigneusement planifiées pour s'emparer de scopes à vision nocturne destinés aux fusils de haute précision, d'avions de reconnaissance miniaturisés sans pilote, de dispositifs de brouillage radar, d'obus antichars à plasma et de missiles sol-air. Le prix de revente de ce matériel de taille réduite, facile à passer de l'autre côté de la frontière mexicaine, s'élève à dix millions de dollars.

On la soupçonne également d'avoir détourné trente-cinq LMPGE, ou missiles Buddy, lors de leur transport vers une base militaire où ils devaient être chargés à bord d'un avion-cargo de la Royal Air Force. Ce coup d'éclat a valu à Jane Oxford une promotion à la deuxième place de la liste des criminels les plus recherchés des États-Unis.

Un événement inattendu

Une nuit de mai 2004, un garçon de quatorze ans nommé Curtis Key, pensionnaire d'un lycée militaire d'Arizona, s'échappe du dortoir malgré le couvre-feu, vole la voiture personnelle du colonel de l'établissement, puis défonce le portail du poste de sécurité. Il roule jusqu'à la ville voisine, se gare devant une boutique d'alcool, saisit une bouteille de Coca et demande au vendeur de lui fournir l'une des bouteilles de vodka mises à l'abri derrière son comptoir. Lorsque ce dernier lui réclame une pièce d'identité, Curtis Key sort un pistolet automatique et l'abat d'une balle en plein cœur. Enfin, très calmement, il renverse la moitié de la bouteille de soda sur le sol, y verse le contenu du flacon d'alcool et en avale de longues gorgées. La scène a été intégralement filmée par les caméras de surveillance.

Le garçon remarque une Jaguar stationnée devant le magasin. Il sort, tue le conducteur et sa petite amie, prend les commandes du véhicule et parcourt trente kilomètres pied au plancher, sans cesser d'engloutir le contenu de sa bouteille. Lorsqu'il entend les sirènes des trois voitures de police lancées à sa poursuite, totalement ivre, il se range sur le bas-côté, saisit l'arme posée sur le siège passager, place le canon contre sa tempe et appuie sur la détente. Alors, la balle se coince dans la culasse.

En vertu des lois de l'État d'Arizona, tout individu âgé d'au moins quatorze ans accusé de meurtre peut être poursuivi et condamné comme un adulte. En octobre 2004, les psychiatres jugent Curtis Key responsable de ses actes. Il écope d'une peine d'emprisonnement à vie sans possibilité de remise en liberté conditionnelle. Il devient l'un des deux cent soixante-dix criminels mineurs incarcérés dans le quartier spécialisé du pénitencier de haute sécurité de l'État d'Arizona, plus connu par son personnel et ses résidents sous le nom d'Arizona Max.

Les autorités judiciaires constatent avec étonnement que les parents du condamné ne se sont pas manifestés depuis son arrestation. Ils découvrent qu'une fausse adresse figure dans les registres du lycée militaire, et que les frais de scolarité sont virés chaque mois depuis un compte anonyme domicilié aux Seychelles. Curtis, qui prétend souffrir d'amnésie, est incapable de fournir la moindre explication.

Alertée, la police d'État, qui soupçonne Curtis de protéger son père et sa mère, envoie des échantillons de salive au FBI. Les analyses démontrent avec une quasi-certitude qu'il est le descendant du général Marcus Hammond, qui avait accepté de fournir son profil ADN aux agents chargés de retrouver sa fille. Une seule explication possible : Curtis Key est le fils de Jane Oxford.

Comment exploiter la piste Curtis Oxford

Les agents du FBI se réjouissent de cette découverte. Pour la première fois depuis vingt-deux ans de traque, ils tiennent enfin une piste sérieuse. Ils gardent l'information secrète et se contentent de surveiller étroitement leur cible grâce à un agent placé au sein du personnel pénitentiaire du quartier des mineurs d'Arizona Max.

Ce dernier ne tarde pas à découvrir que Jane Oxford a

chargé plusieurs membres du gang des Vandales incarcérés de faire savoir que Curtis était intouchable et de menacer de représailles sévères quiconque s'aviserait de le maltraiter ou de lui extorquer de l'argent. En outre, il apprend que deux gardes ont été contactés par un inconnu circulant sur une grosse cylindrée et se sont vu proposer mille cinq cents dollars par mois pour introduire des objets illégaux dans la cellule du garçon.

Malgré ses fréquentes interventions à distance, Jane Oxford ne commet pas le faux pas permettant de remonter sa trace. Le FBI s'intéresse alors aux deux « oncles » domiciliés à Las Vegas, figurant aux côtés de l'avocat de Curtis sur sa liste de contacts téléphoniques et de visiteurs autorisés par l'administration pénitentiaire. Les analyses ADN pratiquées sur ces hommes n'ayant révélé aucun lien de parenté avec le garçon, les enquêteurs les placent sous filature.

En riposte à cette mesure et de façon à assurer définitivement la sécurité de leur protégé, les « oncles » informent l'administration pénitentiaire de sa véritable identité, et encouragent Curtis à faire de même auprès de ses compagnons de cellule. Ce secret révélé, le FBI comprend que Jane ne sortira pas du bois et avoue se trouver dans une impasse.

Évasion et infiltration

Désormais persuadés que Jane Oxford ne rendra pas visite à son fils en prison, les enquêteurs n'envisagent plus qu'une solution : permettre à Curtis de quitter le pénitencier et espérer qu'il les mène jusqu'à sa mère. Le FBI imagine plusieurs scénarios. Il passe en revue tous les vices de *procédure judiciaire et échafaude une stratégie permettant à la police de l'Arizona de découvrir miraculeusement de nouvelles preuves propres à innocenter le garçon.*

Hélas, la vidéo où l'on voit Curtis tirer sur le vendeur du magasin d'alcool constitue une preuve accablante ; il a plaidé coupable lors de son procès, et les sentiments des proches des trois victimes doivent être pris en considération ; en outre, il est probable que Jane Oxford, qui a passé trente années de sa vie à fuir la police, flaire le coup monté en apprenant la nouvelle de cette libération providentielle.

En revanche, elle se montrerait sans doute moins suspicieuse si son fils s'évadait. Les enquêteurs élaborent alors un plan audacieux nommé Évasion et Infiltration, qui prévoit l'introduction de deux faux détenus dans le pénitencier d'Arizona Max. Leur rôle : gagner la confiance de Curtis, puis lui proposer de prendre part à leur projet d'évasion, pourvu que sa mère leur fournisse des faux papiers et un moyen de gagner un pays étranger.

Pour apporter tout le réalisme nécessaire à l'opération et apaiser les soupçons de Jane Oxford, le meurtre d'un gardien serait mis en scène et la police d'État, laissée dans l'ignorance du caractère fictif de cet assassinat, lancée sans retenue aux trousses des fuyards.

Si les agents parviennent à s'évader et si Jane Oxford respecte l'accord conclu avec son fils, le FBI croit pouvoir saisir une chance sans précédent d'infiltrer son organisation.

Les autorités considèrent qu'il s'agit d'un plan à haut risque. Elles estiment ses chances de succès à moins de cinquante pour cent et reconnaissent que la vie de leurs agents pourrait être mise en danger en cas de confrontation avec les forces de police.

De plus, une disposition légale rend délicate l'application de cette stratégie : dans l'État d'Arizona, bien que les mineurs soient jugés et condamnés avec la même fermeté que leurs aînés, ils sont incarcérés dans un bloc spécialisé et ne peuvent entretenir aucun contact avec les détenus adultes. En conséquence, ce plan ne pourra être mis en œuvre qu'en 2009, à la majorité de Curtis Oxford, après son transfert vers un quartier standard d'Arizona Max.

Le rôle de CHERUB

Les services secrets anglais recherchent Jane Oxford depuis la disparition des trente-cinq missiles Buddy destinés à l'armée britannique, en mars 2005. Après avoir vainement tenté de démasquer une taupe parmi les membres de la Royal Air Force, le MI5 a dépêché l'un de ses officiers de haut rang auprès de l'équipe du FBI chargée d'enquêter sur le vol.

Ce dernier, informé de l'existence de l'opération Évasion et Infiltration, comprend aussitôt que ce plan ambitieux pourrait être mis en œuvre sur-le-champ grâce à l'intervention d'agents de CHERUB. En outre, leur âge persuaderait Jane Oxford du caractère authentique de l'évasion.

Le plan ayant été approuvé par les autorités du MI5, John Jones, désigné contrôleur, règle les détails de la mission. Il prévoit la participation de deux agents placés dans le quartier des mineurs d'Arizona Max, et d'un troisième agent opérant à l'extérieur chargé de favoriser leur évasion.

...

— Wow ! s'exclama James, en reposant l'ordre de mission sur le bureau de John Jones. C'est un truc de dingue.

— C'est le seul moyen dont nous disposons pour coffrer Jane Oxford et remettre la main sur les missiles *Buddy*, dit John. Mais je ne te demande pas de prendre une décision immédiate. Je veux que tu prennes le temps de réfléchir à tout ça. Tu as jusqu'à demain matin.

James secoua la tête.

— Ça ne me fait pas peur, dit-il avec fermeté. Je suis partant.

Le contrôleur de mission sourit.

— Je préférerais que tu dormes un peu avant de te décider. Tu devrais aussi en discuter avec Meryl Spencer.

— C'est inutile. Si j'ai bien compris, Dave et moi serons les deux pensionnaires d'Arizona Max ?

— Tu n'as que quelques mois de moins que Curtis Oxford, et vous êtes à peu près de la même taille. Tu es le candidat idéal pour nouer des liens avec lui. Dave jouera le rôle de ton grand frère. Nous avons besoin d'un agent costaud pour te protéger des autres détenus et se faire passer pour un garde pendant l'évasion. En plus, c'est un expert en conduite automobile avancée.

— Qui est le troisième agent, celui qui est censé nous aider depuis l'extérieur ?

— Nous cherchons quelqu'un qui pourrait se faire passer pour un membre de votre famille. À vrai dire, on n'a pas encore trouvé.

— Et pourquoi pas Lauren ? demanda James. Son programme d'entraînement se termine aujourd'hui. Si elle a réussi à se qualifier, elle fera parfaitement l'affaire.

— Lauren est très mignonne, James, dit John en souriant, mais nous sommes à la recherche d'un agent expérimenté.

8. Comme frère et sœur

Lorsqu'il vit le minibus conduit par Mr Large passer devant la fenêtre de la salle de cours, James se dressa d'un bond. Mrs Brennan interrompit son exposé, se détourna du tableau en vinyle et le fixa avec des yeux ronds.

— Ma sœur revient du programme d'entraînement, expliqua-t-il, au comble de l'excitation, avant de saisir la veste de combat kaki posée sur le dossier de sa chaise. Je peux aller la voir ?

Les mathématiques étaient son point fort et il entretenait d'excellentes relations avec son enseignante. Cette dernière leva les yeux au ciel et lui tendit une feuille d'exercices à effectuer pour le lendemain. Il se rua dans le couloir, puis poussa d'un coup d'épaule la double porte donnant sur l'extérieur.

Il boutonna sa veste et passa les bretelles de son sac à dos autour de ses épaules afin de pouvoir courir plus à l'aise. Jake, le petit frère de Bethany, jaillit à son tour du bâtiment. C'était un petit garçon de huit ans, avec des grands yeux bruns et des cheveux hérissés.

— Tu vas chercher ta sœur ? demanda-t-il.

— Bien sûr, je ne veux pas rater ça.

— Bon sang, j'espère qu'elles se sont qualifiées.

— Bethany ne t'a pas appelé ? Lauren m'a laissé un message pendant que je travaillais au centre de contrôle. Elle attendait le vol pour Londres à l'aéroport de Toronto. Elle m'a dit qu'elle avait mal aux pieds, mais que les six rescapés du programme avaient tous reçu leur T-shirt gris.

— Génial ! s'exclama Jake. On fait la course ?

Il détala sur la pelouse, son sac de classe bringuebalant sur ses épaules. James lui emboîta le pas à petites foulées. Il n'avait aucune raison de se presser. Il savait par expérience que Mr Large exigerait de ses recrues qu'elles rassemblent leurs affaires et nettoient le centre d'entraînement avant de regagner le bâtiment principal.

Lorsque Jake eut une centaine de mètres d'avance, il s'immobilisa puis se tourna vers James, l'air contrarié.

— Ben alors, qu'est-ce que tu attends ? cria-t-il.

James était impatient de revoir sa sœur, et l'enthousiasme du petit garçon était contagieux.

— Je te laisse prendre un peu d'avance, ricana-t-il. Tu vas en avoir besoin.

Jake émit un étrange couinement puis se remit à courir. James le rattrapa cent mètres plus loin, aux limites d'un terrain de football détrempé d'où l'on pouvait apercevoir la clôture de fil de fer barbelé du centre d'entraînement.

En passant à sa hauteur, il lui adressa une tape amicale dans le dos puis prit rapidement de la vitesse. Le petit garçon perdit l'équilibre et atterrit à plat ventre sur le sol boueux.

— À tout à l'heure, Speedy Gonzalez! lança James d'un ton moqueur en jetant un œil par-dessus son épaule.

Constatant que son concurrent gisait immobile face contre terre, il rebroussa chemin, l'estomac noué, puis s'accroupit à son chevet.

— Tout va bien?

— Je crois que tu m'as cassé la clavicule, gémit Jake.

James se sentit submergé par une bouffée d'angoisse. Il se voyait déjà dans le bureau de Mac, en train d'essayer de justifier la blessure accidentelle infligée à un résident de huit ans, le jour où sa sœur rentrait du programme d'entraînement.

— Je suis désolé, murmura-t-il en posant une main sur l'épaule de sa victime. Tu as essayé de bouger le bras?

Alors, le rictus douloureux de Jake se changea en sourire maléfique. Sa main se referma sur le poignet de James, puis sa jambe droite balaya ses chevilles, l'envoyant rouler sur la pelouse. Il saisit une motte de terre, l'écrasa sur la joue de son adversaire, essuya ses doigts dans ses cheveux, puis se remit sur pieds d'un bond en s'exclamant:

— Ah, ah! Comment tu t'es fait avoir!

Il parcourut les quelques dizaines de mètres qui le séparaient des portes du centre d'entraînement les bras levés, saluant triomphalement une foule imaginaire. James se redressa péniblement et, à l'aide d'un Kleenex usagé retrouvé dans la poche de sa veste de treillis, essuya son oreille pleine de boue.

— Espèce de sale petit tricheur ! cria-t-il, hors de lui.

En réalité, il se reprochait amèrement d'avoir fait preuve d'une telle naïveté. Quel que soit son âge, chaque agent de CHERUB pratiquait le karaté et le judo. Même l'enfant le plus chétif pouvait se révéler un adversaire redoutable.

James rejoignit Jake devant le portail du centre. Il sortit de sa poche une barre chocolatée, la coupa en deux et lui en tendit la moitié.

— Je me vengerai, lança-t-il.

Le petit garçon haussa les épaules.

— Quand tu veux, répliqua-t-il, la bouche pleine, parfaitement indifférent à cette menace.

Les quatre premières recrues déboulèrent sur l'allée de béton. Lauren, appuyée sur l'épaule de Bethany, les suivait en boitant. L'un de ses pieds, chaussé d'une basket sans lacet, était couvert d'un épais bandage.

James n'aimait pas beaucoup Bethany. Il reconnaissait que c'était une amie fidèle mais, lorsque les deux jeunes filles se trouvaient ensemble, leurs bavardages incessants et les fous rires qu'elles piquaient pour les motifs les plus insignifiants lui tapaient sérieusement sur les nerfs.

Jake disparut littéralement entre les bras de sa sœur. James serra Lauren contre lui puis l'embrassa sur la joue.

Elle lui semblait plus grande et plus solide. Il repensa avec tristesse à la petite fille aux joues rondes qu'il avait réveillée au milieu de la nuit, lorsqu'il avait trouvé le corps sans vie de leur mère, dix-huit mois plus tôt.

— Félicitations ! s'exclama-t-il. Je suis tellement fier de toi.

— Tu m'as manqué, dit-elle dans un souffle.

Soudain, elle remarqua les traces de boue sur la veste de son frère.

— Où est-ce que tu as encore traîné ? s'étrangla-t-elle en reculant. Qu'est-ce qui est arrivé à tes cheveux ?

— Jake et moi, on a fait la course pour venir vous retrouver. Ça a un peu dégénéré.

— C'est moi qui ai gagné, précisa le petit garçon.

— Tout ça ne m'étonne pas vraiment, soupira Lauren. Vous avez à peu près le même âge mental. Tenez, Bethany et moi, on vous a rapporté ça de la boutique cadeaux de l'aéroport de Toronto.

Elle leur tendit un sac en papier kraft contenant deux bonnets en polaire à pompons jaunes et bleus.

— Merci ! s'exclama Jake en enfilant l'un des couvre-chefs sur ses cheveux maculés de boue.

— C'est les couleurs du maillot d'Arsenal, quand ils jouent à l'extérieur, ajouta James en imitant son camarade.

Tout au long du chemin menant au bâtiment principal, Bethany et Lauren assommèrent leurs frères d'anecdotes concernant les épreuves traversées au cours des cent derniers jours.

∴

James ignorait si ses professeurs le dispenseraient de cours pour lui permettre de passer le reste de la journée en compagnie de sa sœur. Dans le doute, il préféra s'absenter sans les tenir informés. Au pire, s'il se faisait pincer, il écoperait de quelques tours de piste d'athlétisme en guise de punition.

Lauren s'était vu attribuer l'une des salles de mission du huitième étage fraîchement reconverties en chambres d'habitation. Elle refusa d'y laisser entrer son frère avant qu'il n'ait pris une douche et changé d'uniforme.

Le studio était identique à celui que James occupait deux étages plus bas. Il était équipé d'un lit double, d'une salle de bains avec baignoire, d'un ordinateur portable, d'un mini-frigo, d'un four micro-ondes et d'un coin détente avec canapé, télévision et console de jeux.

James était un peu jaloux. Comme toutes les pièces situées à l'avant du bâtiment principal, la chambre de Lauren disposait d'un balcon donnant sur le parc du campus. Lui n'avait qu'une fenêtre qui surplombait un terrain de football.

Ils durent effectuer trois aller-retour et une douzaine de trajets en ascenseur pour déménager toutes les affaires de la jeune fille depuis la résidence junior. Ils achevèrent cette tâche peu avant l'heure du déjeuner.

Lauren fit un détour par l'entrepôt du quatrième étage et s'empara d'une quantité industrielle de cochonneries afin de remplir son frigo : bouteilles de Coca, sandwiches, barres chocolatées, Snickers glacés et des burritos à réchauffer au micro-ondes.

Les plats sous vide étaient réservés aux agents en mission qui regagnaient le campus après la fermeture du réfectoire. James aurait préféré faire un véritable repas, mais Lauren mourait d'envie d'étrenner son nouveau four.

Leur déjeuner achevé, ne se sentant pas le courage de déballer les sacs, ils s'effondrèrent sur le lit.

— Ils m'ont accordé une semaine de repos avant de reprendre les cours, dit la jeune fille en frottant son ventre tendu à craquer. Ce programme d'entraînement m'a complètement vidée. Je crois que je vais dormir jusqu'à midi tous les jours, et passer le reste de mon temps à mariner dans la baignoire en bouquinant et en me gavant de chocolat.

— Chouette programme. Moi, dans deux ou trois jours, je pars en opération aux États-Unis. J'ai essayé de persuader John Jones de te recruter, mais il n'est pas très chaud. Il pense que tu n'as pas assez d'expérience.

— C'est quoi, comme mission ? demanda Lauren.

Soudain, James sentit son sang se glacer dans ses veines.

— Et merde, souffla-t-il. John va me tuer.

— Qu'est-ce qui se passe ? Qu'est-ce que tu as encore fait ?

— J'étais censé lui donner ma réponse ce matin. C'est une opération hyper importante !

Il s'empara fébrilement du téléphone et composa le poste de John Jones. Le contrôleur de mission décrocha à la première sonnerie.

— Ah, c'est toi, lâcha-t-il froidement. Où est-ce que tu étais, nom d'un chien ? Je t'ai cherché partout. J'ai interrogé tes profs et tes amis. J'ai même laissé trois messages sur ton mobile.

— Je ne sais vraiment pas quoi dire, grommela James. Mon téléphone est à plat. Lauren est rentrée du programme d'entraînement ce matin, et la mission m'est complètement sortie de l'esprit. J'étais en train de déballer ses affaires quand…

— James, tu pars avec nous en mission ou pas ? l'interrompit sèchement John.

— Bien sûr que oui. Il n'y a jamais eu le moindre doute dans mon esprit.

— Peux-tu me passer Lauren ?

— Tu as dit qu'elle était trop jeune.

— J'ai changé d'avis. Le temps presse et on n'a pas d'autre agent sous la main. En plus, avec un peu de chance, son côté « mignon » pourrait jouer en votre faveur, quand vous serez en cavale.

— Je ne sais pas si elle en sera capable, John. Elle est blessée au pied, et le programme l'a complètement épuisée.

Lorsque Lauren comprit que le contrôleur de mission envisageait de l'intégrer à son équipe, elle roula sur le ventre et chuchota à l'oreille de son frère :

— Je ne me sens pas aussi fatiguée que ça.

— Tais-toi, lança James en écartant le combiné. Je n'entends rien !

— Le plan de mission prévoit qu'elle ne passera à l'action qu'après votre évasion d'Arizona Max, poursuivit John. Ça lui laisse un peu de temps pour se remettre.

— Elle a l'air franchement emballée.

Lauren hocha frénétiquement la tête.

— Très bien. Interrompez toute activité et rappliquez en vitesse.

James raccrocha.

— J'y crois pas ! s'exclama la petite fille. Tu te rends compte qu'ils me confient une mission le jour de mon retour d'entraînement ?

— Est-ce que tu es obligée de me brailler dans les oreilles ?

— Excuse-moi. J'ai juste du mal à cacher ma joie. Bethany va être morte de jalousie.

9. La tête dans les nuages

Aux yeux de John Jones, l'enthousiasme affiché par Lauren avant même d'avoir lu l'ordre de mission était préoccupant. Il la reçut seul dans son bureau pour lui décrire en long et en large les risques auxquels sa participation à l'opération pouvait l'exposer. En son for intérieur, il doutait encore qu'une fillette de dix ans puisse y faire face.

Au cours de ses dix-huit années de carrière dans l'Intelligence Service, John avait supervisé des centaines de missions d'infiltration dans tous les coins du globe. Il avait vu des agents perdre la vie, être emprisonnés ou subir de graves blessures. S'il avait fini par se faire à l'idée que des adolescents surentraînés comme James et Dave étaient capables de terrasser la plupart des adultes, il éprouvait un profond malaise lorsqu'il s'interrogeait sur le cas de Lauren.

Il vivait dans la crainte permanente que sa propre fille, âgée comme elle de dix ans, ne soit renversée en se rendant à l'école ou blessée lors d'une activité de plein air. Il éprouvait une véritable répugnance à s'entretenir avec un agent si jeune de sujets aussi graves que les stratégies d'évasion ou l'attitude à adopter en cas de riposte armée des forces de l'ordre.

Mais Lauren avait reçu une excellente formation. Ses réponses à ses questions témoignaient d'une vive intelligence, d'une parfaite compréhension des risques encourus et de leur justification. Après une heure passée à récapituler les détails de la mission, les inquiétudes de John Jones se dissipèrent. Il finit par se demander de quoi sa fille, qui partageait son existence entre les leçons de piano, le club de théâtre et les fêtes chez ses amies, se montrerait capable si elle intégrait CHERUB à son tour.

●●●

Jeudi à l'aube, dans son bureau de l'ambassade des États-Unis à Londres, un fonctionnaire de la CIA acheva la fabrication de faux papiers d'identité aux noms de Lauren, David et James Rose. Seule la date de naissance de ce dernier, trop jeune pour être incarcéré au pénitencier de haute sécurité d'Arizona Max, avait été reculée d'un an.

Le jour n'était pas encore levé lorsqu'un motard déposa au poste de sécurité du campus une sacoche scellée contenant les passeports et les documents garantissant à John Jones et à ses trois agents l'immunité juridique sur le sol américain pendant toute la durée de la mission.

James s'était levé de bonne heure pour prendre une douche et préparer son sac. Alors qu'il s'apprêtait à descendre au réfectoire, il reçut un appel alarmant de Lauren.

— Je ne m'en sors pas, dit-elle d'une voix paniquée. Non seulement je ne retrouve rien, mais je ne sais même pas ce que je suis censée emmener.

Comprenant qu'elle souffrait du trac de la première mission, il lui adressa quelques paroles apaisantes puis la rejoignit dans sa chambre, au huitième étage, pour l'aider à inspecter le contenu des cartons non déballés et choisir les vêtements et l'équipement nécessaires à la mission.

— D'habitude, le contrôleur te donne une liste précise, expliqua-t-il en exhumant du monceau d'objets répandus sur le sol une batterie de téléphone portable et le chargeur d'un appareil photo numérique. Mais cette opération s'est montée à la dernière minute, et John n'a pas eu le temps de régler tous les petits détails.

Leurs préparatifs achevés, les deux agents traînèrent leurs bagages jusqu'à l'ascenseur et rejoignirent John et Dave au réfectoire.

Ces derniers avaient presque terminé leur petit déjeuner. Le contrôleur de mission consulta sa montre.

— Vous êtes en retard, lâcha-t-il.

— C'est ma faute, dit James. Je n'ai pas entendu mon réveil.

Lauren lui adressa un sourire discret.

— Tu m'as sauvé la vie, chuchota-t-elle à son oreille avant de se diriger vers le buffet.

Selon le scénario de couverture élaboré par John en collaboration avec le FBI, James et Dave, accusés de meurtre, étaient censés attendre leur transfert vers Arizona Max dans une prison du Nebraska. Le contrôleur avait exclu de traverser l'Atlantique à bord d'un avion de ligne commercial, de crainte d'y croiser un membre des services juridiques ou pénitentiaires de l'État d'Arizona.

Les quatre membres de l'équipe prirent place à bord d'un minibus et rejoignirent une base de la Royal Air Force située à quinze minutes du campus. Le chauffeur immobilisa le véhicule sur la voie de roulage, près d'un petit jet privé. Tandis que le pilote et le copilote chargeaient les bagages dans la soute, un officier des douanes examina attentivement les passeports américains des agents.

À l'exception de Lauren, tous durent baisser la tête pour franchir la porte de l'appareil. La cabine était étroite mais luxueuse. Le sol était recouvert d'une épaisse moquette. Huit fauteuils de cuir étaient disposés face à face de part et d'autre de la travée centrale, adossés aux parois ornées d'éléments décoratifs en ronce de noyer.

Le copilote tira la passerelle métallique et ferma la porte de l'appareil. James boucla sa ceinture et ôta ses baskets. L'avion commença à rouler vers la piste de décollage.

— Cool, glissa James à Lauren qui était assise en face de lui. Ça nous change des trois heures d'attente avant l'embarquement.

Le copilote, debout devant la porte du cockpit, la tête penchée pour éviter le plafond, se tourna vers les passagers.

— Bienvenue à bord de la compagnie de taxis à réaction de la Royal Air Force, annonça-t-il avec un sourire. Comme cet appareil est conçu pour voler plus haut et plus vite que les avions de ligne commerciaux, nous devrions atteindre notre destination dans sept heures et trente minutes, en comptant le temps nécessaire à l'escale ravitaillement. À l'arrière de la cabine, vous trouverez des toilettes, un frigo plein de sandwiches et de plats à réchauffer, un micro-ondes et un distributeur de boissons chaudes. Faites comme chez vous.

Sur ces mots, il regagna le cockpit et boucla son harnais. L'avion s'immobilisa au bout de la piste de décollage. James remarqua les ongles de sa sœur plantés dans les accoudoirs de son fauteuil.

— Tu as toujours peur de l'avion ? demanda-t-il.

— La ferme, répliqua sèchement Lauren.

Les réacteurs se mirent à gronder. La voix du pilote résonna dans l'interphone.

— À tous les passagers, préparez-vous au décollage.

— Ces petits jets passent leur temps à se casser la gueule, lança James, poussé contre le bras de son fauteuil par la soudaine accélération. Il n'y a pas plus dangereux.

Pour toute réponse, Lauren lui adressa un violent coup de pied au menton.

•••

L'avion ayant atteint son altitude de croisière, John Jones distribua des boissons chaudes et des biscuits, puis il ferma la porte du cockpit afin de tenir l'équipage à l'écart.

— Est-ce que tout le monde a bien mémorisé les détails de la mission et son scénario de couverture ?

— Je suis parfaitement au point, répondit Lauren.

James et Dave ne semblaient pas aussi confiants.

— C'est ce que nous allons voir, dit John. Comment vas-tu t'exprimer pendant l'opération ?

— Je parlerai normalement, sans essayer de masquer mon accent anglais, parce qu'il est impossible de conserver un accent trafiqué pendant une mission de longue durée, surtout lorsqu'on est soumis à un stress important.

— Et comment tu vas expliquer ça ?

— Notre père s'appelait Robert Rose. C'était un homme d'affaires installé à Londres. On a grandi là-bas jusqu'à sa mort, il y a trois ans, d'un cancer de la gorge, et on est allés vivre chez notre oncle en Arizona.

— Parfait, dit John. À toi, James. Parle-moi un peu de ton casier judiciaire.

— Dave et moi, on a cambriolé pour quinze mille dollars de caméras numériques dans un magasin

PC Planet. On s'est fait pincer un mois plus tard en essayant de les revendre sur eBay.

— Et à quelle peine vous avez été condamnés ?

— Un an de prison avec sursis et deux cents heures de travaux d'intérêt général.

— *Cinquante* heures, rectifia John d'une voix blanche. James, tu dois connaître ton scénario de couverture sur le bout des doigts, comme si c'était ta propre vie. Explique-moi comment tu as obtenu les codes de sécurité du vendeur de voitures ?

— Dave et moi, on n'avait pas d'amis en Arizona. Pour nous distraire, on s'est lancés dans le piratage informatique. Un jour, on traînait en bagnole dans les environs de Phœnix. Dave conduisait pendant que je faisais tourner un logiciel de détection des transactions Internet non sécurisées sur mon ordinateur portable, en espérant intercepter un numéro de carte de crédit ou de compte bancaire. Par chance, on a réussi à s'introduire sur le réseau d'un revendeur de bagnoles d'occase et on a récupéré tous les codes d'alarme du personnel sur un disque dur. Le jour même, je me suis caché dans le coffre d'une BMW garée sur le parking, et je ne suis sorti qu'après la fermeture pour désactiver tous les systèmes de sécurité. On est repartis avec huit mille dollars en cash, dans une Lexus RX 300 pratiquement neuve. Seulement, en prenant la fuite, Dave a perdu le contrôle de la bagnole et tué une femme sans domicile fixe qui dormait sur le trottoir. Le cambriolage et l'accident ont réellement fait la couverture des journaux locaux. Si Jane Oxford vérifie notre scénario, on est couverts.

— Et si les véritables responsables sont retrouvés par la police ? s'inquiéta Lauren.

— Le FBI dispose de quantité d'agents infiltrés dans les prisons du pays, dans le cadre d'opérations de démantèlement d'organisations criminelles. Pour des raisons de sécurité, chacune de ces missions exige un scénario de couverture parfaitement crédible. C'est pourquoi le FBI met sur pied des *crimes fantômes*, des faits divers inventés de toutes pièces mais communiqués officiellement aux médias et aux forces de police locales.

— Mais cette pauvre femme ? demanda Lauren.

John haussa les épaules.

— Une marginale foudroyée par une attaque cardiaque, sans doute. Les types du FBI ont dû falsifier son certificat de décès pour laisser croire qu'elle avait été écrasée par une voiture. Ils disposent d'un stock permanent de *crimes fantômes* non résolus, dans chaque État, afin de pouvoir infiltrer n'importe quelle prison du pays.

Lauren hocha la tête.

— Brillant.

— Dave, poursuivit John, qu'est-ce qui s'est passé après l'accident ?

Le jeune homme s'éclaircit la voix.

— James et moi, on est descendus de la voiture pour voir ce qui s'était passé. Quand on a réalisé qu'on avait tué la femme, on a complètement paniqué. On est passés à la maison pour récupérer notre fric et notre matos informatique, on a laissé un mot pour Lauren et l'oncle John, et puis on a roulé comme des dingues vers le nord. Après deux jours de cavale, on a eu un autre accident de la circulation dans le Nebraska. J'ai été blessé à la tête, comme le prouvent ces cicatrices, celles de mon accident de ski de l'an dernier. James s'en est sorti indemne, mais on s'est tous les deux fait coffrer par la police après une brève course-poursuite.

— OK, dit John. James, tu continues.

— Le juge de la cour pour mineurs d'Omaha nous a collés en détention préventive, puis on a été condamnés à six mois de prison ferme.

— Comment expliques-tu qu'aucun codétenu ne pourrait vous reconnaître ?

James avait les yeux dans le vague. Lauren leva le doigt en se tortillant frénétiquement sur son fauteuil.

— Je sais, je sais ! dit-elle tout excitée.

— Là, tu déconnes, James, lâcha John en secouant la tête. Tu devrais avoir assimilé tous ces détails. Nous passerons tout le voyage à les étudier si nécessaire. Tu dois les connaître par cœur. Lauren, explique à ton frère pourquoi Dave et lui sont restés séparés des autres prisonniers au cours des six mois qu'ils ont passés au Nebraska.

— C'est parce qu'ils ont essayé de se faire la malle. Juste avant le procès, Dave a réussi à piquer des clefs de menottes et à s'enfuir du tribunal. Ils se trouvaient à quelques centaines de mètres du palais de justice quand un officier de police a remarqué leurs combinaisons carcérales orange et les a braqués avec son arme de service. Après cette tentative, ils ont été maintenus en cellule d'isolement, sans aucun contact avec les autres détenus.

— Cet épisode du scénario vous rendra plus crédibles aux yeux de Curtis Oxford, ajouta John, quand il essaiera d'évaluer les chances de réussite de votre plan d'évasion.

10. Droit dans le décor

L'avion effectua une escale de ravitaillement sur une base de l'US Air Force, dans le Wisconsin. Tandis qu'un officier des douanes américaines examinait leurs passeports, les trois agents se lancèrent dans une mémorable bataille de boules de neige.

Trois heures plus tard, à 7 heures 45 heure locale – soit, décalage horaire pris en compte, à peine vingt minutes après avoir quitté l'Angleterre –, l'appareil se posa sur une base militaire plantée au beau milieu du désert d'Arizona. Les membres de l'équipe de CHERUB étaient affamés et courbatus d'être restés serrés comme des sardines.

Un militaire portant des lunettes de soleil à verres miroir et un casque antibruit leur ordonna de le suivre jusqu'à un minuscule abri métallique au sol de contre-plaqué, sobrement meublé de cinq chaises et d'une machine à café. Un grand Noir en costume gris-bleu, coiffé d'un chapeau de cow-boy, les y attendait.

— Marvin Teller, dit l'homme en serrant la main de John. Opérations spéciales du FBI.

— Heureux de te rencontrer enfin en chair et en os.
Je te présente Dave, James et Lauren, mes agents.

Marvin écrasa les doigts des deux garçons. Comprenant qu'il s'agissait d'une mise à l'épreuve, James ne broncha pas. Puis l'homme se planta devant Lauren, un large sourire sur le visage.

— Quel âge a cette demoiselle ? demanda-t-il. Depuis quand tu ne portes plus de couches, ma petite ?

— J'ai dix ans, répliqua Lauren, piquée au vif.

— J'imagine que vous devez avoir faim, lança Marvin. La bonne nouvelle, c'est que je connais un resto tout près d'ici, où vous pourrez vous empiffrer pour quatre dollars. La mauvaise, c'est que notre planque se trouve à cent bornes d'autoroute d'ici.

∴

Après un copieux petit déjeuner constitué de steak de jambon, galettes de pommes de terre, œufs au plat et toasts, toute l'équipe prit place à bord de la berline noire de Marvin.

Lorsque les agents aperçurent la bretelle de sortie surmontée du panneau PÉNITENCIER DE HAUTE SÉCURITÉ DE L'ARIZONA, ils pressèrent leur visage contre la vitre du véhicule. La prison avait été construite dans une cuvette, à trois kilomètres de l'embranchement, et ils ne pouvaient guère distinguer que le drapeau de l'État et une vaste dalle de béton à demi recouverte de sable.

Marvin les déposa devant une maison plantée au

bout d'une piste poussiéreuse, à une trentaine de kilomètres d'Arizona Max. C'était une demeure sinistre et désolée, à la peinture écaillée, battue par les vents du désert. L'aménagement intérieur démontrait qu'elle avait été occupée par des personnes âgées. L'escalier était équipé d'une double rambarde de sécurité. Dans le salon, deux énormes fauteuils articulés étaient tournés vers un poste de télévision hors d'âge, qui ne disposait même pas de télécommande.

— Nous avons trouvé un juge compréhensif prêt à condamner James et Dave dès jeudi matin, expliqua Marvin. Ça vous laisse aujourd'hui et demain pour vous installer et prendre un peu de repos. Le frigo est plein à craquer. Au fait, John, je t'ai procuré deux voitures aux vitres teintées, comme tu me l'avais demandé. Elles sont dans le garage.

— Ça n'a pas posé trop de problèmes ? demanda John.

— Oh, la plupart des bagnoles sont équipées de ce genre de vitres, dans ce foutu désert.

— Je veux que mes agents s'entraînent à conduire sur les routes américaines. Seulement, je ne tiens pas à ce que les habitants du coin voient James ou Lauren au volant d'une voiture.

— Bon, j'ai des trucs à régler à mon bureau de Phœnix, dit Marvin. Je passerai vous prendre jeudi matin pour vous conduire au tribunal. D'ici là, notre officier infiltré à Arizona Max viendra donner aux garçons deux ou trois conseils sur la vie en prison, et sur la meilleure façon d'éviter les ennuis.

∴

Aux alentours de midi, la température intérieure atteignit trente degrés. L'antique système de climatisation, malgré le vacarme assourdissant de ses pales métalliques, semblait incapable de rafraîchir l'atmosphère.

John passa la journée pendu au téléphone, entre le campus de CHERUB et le bureau du FBI de Phœnix. James et Dave balayèrent le fond de la petite piscine extérieure, nettoyèrent ses parois à l'aide de produits d'entretien dénichés dans le garage, puis commencèrent à la remplir. Ils n'obtinrent au bout du compte que quelques centimètres d'eau brunâtre.

Lauren s'allongea dans une chaise longue, au bord du bassin, pour relire une énième fois son scénario de couverture. Elle restait indifférente aux efforts des deux garçons qui suaient sang et eau pour déboucher le filtre, car le médecin du campus lui avait ordonné de garder les pieds au sec jusqu'à guérison complète de sa blessure au talon.

James et Dave finirent par baisser les bras. Ils prirent une douche, se changèrent puis vinrent se planter de part et d'autre de Lauren, une expression malicieuse sur le visage.

— Qu'est-ce qu'il y a, vous deux ? demanda-t-elle, l'air suspicieux.

— Le plan d'évasion prévoit que tu pourrais te

retrouver aux commandes d'une bagnole pendant notre cavale, dit James. John nous a demandé de te donner ta première leçon de conduite.

Dave fit sauter un trousseau de clés de voiture dans sa main. En vérité, les deux garçons avaient supplié à genoux le contrôleur de mission de les laisser emprunter un véhicule. Ce dernier avait accepté du bout des lèvres, soulagé de pouvoir enfin se concentrer sur les préparatifs de la mission sans être perpétuellement dérangé par trois jeunes agents que le désœuvrement et le décalage horaire avaient rendus irritables.

Ils prirent place à bord d'un break Toyota cabossé aux vitres fumées. Dave effectua quelques manœuvres pour le sortir du garage puis échangea sa place avec Lauren. Malgré le coussin censé la rehausser, elle devait se tenir au bord du siège pour parvenir à voir la route et atteindre les pédales en même temps.

Le dos calé contre la banquette arrière, James se mit à ricaner.

— On va tous mourir, murmura-t-il.

Dave expliqua brièvement le fonctionnement des commandes, puis il laissa Lauren ôter le frein à main et pousser le levier de la boîte de vitesses automatique. La voiture avait à peine parcouru quelques mètres lorsque la petite fille écrasa maladroitement la pédale de frein, si brutalement que James fut propulsé en avant et heurta le dossier du siège de Dave.

— Mets ta ceinture, si tu tiens à la vie ! lança ce dernier.

Conduire un véhicule automatique sur l'allée située devant le garage était un jeu d'enfant. Après quelques essais de marche arrière, estimant que Lauren maîtrisait les commandes élémentaires, Dave l'autorisa à s'engager sur la piste qui menait à l'autoroute.

Au bout d'une demi-heure, la fillette se plaignit d'une vive douleur au talon. James, qui n'avait pas conduit depuis trois mois, mourait d'envie de faire chauffer la gomme. Il s'assit devant le volant, boucla sa ceinture de sécurité puis se tourna vers Dave.

— Tu as quelques dollars sur toi ?

— Qu'est-ce que tu as en tête ?

— À l'aller, j'ai remarqué un stand de beignets sur l'autoroute. Ça vous dirait d'aller chercher deux ou trois trucs à becqueter ?

Dave fouilla dans la poche de son short et en sortit quelques billets.

— Ça devrait faire l'affaire. Tu as déjà conduit en Amérique ?

— Ouais, souvent, mentit James, quand j'étais en mission à Miami, l'année dernière.

En réalité, il avait procédé à un repli d'urgence pour échapper à des tueurs – une expérience qui n'avait pas duré plus de quelques minutes –, mais il avait participé au stage de conduite intermédiaire de CHERUB quelques mois plus tôt. Il était impatient de mettre à l'épreuve ses nouvelles connaissances en matière de pilotage et de manœuvres à haute vitesse.

Il écrasa la pédale d'accélérateur si soudainement

que, l'espace d'une seconde, les roues arrière patinèrent, soulevant un épais nuage de poussière. Puis le véhicule prit progressivement de la vitesse, chahutant violemment ses occupants, et une grêle de petits cailloux martela le bas de caisse de la Toyota.

— Ralentis ! ordonna Dave.

James fit la sourde oreille et garda le pied vissé au plancher, les yeux braqués sur l'extrémité de la côte sur laquelle la voiture était lancée. Il sentit la main de son coéquipier se poser sur son épaule.

— Arrête ça *immédiatement*. Tu vas beaucoup trop vite.

James lui adressa un sourire en coin.

— Décoince-toi un peu, Dave. Bon sang, et moi qui pensais que tu étais cool.

Les roues avant quittèrent brièvement la piste au sommet de la colline. Alors, dans la lumière aveuglante, James aperçut une camionnette qui filait dans leur direction, à moins de cent mètres. La chaussée était amplement assez large pour que les deux véhicules puissent se croiser de front, mais, n'ayant pas anticipé cette rencontre, il roulait au beau milieu de la route.

Il ressentit une puissante décharge d'adrénaline, braqua à droite et écrasa la pédale de frein. L'autre véhicule serra sur sa droite. James réalisa que la Toyota était sur le point de quitter la chaussée. Il tourna le volant vers la gauche, si brusquement que la voiture partit en tête-à-queue. Une roue arrière glissa dans le fossé de drainage qui longeait la piste.

Le volant vibra violemment, puis les airbags explosèrent littéralement au visage de James et de Dave. La voiture fit une embardée, deux roues soulevées du sol, sur le point de se retourner, avant de s'immobiliser sur le bas-côté.

James resta figé, les yeux rivés sur le sac de sécurité à demi dégonflé. Ses mains tremblaient comme des feuilles.

Dave descendit de la Toyota en titubant et ouvrit la porte arrière pour aider Lauren à franchir le fossé. Elle haletait, visiblement sous le choc, mais ne semblait pas être blessée.

Ayant retrouvé ses esprits, James, craignant que le réservoir d'essence ne s'enflamme, ôta sa ceinture et se rua hors de la voiture. Alors, il sentit des mains saisir ses épaules et le renverser sur le dos contre le capot brûlant.

— Tu as failli nous tuer, espèce de sale petit con! hurla Dave, hors de lui.

James vit un poing serré fendre les airs. Il ferma les yeux, résigné à encaisser le coup. Soudain, le conducteur de la camionnette s'interposa.

— Eh, on se calme, les garçons! gronda l'inconnu.

Les jambes comme du coton, James aperçut Lauren qui se tenait à quelques mètres de la Toyota. Ses yeux lançaient des éclairs. À l'évidence, elle n'était pas disposée à le tirer de ce mauvais pas.

Mais Dave semblait avoir retrouvé son calme. Il considérait fixement le chauffeur de la camionnette : un homme aux cheveux blonds vêtu d'un uniforme noir orné d'un écusson où figuraient les initiales APEA.

— Administration pénitentiaire de l'État d'Arizona, dit l'inconnu, que la situation semblait amuser au plus haut point. Je m'appelle Scott Warren. Je viens de terminer mon service à la prison. J'ai rendez-vous avec des Anglais, trois gamins et un homme nommé John Jones. Et mon petit doigt me dit que je suis sur la bonne voie...

11. La loi de la jungle

James avait conscience qu'il s'était conduit comme un crétin. Prostré dans l'un des fauteuils articulés, il envisageait très sérieusement de courir droit vers le désert et de disparaître à jamais. Sa nuque, là où David l'avait plaqué contre le capot brûlant de la voiture, lui faisait un mal de chien.

La leçon de morale de John avait duré près de vingt minutes : il était irresponsable ; il avait failli faire échouer la mission à J−2 ; une voiture de deux cents chevaux n'était pas un jouet ; il resterait cloîtré à la maison jusqu'au procès, à étudier jusqu'à l'écœurement son scénario de couverture.

James revoyait l'accident en boucle, encore et encore. Il ne pouvait s'empêcher d'imaginer ce qui se serait passé si la voiture s'était retournée, ou si Lauren avait oublié de boucler sa ceinture. Il n'aurait pas pu survivre à une telle culpabilité.

Les autres membres de l'équipe avaient fait le nécessaire pour dégager la zone de l'accident. À l'aide d'un treuil, Scott Warren avait hissé la Toyota hors du fossé puis l'avait remorquée jusqu'à la maison.

La glissade latérale avait percé le pot d'échappement, faussé la suspension et endommagé le châssis côté conducteur. La voiture n'était pas à proprement parler une épave, mais le coût des réparations était astronomique pour une voiture d'occasion dont le prix ne dépassait pas quelques milliers de dollars.

Tout le monde se rassembla dans la cuisine, autour d'une grande table de Formica, devant des portions de frites et de poulet que John avait rapportées d'un fast-food de l'autoroute.

Dave et Lauren semblaient furieux contre James. Il envisagea la possibilité de leur présenter des excuses, mais cette attitude lui parut aussitôt dérisoire comparée à la faute qu'il avait commise. Se contentant d'éviter leur regard, il tira à lui une boîte d'ailes de poulet.

John posa une bouteille de Coca sur la table.

— Nous sommes tous pleinement conscients que c'est un miracle si personne n'a été blessé aujourd'hui. Cependant, quels que soient vos sentiments personnels, nous devons tirer un trait sur ce qui s'est passé, retrouver l'esprit d'équipe et nous consacrer aux préparatifs de la mission. Nous ne pouvons pas nous permettre de laisser des rancœurs nous diviser et nuire à notre travail. Est-ce que je me fais bien comprendre ?

Dave et Lauren hochèrent la tête sans enthousiasme.

— Très bien, dit John. James, serre la main de tes coéquipiers.

Ce dernier se pencha par-dessus la table. Il lui semblait que le contrôleur de mission réglait ce différend comme s'il avait affaire à des enfants de six ans, mais il comprenait que cette réconciliation formelle était indispensable à la réussite de l'opération.

— Je suis vraiment désolé, dit-il enfin.

— Encore heureux, répliqua sèchement Lauren.

— Je n'aurais pas dû m'énerver, lâcha Dave en saisissant la main dégoulinante de graisse de poulet que lui tendait son camarade. L'accident m'a vraiment fait flipper, et je crois que j'ai perdu le contrôle de mes nerfs.

Les deux garçons échangèrent un sourire gêné.

— J'avais sans doute besoin qu'on me secoue.

— Très bien, affaire réglée, conclut John. Comme vous le savez, Scott est un agent spécial du FBI. Il a passé les trois derniers mois en infiltration dans le bloc des mineurs d'Arizona Max, en tant que surveillant. Il vient de terminer une journée de douze heures, et je suppose qu'il est épuisé. Je veux que vous l'écoutiez attentivement et que vous évitiez de lui faire perdre son temps.

Scott avala une bouchée de frites.

— Les garçons, rien de ce que je vais vous dire ne pourra vous préparer à ce que vous allez vivre en prison, mais je vais essayer d'être le plus clair possible. Tout d'abord, j'aimerais vous faire comprendre à quels détenus vous allez vous frotter. Il suffit d'ouvrir un journal ou de se brancher sur une chaîne d'infos pour entendre parler de meurtres à retourner l'estomac. Ce sont ceux qui les ont commis que vous allez côtoyer. Ces gamins sont les plus cruels et les plus tordus de l'univers. Ne sous-estimez jamais ce dont ils sont capables. La plupart d'entre eux ont déjà du sang sur les mains. Et la loi de la jungle qui règne en milieu carcéral favorise leurs penchants violents.

— Les surveillants ne sont-ils pas censés faire respecter la loi ? demanda Dave.

— Et comment feraient-ils ? dit Scott en secouant la tête. Ces prisonniers n'ont aucune chance de recouvrer la liberté, et la Cour suprême exclut qu'un mineur de moins de dix-huit ans puisse être condamné à mort. Si l'un d'eux décide de vous planter un couteau entre les omoplates, il écopera au pire d'une peine de quelques mois en quartier d'isolement. Ce noyau dur de criminels endurcis ne représente qu'un quart des détenus, mais il règne par la terreur sur le quartier des mineurs. Les autres prisonniers sont pour la plupart des gamins sortis des clous qui ont fait une grosse bêtise : des types qui ont braqué des magasins pour gâter leur petite copine, des mômes de la classe moyenne qui pensaient pouvoir se faire un peu de fric facile en dealant de la dope, des pauvres gars qui ont buté leur beau-père violent... Ils sont souvent limités intellectuellement et ont juste tiré la mauvaise carte. Pour être honnête, ils me font plutôt de la peine.

— Comment est la prison ? demanda James.

— Bon marché, répondit Scott.

Les trois agents affichèrent une mine perplexe.

— Il y a vingt ou trente ans, une prison de haute sécurité était constituée de minuscules cellules équipées d'une porte de métal coulissante, exactement comme dans les films. À cette époque-là, les détenus restaient bouclés le plus clair de leur temps, seuls ou en compagnie d'un autre prisonnier. Mais depuis, l'explosion de la population carcérale a posé un sérieux problème financier à l'administration pénitentiaire : il est devenu impossible d'offrir à chaque détenu quatre murs, une porte, un verrou, un évier, des toilettes... En outre, la surveillance de ces cellules exigeait la présence permanente d'une armée de gardiens. À Arizona Max, vous vivrez en dortoir, une pièce plus vaste meublée de deux rangées de lits individuels séparés par des cloisons d'un mètre de haut. Vous disposerez d'un petit casier et de tout juste assez de place pour déplier vos jambes. Au bout de la salle, vous trouverez la salle de bains, qui comprend deux douches, deux WC et trois urinoirs. En levant la tête, vous apercevrez la passerelle métallique d'où les matons surveillent les prisonniers. Le bon côté de ce dispositif, c'est que vous pourrez entrer en contact avec Curtis Oxford vingt-quatre heures sur vingt-quatre. Le mauvais, c'est que si l'un de vos codétenus vous a dans le collimateur, vous n'aurez pas une seconde de répit.

— Ça arrive souvent ? demanda Dave.

— En trois mois de travail, je n'ai assisté qu'à deux attaques par arme blanche, mais des bagarres éclatent sans arrêt, et les détenus les plus vulnérables vivent un cauchemar. Le bloc des mineurs est surnommé « école des gladiateurs » : pour en sortir vivant, il faut apprendre à se battre. Ces types sont plus impulsifs et plus violents que les détenus adultes.

John prit la parole.

— C'est pour cette raison que nous voulons que vous quittiez Arizona Max dans les deux semaines suivant votre incarcération.

— Les surveillants ne font rien pour faire cesser toute cette violence ? s'étonna Lauren.

Scott secoua la tête.

— Ne comptez pas sur les matons pour jouer les nounous. Leurs revenus dépassent à peine le salaire minimum légal. À ce tarif-là, ils ne risqueront pas leur peau pour sauver la vôtre. De plus, le pénitencier est en sous-effectif de vingt pour cent. Dans la journée, il y a un gardien pour quarante détenus. La nuit, ce chiffre est réduit à un pour cent. En clair, ça signifie que vous vous retrouverez seuls. Quand les choses tournent mal, les surveillants tirent quelques balles en caoutchouc depuis la passerelle, puis ils transportent les blessés jusqu'à l'infirmerie de la prison. Pour le reste, c'est chacun pour soi.

— Quel est le meilleur moyen d'éviter les ennuis ? demanda James.

— Ne montrer aucune faiblesse. À la seconde où vous pénétrerez dans le dortoir, trente mecs vous étudieront de la tête aux pieds. Les plus durs voudront savoir si vous les laisserez piquer votre fric et vos vêtements ; les plus faibles, si vous êtes le genre de psychopathe à les frapper sans aucune raison. Les statistiques à l'échelle du pays montrent qu'un prisonnier a soixante-dix pour cent de chances de subir une agression physique au cours des deux premiers jours de sa détention. Selon moi, à Arizona Max, cette probabilité s'élève à quatre-vingt-dix pour cent. Je ne m'inquiète pas pour toi, Dave, car tu es capable de te mesurer à n'importe qui, mais tu devras veiller sur James, car sa taille fait de lui une cible privilégiée.

— Je sais me défendre, fit observer ce dernier. Je suis ceinture noire deuxième dan de karaté.

— C'est une chance, répliqua Scott, mais tes futurs codétenus ne sont pas au courant. Tout ce qu'ils verront, c'est ta jeunesse et ta petite taille. Une proie facile. Si l'un d'entre eux s'en prend à toi, rentre-lui dedans et fais en sorte de te forger une réputation. Si tu parviens à te faire respecter, tu pourras même te faire quelques amis.

— Et Curtis ? demanda Dave. Qui veille sur lui ?

— Il est sous la protection de deux skinheads de dix-sept ans nommés Elwood et Kirch. En outre, tout le monde sait qu'il est protégé par un gang de *bikers*.

— Il y a des membres du club des Vandales dans le quartier des mineurs ? demanda James.

Scott secoua la tête.

— Non, ceux-là ont pour la plupart entre vingt et trente ans, mais tous les détenus mineurs purgent des peines de longue durée. Le jour de leur dix-huitième anniversaire, ils sont transférés dans le secteur des adultes, où sont incarcérés de nombreux fidèles de Jane Oxford.

— Ils sont prêts à tuer pour elle ?

— C'est l'une des forces de son organisation, expliqua John. Elle soutient ses hommes jusqu'en prison. Elle leur paye les meilleurs avocats, s'occupe financièrement de leur famille et leur garantit la sécurité à l'intérieur du pénitencier. Elle se montre extrêmement loyale envers les siens. C'est aussi l'une des raisons qui nous autorisent à penser qu'elle sera reconnaissante envers vous si vous parvenez à sortir son fils de prison. Bien entendu, en retour, elle exige un dévouement sans faille. Les membres de son gang qui ont eu le malheur de proposer des informations à son sujet au FBI en échange de l'immunité ou d'une remise de peine peuvent en témoigner. Certains ont connu une mort atroce en prison ; les autres se sont rétractés lorsque les membres de leurs familles ont été menacés. L'une de ces balances a été abattue par un sniper alors qu'il se trouvait sous la surveillance des autorités dans le cadre d'un programme de protection de témoins.

James jeta son os de poulet dans une boîte vide et repoussa ses dernières frites. Il songea que Kyle, Gabrielle et les autres avaient sans doute commencé leur mission de recrutement. Les avertissements de Scott lui avaient glacé le sang. Il se demandait si, au bout du compte, il n'avait pas tiré le mauvais numéro…

12. Procès minute

Enfermé dans sa chambre, James passa la matinée du mercredi à relire les documents relatifs à la mission. Hanté par le souvenir de l'accident, il éprouvait de grandes difficultés à se concentrer.

Il feuilleta le règlement intérieur de la prison, éplucha les dossiers des surveillants du bloc des mineurs, puis étudia attentivement le casier judiciaire des vingt-neuf détenus qui occupaient le dortoir de Curtis Oxford.

John parvint à extraire le bouchon de vase et de déchets organiques qui obstruait le filtre de la piscine. Lorsqu'il l'eut remplie, les agents déjeunèrent au soleil, au bord du bassin. Le contrôleur en profita pour les interroger encore une fois sur leurs scénarios de couverture et les détails du plan d'évasion. Rassuré par la précision de leurs réponses, il s'isola dans la maison pour passer quelques appels téléphoniques.

James et Dave s'assirent côte à côte à l'extrémité la moins profonde de la piscine. Lauren, étendue sur une chaise longue, considérait avec convoitise la surface de l'eau en s'éventant à l'aide d'une branche arrachée à l'un des palmiers qui bordaient le bassin.

— Tu n'as pas l'air dans ton assiette, James, observa Dave. Tu as peur ?

— Un peu. Je n'arrête pas de penser à cette histoire d'école des gladiateurs.

— T'inquiète. C'est normal d'avoir les jetons à la veille d'une mission. Tu as déjà fait un tour de montagnes russes ?

— Oui, deux ou trois fois.

— Ben c'est pareil. Au début, tu es coincé par la barre de sécurité, tu montes lentement vers le sommet de l'attraction avec ce son qui te vrille les oreilles, clank clank clank, clank clank clank. Et là, tu te dis : *Bordel, qu'est-ce que je fous ici ?* Deux minutes plus tard, le tour s'achève, et c'était tellement génial que tu cours te replacer dans la file d'attente.

James hocha la tête.

— La dernière fois que je suis rentré de mission, quand on m'a dit que je devais rester plusieurs mois au campus pour rattraper les cours, j'étais *totalement* dégoûté.

— Je ne pourrais pas vivre ailleurs qu'à CHERUB, mener une vie ordinaire, sans rien d'autre à faire qu'aller au lycée, faire mes devoirs et traîner avec des potes.

— Tu sais, je suis vraiment désolé de ne pas avoir ralenti quand tu me l'as demandé. Je me suis comporté comme un abruti.

Dave haussa les épaules.

— On fait tous des conneries de temps à autre. Et je ne suis pas le dernier.

— C'est quoi, la plus grosse boulette que tu aies faite pendant une mission ?

— *Excellente* question. Tu sais que j'ai vraiment failli me faire virer de CHERUB à cause de cette histoire avec Janet Byrne ?

— Quelle histoire ?

D'un ample geste de la main, Dave évoqua le ventre rebondi d'une femme enceinte.

James éclata de rire.

— Oh, *ça* ! s'exclama-t-il. Je te comprends. Janet est un pur canon.

Le fait que Dave ait failli être père n'avait rien d'hilarant à ses yeux, mais il continua à glousser bêtement, soulagé de constater que son équipier ne lui tenait pas rigueur de son comportement de la veille.

— Ça n'a rien de drôle, protesta Lauren, ulcérée. À l'époque, Janet me donnait des cours d'espagnol. Elle a passé des journées entières à pleurer dans sa chambre. Elle était morte d'inquiétude.

Sur ces mots, elle se leva et cingla le dos de James avec sa branche de palmier.

— Eh, ça fait mal ! protesta ce dernier avant de nager vers le centre de la piscine, impatient de se mettre hors de portée.

— Vous n'êtes que des porcs sexistes ! hurla Lauren.

Elle lâcha son fouet improvisé et regagna la maison d'un pas nerveux.

James revint s'asseoir près de Dave.

— Dire qu'un type tombera amoureux de ta sœur, dans quelques années. Franchement, je le plains.

— Tu m'étonnes, dit James en frottant son dos zébré de marques rouges. De toute façon, si tu veux mon avis, toutes les filles sont bonnes pour l'asile.

∴

Le jeudi, à 5 heures du matin, Lauren, douchée et habillée, fit irruption dans la chambre de James et le réveilla d'une grande claque sur l'oreille.

— John m'a chargée de te dire de bouger ton cul de feignasse.

James s'assit sur le lit et se gratta longuement la tête. À l'exception de la prise de bec au sujet de Janet, sa sœur lui avait à peine adressé la parole depuis l'accident. Aussi fut-il heureux et ravi de la voir se pelotonner contre lui, les bras serrés autour de son dos.

— Qu'est-ce qui me vaut l'honneur ? demanda-t-il, le visage éclairé d'un large sourire.

— Je veux que tu sois prudent pendant cette mission. Tu es peut-être un crétin, mais je n'ai pas d'autre frère.

Ses doigts frôlèrent les égratignures laissées la veille sur le dos de James. Un vague sentiment de culpabilité l'envahit.

— Dépêche-toi, dit-elle en se dirigeant vers la porte. Je vais préparer le petit déjeuner.

Lorsque James entra dans la cuisine au sortir de la

douche, il eut la stupeur de trouver trois pancakes dorés posés sur une assiette, au centre de la table en Formica. Lauren, l'air très professionnel, s'affairait devant la cuisinière où grésillaient du bacon et des œufs brouillés.

— Tu as fait de sacrés progrès, fit-il observer. Tu te rappelles quand maman était encore là ? À chaque fois que tu préparais le repas, tu faisais brûler la poêle et tu mettais un bordel pas possible dans les placards.

— J'ai pris des cours de cuisine, au campus.

— Je te trouve tellement mûre. Tu me surprends tous les jours. J'ai remarqué que tu ne venais presque plus jamais me demander un conseil ou un coup de main.

Lauren émit un étrange gloussement.

— Qu'est-ce qui te fait marrer ? demanda James.

— Oh rien, lâcha la fillette sans cesser de rire sous cape. C'est juste que…

Elle marqua une pause, comme si elle éprouvait des difficultés à trouver ses mots.

— C'est juste que je ne vois pas très bien pourquoi je te demanderais un conseil, à toi. Franchement, on ne peut pas dire que tu brilles par ta maturité. Tu n'es pas d'accord avec moi ?

James se sentit profondément blessé.

— Je suis hyper adulte, protesta-t-il.

— Bon, si tu le dis, ricana Lauren.

À ce moment précis, une voiture de service de la police d'État fit halte devant la maison, coupant court à la dispute qui s'annonçait. Marvin Teller en descendit, s'étira puis ajusta son chapeau. Il portait un costume couleur sable et des bottes de cow-boy blanches.

Il contourna le véhicule, ouvrit le coffre et en sortit deux combinaisons orange vif et une paire de chaînes métalliques. James était sous le choc.

Tout le monde se rassembla dans la cuisine pour déguster le petit déjeuner préparé par Lauren. Dave, John et Marvin engloutirent œufs, bacon et pancakes avec grand appétit. James, lui, se sentait incapable d'avaler quoi que ce soit. Soudain, une violente contraction lui tordit les tripes. Il quitta la table, gravit quatre à quatre les marches menant aux toilettes du premier étage, se pencha au-dessus de la cuvette et fut secoué de deux spasmes. Il était incapable de vomir. Il se passa un peu d'eau sur le visage puis respira profondément pour tenter de retrouver son calme avant de rejoindre les membres de l'équipe.

Son état semblait préoccuper John au plus haut point.

— Qu'est-ce qui t'arrive ?

— Je suis un peu nerveux.

— Tu connais les règles. Tu as le droit de te retirer sans encourir de sanction.

Le contrôleur disait vrai, mais James savait qu'une telle décision, en mettant sur-le-champ un terme à l'opération, ruinerait toutes ses chances de se voir confier à nouveau des fonctions importantes. Il passerait le reste de sa carrière à CHERUB à mener des tâches de surveillance, des perquisitions et des tests de sécurité dans les aéroports. Il se refusait à anéantir les efforts qu'il avait consentis lors du programme d'entraînement et de ses deux missions à cause d'un état de faiblesse passager.

— C'est bon, lança-t-il en s'efforçant d'afficher un air détaché. Ça ira mieux dès que je serai dans l'action.

Tandis que John et Lauren débarrassaient la table, Marvin et les garçons s'isolèrent dans le salon.

— Mettez ça, dit l'homme en désignant deux T-shirts, deux caleçons blancs et deux combinaisons orange posés sur la moquette. Ne gardez rien sur vous. Ni montre ni bijoux.

Les sous-vêtements empestaient le désinfectant, mais des taches et des accrocs trahissaient leur état d'usure.

Les combinaisons, au dos desquelles figurait l'inscription Prison d'État d'Omaha, étaient des sortes de sacs informes et voyants censés dissuader le prévenu de s'évader au cours de son transit. Après les avoir revêtues, James et Dave enfilèrent un dossard jaune fluo, semblable à ceux que les écoliers arborent lors des rencontres sportives, frappé des mots DANGER : RISQUE D'ÉVASION. Ils purent conserver leurs baskets, seule pièce d'habillement qui n'avait pas été fournie par l'administration.

— Dès que je vous aurai attachés, avertit Marvin, vous ne pourrez plus aller aux toilettes.

Les deux garçons firent un rapide aller-retour au premier étage pour se vider la vessie, puis l'homme passa autour des chevilles de James des bracelets reliés par une solide chaîne d'acier.

— Ça doit vraiment être aussi serré ? gémit ce dernier.

— Selon le règlement, les fers doivent être plaqués contre la peau. Si je ne le faisais pas, on se poserait des questions. Donne-moi tes mains.

L'agent du FBI lui passa les menottes puis en relia la chaînette à ses bracelets de chevilles grâce à un câble métallique, un dispositif qui l'empêchait de lever les mains au-dessus de la taille.

— Habitue-toi à marcher avec cet attirail autour de la pièce pendant que j'équipe Dave. Tu verras, ça requiert un peu d'entraînement.

...

La cellule individuelle du tribunal de Phœnix mesurait à peine un pas de large sur trois de long. Elle était équipée d'un robinet et de WC répugnants. James avait aperçu douze réduits identiques lorsqu'il y avait été conduit. À en juger par les hurlements qui lui parvenaient de toutes les directions, le sous-sol devait en compter plusieurs centaines.

En théorie, les deux agents étaient censés comparaître devant le tribunal les premiers, mais un événement imprévu semblait avoir retardé l'ouverture de la séance. James, assis sur le sol, privé de sa montre et de toute vue sur l'extérieur, perdit rapidement la notion du temps. Lorsqu'on lui apporta un sandwich emballé dans une feuille de cellophane et une bouteille de soda sans marque, il estima qu'il devait être entre midi et une heure, mais l'attente sembla se prolonger indéfiniment.

— Rose, James! cria une femme.

Une surveillante taillée comme une lanceuse de marteau se tenait derrière les barreaux, à l'extérieur de la cellule, un registre à la main. Son visage était écarlate. Des gouttes de sueur perlaient sur son front. James se redressa.

— Menottes, dit la femme.

Il ramassa les bracelets qu'on lui avait retirés et les posa sur la petite tablette de métal soudée à la porte.

— Tes poignets! aboya-t-elle. Dépêche-toi!

James passa les mains entre les barreaux. La surveillante serra les menottes plus fort que ne l'avait fait Marvin Teller. L'acier mordait ses tendons dès qu'il bougeait un doigt. Il lança à la femme un regard assassin.

— Tu n'es pas content du service, mon garçon? lâcha-t-elle.

D'escaliers en couloirs, elle le conduisit jusqu'au deuxième étage du tribunal. James aperçut Dave qui patientait devant une porte sous la garde d'un colosse à la mine patibulaire.

— C'est quoi ce retard? demanda-t-il.

Son coéquipier haussa les épaules.

— Comme s'ils allaient nous le dire…

La surveillante frappa deux coups à la porte de la salle d'audience, l'entrouvrit, puis leur fit signe d'entrer. James s'attendait à découvrir un décor de cinéma, un lieu vaste et solennel, aux murs couverts de bois précieux, avec une foule de curieux massés sur les bancs du public. Il découvrit un bureau sans fenêtre, tapissé d'une moquette usée jusqu'à la corde, à peine plus spacieux que sa chambre du campus.

Derrière un bureau encombré trônait le juge, une femme aux cheveux gris, en chaussettes, un gobelet Starbucks à la main. Son sac et ses escarpins traînaient sur le sol, près d'un drapeau américain monté sur une hampe. L'assistant du procureur et l'avocat que James et Dave avaient brièvement rencontré le matin attendaient debout, côte à côte, devant la magistrate. Le greffier se tenait devant une sténotype, coincé entre un mur et une minuscule table. Un garde armé d'un fusil à pompe considérait la scène d'un regard vide.

Les deux faux criminels savaient que leur sort était déjà scellé. Ils avaient plaidé coupable et, en vertu des lois de l'Arizona, l'accusation et la défense avaient négocié leur peine avant l'audience, en l'absence de jury. Ce procès n'était qu'une formalité.

Ils avancèrent jusqu'à une ligne rouge tracée sur le sol. James remarqua, accroché au mur, un panneau promettant quatre-vingt-dix jours de prison à tout prévenu qui se mettrait en tête de la franchir.

— Allons-y, dit la juge en consultant sa montre. Nous sommes en retard. Affaire numéro six, zéro, un, neuf, neuf, James et David Rose contre l'État d'Arizona. Les prévenus, accusés d'homicide au second degré et de vol aggravé, seront jugés comme des adultes. Leur avocat m'a informée de leur intention de plaider coupable. Au cours de la négociation préliminaire, la défense a proposé une peine de dix-huit ans de réclusion. L'accusation donne-t-elle son accord ?

— Oui, Votre Honneur, répondit l'assistant du procureur.

Le juge s'adressa alors aux deux garçons.

— Votre avocat vous a-t-il informés qu'en plaidant coupable et en acceptant les conclusions de la négociation, vous perdiez toute possibilité de faire appel ?

James et Dave hochèrent la tête.

— Oui, Votre Honneur, répondirent-ils en chœur.

— Fort bien, conclut la femme. Greffier, veuillez noter que les accusés sont condamnés à une peine de dix-huit ans de réclusion.

Les deux avocats serrèrent tour à tour la main de la magistrate. James consulta la pendule suspendue au-dessus du bureau du juge et réalisa qu'il avait passé une journée entière à moisir en cellule, pour une audience qui n'avait pas duré plus de trois minutes.

13. Fouille au corps

Les fenêtres du fourgon pénitentiaire étaient grilla-gées, son accès unique équipé d'un sas métallique. Deux surveillants armés de fusils à pompe trônaient près du conducteur, sur une banquette tournée vers les détenus. Une douzaine de condamnés avaient pris place à bord du véhicule, qui pouvait en contenir plus de cinquante.

James et Dave étaient installés à l'arrière. Deux femmes occupaient les places de la partie centrale. Les hommes étaient regroupés à l'avant. La place d'honneur, tout près des gardes, était revenue à un géant à la longue barbe rousse. L'homme avait été le dernier à être hissé à bord du fourgon, puis littéralement vissé à son siège par un harnais d'acier.

James se tourna vers Dave.

— Qu'est-ce qu'il a bien pu faire pour mériter ça ?

Le seul autre mineur présent à bord du véhicule se pencha par-dessus la travée centrale. Il était d'une maigreur effrayante et pas plus grand que James. Seules quelques touffes de duvet au menton pouvaient laisser soupçonner qu'il approchait de son dix-septième anniversaire.

— Ben, c'est Chaz Wallerstein, dit-il, comme s'il s'agissait d'une évidence.

James et Dave le considérèrent d'un air absent.

— Mais si, vous savez bien, le braqueur de banques. Le type qui a liquidé onze de ses quinze otages. Bon sang, il est passé en boucle sur toutes les chaînes de télé. Vous étiez où, les mecs ? Sur la planète Mars ?

James se redressa pour que son interlocuteur puisse déchiffrer le mot OMAHA sur sa combinaison.

— On était en cellule d'isolement.

Le garçon sourit.

— Je comprends. Mars, le Nebraska, ça ne fait aucune différence. Vous savez que vous allez vous attirer des ennuis quand les matons verront vos dossards ? RISQUE D'ÉVASION, ça la fout mal, vous pouvez me croire. Au fait, moi, c'est Abe, et vous ?

Arizona Max avait ouvert en 2002 pour répondre au rapide accroissement de la population carcérale de l'État. C'était une prison multifonctions, dont les quatorze blocs en forme de H pouvaient recevoir six mille cinq cents détenus. Neuf blocs étaient réservés aux hommes et deux aux femmes. Deux autres bâtiments ultra-sécurisés, qui formaient l'ensemble connu sous le nom de Supermax, accueillaient les criminels les plus dangereux et les condamnés à mort. Le dernier bloc abritait environ trois cents garçons de moins de dix-huit ans.

Le périmètre de la prison s'étendait sur près d'un millier d'hectares. Les blocs cellulaires étaient séparés du monde extérieur par cinq enceintes concentriques : trois clôtures électrifiées et deux murs de plus de vingt mètres de haut. Un seul point de passage autorisait l'entrée et la sortie des véhicules, du personnel et des prisonniers.

Le fourgon franchit une large porte blindée puis s'immobilisa au milieu du *no man's land* hérissé de barbelés qui séparait les deux parois de béton. L'accès extérieur était commandé depuis un poste de garde situé au-delà des limites de la prison, l'accès intérieur depuis la salle de contrôle du pénitencier. Ce double système de sécurité était censé rendre vaine toute tentative d'évasion, même dans l'hypothèse où un groupe d'émeutiers parviendrait à se rendre maître des surveillants d'Arizona Max.

Ce n'est que lorsque le portail de la première enceinte se fut refermé que le second s'ouvrit pour laisser passer le fourgon. James colla son visage contre la vitre pour observer les blocs répartis dans le désert, sous un soleil de plomb.

Les cours de promenade grillagées aménagées autour de chaque unité grouillaient de détenus. Des sentinelles armées montaient la garde sur le toit des bâtiments et dans les tours de surveillance climatisées réparties tous les cent mètres le long du périmètre de la prison.

Le véhicule débarqua successivement les hommes et les femmes devant leurs blocs respectifs, puis fit halte à l'entrée de Supermax, où des gardes se saisirent de Chaz Wallerstein pour le conduire jusqu'à sa cellule individuelle, dans le couloir de la mort. Le quartier des mineurs se trouvait un kilomètre plus loin, au-delà d'un terrain non bâti réservé à la construction de futurs blocs cellulaires.

Descendre du véhicule avec des fers aux chevilles n'était pas chose facile. Abe sauta à pieds joints du marchepied, perdit l'équilibre et s'étendit de tout son long dans la poussière. Un surveillant le redressa brutalement et le plaqua contre le grillage.

— Tu ferais mieux d'apprendre à te tenir debout si tu ne veux pas que je te botte le cul ! lança-t-il.

Les trois garçons furent conduits à l'intérieur du bloc, un bâtiment à un étage coiffé d'un toit de métal plat, un assemblage de plaques de béton préfabriquées percées de fenêtres trop étroites pour qu'un détenu puisse s'y frayer un passage. Ils franchirent un portail métallique et pénétrèrent dans la zone de réception, une salle équipée d'un long comptoir en contre-plaqué derrière lequel se tenait un détenu noir d'une quinzaine d'années, de deux longs bancs fixés aux murs et de bacs de douche.

Un surveillant ôta les chaînes des nouveaux venus, puis leur ordonna de se déshabiller et de prendre une douche. Son collègue saupoudra les cheveux de James de poudre désinfectante puis lui tendit une savonnette.

James jeta un regard oblique à Abe qui se tortillait sous l'eau tiède. Le garçon semblait totalement dépourvu de muscles. Ses bras et ses jambes étaient maigres à faire peur. Il avait tout pour devenir la proie des caïds de la prison.

— On va pas y passer la journée, gronda l'un des surveillants avant de sortir James de la douche.

Ce dernier saisit la serviette qu'on lui tendait et y enfouit son visage. Elle était humide et exhalait une écœurante odeur de moisissure.

Le garde tira de la poche de sa chemise une petite lampe torche puis enfila une paire de gants en caoutchouc.

— Face au mur, ordonna-t-il.

L'homme s'accroupit, ordonna à James de lever un pied après l'autre puis inspecta ses orteils.

— Penche-toi en avant.

Il examina ses fesses, ses aisselles et ses oreilles, puis lui frotta vigoureusement le crâne pour s'assurer qu'il n'avait rien dissimulé dans ses cheveux.

— Tourne-toi vers moi.

Le surveillant braqua la lampe dans les yeux de James, dans ses narines puis inspecta l'intérieur de sa bouche, glissant un doigt sous sa langue et autour de ses gencives. Il se baissa de nouveau et orienta le faisceau vers son nombril.

— Relève ton machin, dit l'homme en désignant ses parties génitales.

James s'exécuta à contrecœur, se demandant comment on pouvait bien cacher quoi que ce soit à cet endroit-là.

— C'est bon, rhabille-toi, lança le garde en lui donnant une claque sur les fesses.

James constata que sa combinaison orange avait disparu. Trois piles de vêtements, de draps et d'objets divers étaient posées sur le comptoir. L'un des surveillants, un petit homme rondouillard qui arborait les galons de superintendant, contemplait d'un air sombre les deux dossards jaune fluo.

— Vous savez combien de personnes ont réussi à s'évader de cette prison, les frères Rose ? demanda-t-il.

James et Dave jugèrent le moment mal choisi pour faire le malin. Ils secouèrent la tête.

— Personne, lâcha l'homme.

Il fit un pas en avant et écrasa la semelle de sa botte sur le pied de James.

— Est-ce que je me fais bien comprendre ?

— Oui monsieur, dit James, déterminé à ne rien montrer de la douleur qu'il éprouvait.

Le superintendant retira sa botte, laissant une empreinte nette et profonde sur le cou-de-pied du garçon.

James enfila les vêtements qui lui avaient été fournis : un T-shirt et un caleçon douteux, un short en coton et un ample polo orange sur lequel figurait l'inscription RISQUE D'ÉVASION.

— Tu devras le porter à chaque fois que tu sortiras de cellule, expliqua le surveillant. Si tu ne respectes pas cette procédure, je te marche sur la tête et je te colle au trou.

James chercha vainement ses Nike du regard. Le détenu chargé de la distribution des effets lui tendit une paire de tennis blanches bon marché.

— Tu ne dois porter que les fringues qu'on te distribue, expliqua ce dernier. Tu ne peux rien introduire en cellule, à l'exception de tes documents administratifs et de deux photos de famille. Tout le reste doit être acheté au magasin de la prison.

James ramassa ses maigres possessions sur le comptoir : une carte d'identification où figuraient sa photo et son numéro d'écrou, un exemplaire du règlement intérieur, une serviette usée, des draps, deux T-shirts et deux caleçons de rechange, un gobelet en plastique, une brosse à dents, un tube de dentifrice, une savonnette et un rouleau de papier toilette.

14. Entre quatre murs

Lorsque les nouveaux venus franchirent la porte de la cellule T4, les trente détenus, fixes et silencieux, les dévisagèrent longuement. Les polos orange des frères Rose suscitaient une vive curiosité.

— Quand est-ce que vous vous faites la malle, les mecs ? lança l'un des prisonniers.

— Jeudi prochain, répliqua Dave en souriant. Tu veux venir avec nous ?

Il régnait un vacarme infernal. La plupart des garçons possédaient une radio ou une petite télé noir et blanc. Chaque appareil était réglé sur une fréquence différente, et le bouton de volume poussé à fond.

L'odeur était insupportable. Deux ventilateurs placés à chaque extrémité du dortoir étaient censés recycler l'atmosphère, mais un soleil de plomb frappait toute la journée le toit métallique, et la température intérieure frôlait les quarante degrés. James avait la vague impression d'avoir plongé sous une aisselle en rupture d'hygiène.

Six lits disponibles occupaient le centre de la pièce. James avait beau connaître le nom et le pedigree judiciaire de chacun de ses codétenus, un simple coup d'œil circulaire lui en apprit davantage que tous les dossiers qu'il avait étudiés.

Le lit de Curtis Oxford était placé près de l'entrée, entre ceux de ses gardes du corps skinheads. Il régnait dans cette partie du dortoir un désordre indescriptible. Un monceau d'effets personnels jonchait le sol. Les détenus y portaient des articles de sport de marque, en violation flagrante des règles de la prison.

Les prisonniers les plus faibles et les plus vulnérables, ceux qui ne possédaient que les vêtements et les objets de première nécessité fournis par l'administration, étaient rassemblés au centre de la pièce.

Au-delà de ce point, les stations de radio et les télévisions diffusaient des programmes en espagnol. C'était le fief des Latinos, des garçons baraqués qui roulaient des mécaniques en sous-vêtements flambant neufs et exhibaient des bijoux clinquants.

James et Dave étendirent leurs draps sur des lits inoccupés, au milieu du dortoir, entassèrent le reste de leurs affaires dans les casiers, puis s'affalèrent sur leurs fins matelas en mousse.

Après deux heures passées à subir l'assourdissante cacophonie qui régnait dans le dortoir, James commença à ressentir une violente migraine.

Vers 19 heures, un détenu entra dans la cellule en poussant un plateau roulant. Il distribua à chaque prisonnier un sac en papier contenant un sandwich, un quart de litre de lait provenant d'une banque alimentaire gouvernementale et deux cookies au chocolat.

— On n'a qu'un repas chaud par jour, à midi, expliqua Mark, un garçon avec un œil au beurre noir qui occupait un lit voisin. Ça leur permet d'économiser le coût de la construction d'un grand réfectoire. On déjeune par petits groupes, en vingt minutes, entre 11 et 16 heures, dans un bâtiment en préfabriqué de la cour d'exercice.

Comme la plupart des adolescents, James avait toujours faim. Il regrettait amèrement de ne pas avoir englouti les pancakes de Lauren et d'avoir à peine touché au casse-croûte qui lui avait été remis au tribunal. Il considéra avec dégoût les tranches de pain de mie saturées de mayonnaise, la feuille de salade maculée de taches brunes et le bout de fromage suant.

— Tu ne le manges pas ? demanda Dave.

— Non, tu peux le prendre. Je déteste la mayonnaise.

Dave saisit le sandwich par-dessus la cloison de séparation et mordit dedans à pleines dents. James, la mort dans l'âme, avala ses cookies en quatre bouchées.

— Je peux avoir les tiens en échange ? demanda-t-il.

— Nan, répondit son camarade en léchant goulûment la sauce jaunâtre et huileuse qui coulait le long de son menton.

— Allez, quoi, supplia James. C'est un bon *deal*, un cookie contre un sandwich.

— Trop tard, mon vieux, je les ai déjà mangés.

Furieux, James se laissa tomber sur son matelas. Au cours de la journée, il n'avait avalé que deux gâteaux secs et une bouchée de sandwich. Il commençait à ressentir de sérieuses crampes d'estomac et savait que la situation ne ferait qu'empirer au cours de la nuit.

— Tu as vu le formulaire du magasin ? demanda Dave. Il est au fond du sac en papier.

James en sortit une feuille pliée en quatre et un crayon trop court pour pouvoir être utilisé comme une arme. Son numéro d'écrou figurait en en-tête du document. Il consulta les conditions de vente imprimées au dos.

Pour décourager le racket, les jeux d'argent et le trafic de drogue, les détenus n'étaient pas autorisés à posséder de l'argent liquide. Chaque prisonnier avait un compte sur lequel ses parents ou ses proches pouvaient verser jusqu'à cinquante dollars par semaine. Le formulaire permettait de choisir parmi une centaine de produits, de la télé noir et blanc à quatre-vingt-dix-neuf dollars à la carte téléphonique, en passant par les cigarettes, le gel pour les cheveux, les tartelettes à la framboise et le beurre de cacahuète.

James nota que son compte était créditeur de cent trois dollars et dix-sept cents. Cette somme comprenait les vingt dollars versés à tous les nouveaux détenus par une association caritative d'aide aux prisonniers, et les quatre-vingt-trois dollars dix-sept censés avoir été transférés depuis son compte de la prison d'Omaha.

Abe s'approcha et lui tendit un cookie.

— J'ai pas trop faim, dit le garçon avec un sourire incertain, comme s'il s'apprêtait à lui demander une faveur.

— Merci, dit James avant de croquer dans le biscuit.

— Je comprends pas ce truc, confia Abe en exhibant le formulaire.

James s'empara du document.

— Tu n'as que vingt dollars sur ton compte, annonça-t-il. Il faudrait que tu appelles ta mère pour lui demander de t'envoyer un peu d'argent chaque semaine. Commence par acheter une carte téléphonique à dix dollars.

— C'est quoi ces trucs ? demanda le garçon en faisant courir son doigt le long de la liste.

— Tu coches les cases en face du produit de ton choix, et tu reçois ta commande quelques jours plus tard.

— Tu peux m'aider à choisir ? Je sais pas trop lire.

James cocha la case *carte téléphonique*. Alors, il remarqua que deux détenus aux cheveux roux, plantés au pied du lit, les considéraient d'un regard mauvais. L'interdiction de l'argent liquide, censée décourager le racket entre détenus, avait transformé les formulaires en une véritable monnaie parallèle.

Pour Raymond et Stanley Duff, la simple vue de deux nouveaux venus remplissant un bon de commande avait le même pouvoir d'attraction qu'une giclée de sang frais pour un requin mangeur d'hommes.

Les deux frères ne faisaient pas partie de l'élite du quartier des mineurs, mais leur tendance naturelle à la violence leur avait permis de se ménager une position élevée dans la hiérarchie du dortoir. Âgés de quinze et seize ans, ils souffraient tous deux d'un léger embonpoint, comme en témoignaient les plis flasques qui dépassaient de l'élastique de leur short.

Les frères Duff purgeaient une peine d'emprisonnement à vie sans possibilité de remise en liberté conditionnelle pour le kidnapping et le meurtre d'une fillette de huit ans. La plupart des détenus avaient commis des crimes de sang, mais les atrocités dont les Duff s'étaient rendus coupables avaient frappé l'esprit de James à la lecture des dossiers. Il ne pouvait chasser de sa tête l'image de la petite victime, aperçue sur les coupures de presse parues après le drame, ses joues rebondies, son sourire radieux et ses fossettes angéliques. Née deux jours après Lauren, elle lui ressemblait un peu.

— On va aider le petit à faire sa liste, lança Raymond, le plus jeune des deux frères, en tendant le bras pour arracher le formulaire des mains de James.

— Cassez-vous, répliqua ce dernier en se tournant brusquement pour mettre la feuille hors de portée.

— Tu ne voudrais quand même pas t'attirer des ennuis ?...

Dave bondit de son lit et se planta devant les deux garçons :

— Essaye un peu de poser la main sur mon frère, pour voir.

N'importe quel imbécile aurait pu remarquer que Dave était bardé de muscles là où les frères Duff collectionnaient les bourrelets, mais ces derniers, à l'évidence, ne brillaient pas par leur intelligence.

Stanley arma son bras et s'apprêta à frapper. Dave bloqua son poignet avec une facilité déconcertante, lui donna un violent coup de coude à l'estomac puis, au moment où son adversaire se pliait en deux sous l'effet de la douleur, balaya ses chevilles d'un ample mouvement de la jambe et l'envoya rouler sur le sol.

Se souvenant que Scott leur avait conseillé de gagner le respect de leurs codétenus dès leur incarcération, James se rua sur Raymond. Ce dernier recula en titubant sous une avalanche de coups parfaitement ajustés, puis s'écroula les bras en croix sur le lit d'Abe, le nez sanglant et la lèvre fendue.

James se jeta sur lui. L'image de la fillette assassinée s'imposa de nouveau. Ivre de rage, il saisit Raymond à la gorge et leva le poing, résolu à lui briser la mâchoire.

— Ça suffit ! cria Dave.

James laissa son coéquipier le tirer par les épaules à l'écart.

— Je suis désolé, murmura James.

— Maton ! s'exclama un Latino.

James leva la tête et vit un surveillant débouler sur la passerelle métallique qui surplombait la cellule.

— En place pour l'appel ! ordonna l'homme.

Aussitôt, les prisonniers éteignirent à la hâte radios et télévisions puis se figèrent devant leur lit. James et Dave les imitèrent.

Stanley Duff parvint à se traîner jusqu'à son matelas, mais Raymond se tordait de douleur sur le lit d'Abe, le visage enfoui entre les mains. Le surveillant se pencha par-dessus la rambarde et l'examina attentivement.

— Tenez-vous tranquilles ! cria-t-il. Le premier qui bouge ou qui ouvre sa gueule, je le fous au trou pour deux nuits.

Sur ces mots, il se précipita à l'autre extrémité de la passerelle puis décrocha le téléphone suspendu près d'un râtelier contenant des grenades paralysantes et des fusils pouvant tirer des cartouches de gaz et des balles en caoutchouc.

Les garçons restèrent parfaitement immobiles et silencieux pendant près d'un quart d'heure, le temps que deux employés de l'infirmerie emportent Raymond Duff sur une civière.

— Rompez les rangs ! lança le surveillant.

Aussitôt, les prisonniers reprirent leurs activités. James contempla ses mains couvertes de sang et se tourna vers Dave, craignant d'essuyer une réprimande.

— Eh bien, lâcha ce dernier, un sourcil dressé, on peut dire qu'on n'a pas tardé à faire parler de nous !…

15. Les grandes manœuvres

Pour se rendre aux toilettes, il était nécessaire de s'aventurer en territoire latino. James et Dave se frayèrent un chemin dans la travée centrale, demandant respectueusement à des détenus qui jouaient aux dés sur le sol de bien vouloir s'écarter quelques instants pour les laisser passer.

Un garçon hispanique de quatorze ans passait la journée à nettoyer les sanitaires. Tous les détenus l'appelaient SEB, un acronyme de *seau et balai*. En échange de ce travail, il bénéficiait de la protection des caïds latinos qui occupaient les couchettes situées près des WC et souhaitaient ne pas être incommodés par les mauvaises odeurs.

James se soulagea dans l'urinoir puis se lava les mains, le visage et les bras. En contemplant son reflet dans le miroir, il réalisa que son T-shirt était taché de sang. Il l'ôta, le frotta sous l'eau froide et l'essora énergiquement avant de se diriger vers la sortie. Il vit SEB se précipiter vers le lavabo pour éponger les gouttes d'eau rougeâtre qui avaient coulé sur le carrelage.

Un Latino taillé comme une armoire à glace, portant un survêtement Fila noir et une énorme chaîne en or autour du cou, posa le bras dans l'encadrement de la porte.

— On tient beaucoup à ce que ces toilettes restent propres, dit-il.

James reconnut un garçon prénommé César, un des caïds de la population hispanique de la cellule.

— Si vous les respectez, poursuivit-il, il n'y aura pas de problème.

— Tu peux nous faire confiance, assura Dave.

César se tourna vers James.

— Tu as donné une bonne leçon à ce tueur d'enfant, petit, dit-il en posant une main poilue sur son épaule nue. Un bon point pour toi. File ton T-shirt à SEB. Il a de la lessive en poudre. Il va le laver et le suspendre près du ventilateur, pour qu'il soit sec demain matin.

James tendit à SEB son vêtement mouillé et adressa à César un signe de tête reconnaissant. Ce dernier ôta son bras pour permettre aux deux agents de sortir des toilettes, puis il s'adressa à l'un de ses camarades :

— Il nous reste toujours de ce papier parfumé au citron ?

Le garçon se pencha sous son lit et en sortit deux rouleaux de papier toilette jaune.

— Tenez, les gars. Le PQ de la prison, c'est du vrai papier de verre.

— Merci César, dit Dave.

— Vous avez besoin d'autre chose ?

144

— Non, ça roule.

— Vous en avez dans le pantalon, vous deux. Tant que vous ne chercherez pas des embrouilles à mes potes, on vous foutra la paix.

— Il ne te resterait pas un truc à bouffer ? demanda James. Je te rendrai ça dès que j'aurai reçu ma commande du magasin.

Dave, considérant que James était allé trop loin, lui adressa un regard noir. César éclata de rire puis sortit de son casier un Snickers à moitié fondu et une boîte de Pringles.

— Bon appétit, petit.

— Génial, s'exclama James, tout sourire.

Les deux garçons regagnèrent leur lit.

— Il a l'air sympa, dit James en se roulant sur son matelas, la bouche pleine de crackers.

— Sors-toi ça de l'esprit, répliqua Dave. César veut juste emmerder les skinheads.

— Qu'est-ce que tu veux dire ?

— Viens près de moi.

James enjamba la cloison de séparation et s'assit près de son coéquipier.

— C'est la guerre entre les Latinos et les faces de craie, chuchota ce dernier.

— Ça, j'avais remarqué. Ce trou à rats n'est pas vraiment un modèle d'harmonie entre les peuples.

— Elwood et Kirch, les caïds du camp des Blancs, ont vu SEB laver ton T-shirt et César nous offrir du PQ de luxe et de la bouffe. S'ils pensent qu'on est en train de négocier avec les Latinos, ils vont se demander tôt ou tard si on ne va pas essayer de prendre leur place.

— Est-ce qu'on ne pourrait pas tout simplement aller les voir, leur serrer la main et se présenter ?

— Si on fait ça maintenant, ils penseront qu'on a la trouille. Avant de pouvoir convaincre Curtis de s'évader avec nous, il va falloir le mettre en confiance. Et pour ça, il faudra d'abord gagner le respect d'Elwood et Kirch.

— Alors, qu'est-ce qu'on fait ?

— Pour le moment, on a un problème plus urgent. Tu me suis ?

— Non, répondit James. Est-ce que tu peux être un peu plus clair ?

— Je te rappelle que tu as envoyé Raymond Duff à l'infirmerie. Je peux te garantir que ce taré de Stanley va essayer de se venger. Tant que ce différend ne sera pas réglé, Elwood et Kirch ne prendront pas partie.

— J'ai pigé. En gros, tu suggères qu'on se débarrasse de Stanley Duff.

— Non, surtout pas. Nous devons inspirer confiance, pas passer pour des psychopathes. On attendra que Stanley passe à l'attaque. Comme il sait qu'il n'a aucune chance de nous battre à la régulière, je pense qu'il essaiera de nous prendre par surprise, sans doute avec un couteau.

— Où veux-tu qu'il trouve une arme ?

— Ce que tu peux être naïf. Tu as vu le trafic autour de nous ? On peut tout se procurer, dans cette prison.

— À ton avis, quand va-t-il passer à l'action ?

— Cette nuit, probablement, quand il pensera qu'on est endormis. On devra faire des tours de garde. Si on se débarrasse de lui ce soir, on pourra entrer en contact avec Elwood et Kirch dès demain, dans la cour de promenade. On devra les persuader qu'on ne traite pas avec les Latinos et qu'on veut juste notre part du gâteau. Ensuite, tu pourras approcher Curtis.

— Si Stanley ne nous égorge pas pendant la nuit… fit observer James, un sourire anxieux sur le visage.

Il retourna la boîte de Pringles pour profiter des dernières miettes de crackers.

— Juste au cas où, conclut Dave, avant de t'endormir, aiguise le manche de ta brosse à dents sur le sol de béton, et glisse-la sous ton oreiller.

16. La nuit de la marmotte

À 22 heures 30, peu après le dernier appel de la journée, un surveillant annonça l'extinction des feux. Des veilleuses, couplées aux néons qui couraient le long du plafond, restèrent allumées, un dispositif censé dissuader les détenus de régler leurs comptes ou de creuser des galeries à la faveur de l'obscurité. La clarté était telle que James aurait pu feuilleter un livre, s'il en avait possédé un. En outre, la plupart des télévisions et des postes de radio étaient restés allumés, et les prisonniers continuaient à jouer au poker et aux dés comme si de rien n'était.

Ce n'est qu'aux alentours de minuit que le calme se fit enfin.

James, que la perspective d'être agressé au cours de la nuit rendait nerveux, ne parvenait pas à trouver le sommeil. Il s'assit sur son lit, le dos au mur, et contempla les gouttes de sueur qui dégoulinaient de sa poitrine vers son ventre. Des moucherons se baladaient sur son corps, tandis que des centaines d'insectes plus volumineux se cognaient obstinément contre les veilleuses du plafond.

Fatigué de se battre contre le drap humide qui s'entortillait entre ses jambes, James le jeta sur le sol. Il considéra les marques blanchâtres qui maculaient le matelas et comprit qu'il s'agissait d'auréoles de sueur séchée laissées par son précédent occupant.

Dave, qui avait pris soin de poser une serviette-éponge sur ses yeux pour se protéger de la lumière, s'était assoupi à peine un quart d'heure après l'extinction des feux. James se souvint comment sa mère appelait les gens capables de dormir quelles que soient les conditions : les marmottes. Lauren faisait partie de cette espèce : elle pouvait ronfler partout, à l'arrière d'une voiture ou sur le canapé d'une maison inconnue. Lui, à moins d'être épuisé ou malade, avait besoin d'un lit confortable, de plusieurs oreillers et d'une couette moelleuse disposés d'une façon millimétrée.

— Dave, chuchota-t-il en secouant doucement son équipier.

Ce dernier s'assit, les yeux mi-clos. Un filet de bave courait de sa bouche à son traversin.

— Tu peux monter la garde deux minutes ? Il faut que j'aille pisser.

Il passa sa brosse à dents au manche aiguisé dans l'élastique de son short, saisit son gobelet en plastique et se dirigea vers les toilettes, heureux de n'avoir désormais aucun obstacle à franchir pour se rendre en territoire hispanique. Quelques prisonniers étaient toujours éveillés, le visage éclairé par leur écran de télé. La plupart portaient des écouteurs sur les oreilles ou avaient baissé le son au minimum.

Il mit quelques secondes à s'accoutumer à la clarté de la salle de bains. Un jeune Latino, debout devant le lavabo central, s'aspergeait généreusement la poitrine. James, debout devant l'urinoir, crut l'entendre sangloter. Lorsqu'il le rejoignit pour se laver les mains, il constata que le garçon était en pleurs.

— Eh, qu'est-ce qui ne va pas ? demanda-t-il.

Lorsque le détenu se tourna pour lui faire face, il fut saisi de vertige. Il avait une horrible brûlure au centre de la poitrine, un disque rose et blanchâtre du diamètre exact du gobelet de plastique standard de la prison.

— Mon petit frère a eu une rage de dents, expliqua-t-il. Comme ma grand-mère a dû payer le dentiste, elle n'a pas pu m'envoyer d'argent. Alors je n'ai pas pu rembourser César.

James réalisa avec horreur que cet acte avait eu lieu dans la soirée, à quelques mètres de son lit. Le vacarme était tel qu'on ne pouvait même pas entendre quelqu'un hurler sous la torture.

— Comment il a fait ça ? demanda-t-il.

— C'est sa signature. Il découpe le fond d'un gobelet, il le colle sur ta peau, il le remplit d'allumettes et puis il met le feu.

— Nom de Dieu !

James prit alors conscience que les toilettes étaient situées en plein cœur du territoire latino. Si l'un des copains de César le trouvait en train de fourrer son nez dans une affaire qui ne le regardait pas, il s'exposait à de sérieux ennuis. Il tourna le bouton du robinet, s'aspergea le corps pour se rafraîchir, but quelques gorgées puis remplit son gobelet.

— Je suis désolé, dit-il en reculant, profondément mal à l'aise.

Le garçon esquissa un sourire.

— Pas autant que moi.

James regagnait son lit, frissonnant à la simple pensée de la douleur que devait ressentir le garçon, lorsqu'il sentit des bras se refermer autour de sa taille. Il perdit l'équilibre et heurta brutalement le sol de béton entre deux lits inoccupés. Stanley Duff l'écrasait de tout son poids.

— Ça, c'est de la part de mon frère, murmura-t-il, sans desserrer les mâchoires.

Il glissa une main dans l'élastique de son short et en tira un fragment de métal aiguisé d'une vingtaine de centimètres de long.

— À l'aide ! hurla James, épouvanté en constatant que Dave ne venait pas à son secours.

Il saisit *in extremis* le poignet de son agresseur puis lui imprima une torsion afin de lui faire lâcher l'arme.

— Dave, je t'en supplie, viens m'aider…

Alors, les jambes maigres d'Abe passèrent dans son champ de vision. Elles se déplaçaient rapidement en direction du lit de son coéquipier. Avantagé par son poids, Stanley était sur le point de libérer son bras, s'offrant une chance de porter un coup fatal. La pointe de la lame égratigna la paume de James. Ce dernier lâcha prise.

Un sourire dément apparut sur le visage de Stanley Duff. James essayait vainement de se saisir de sa brosse à dents. Son agresseur leva son arme. C'est là qu'il entrevit une ouverture, le type de faille dont il avait maintes fois rêvé lorsque son adversaire l'envoyait valser sur le tapis du dojo, pendant les cours d'arts martiaux. Il détendit son bras vers l'avant, frappant de toutes ses forces le menton de Stanley. La tête de ce dernier bascula brutalement vers l'arrière. Les vertèbres de son cou encaissèrent tout l'impact, produisant un craquement sinistre.

Au même moment, Dave, qui avait bondi de son lit, percuta le garçon de plein fouet, libérant James du poids qui le maintenait cloué au sol. Soudain, les néons s'illuminèrent au-dessus de leurs têtes. Un claquement assourdissant, comparable au son d'une énorme bouteille de champagne qu'on débouche, résonna dans la cellule. Dave, projeté sur un lit voisin, se mit à hurler de douleur.

Un ordre leur parvint depuis la passerelle :

— Séparez-vous !

James leva les yeux et eut la furtive vision d'un surveillant vacillant sous le recul d'un second tir de balle en caoutchouc. Cette dernière toucha Stanley au niveau des reins. Il bascula vers l'avant, tête la première contre le mur. Le projectile rebondit contre un casier et atteignit James à la cuisse.

— Séparez-vous, *maintenant*, répéta le garde.

De crainte d'être pris pour cible à son tour, James, malgré la douleur qu'il éprouvait, se traîna jusqu'à l'allée centrale.

— En place pour l'appel ! ordonna une surveillante.

Tous les occupants de la cellule avaient été réveillés par les coups de feu. Ils se levèrent à la hâte et se précipitèrent au pied de leur lit. Seuls Dave et Stanley, qui avaient été atteints par les tirs, n'étaient pas en état de se déplacer. James, ignorant s'il devait imiter ses codétenus, se tourna vers la passerelle.

— Qu'est-ce que tu attends ? aboya le garde qui tenait le fusil.

James boitilla jusqu'à son lit, prenant soin de ne pas dévier d'un millimètre de sa trajectoire de peur de devenir à son tour la cible du surveillant.

Il s'attendait à voir intervenir l'équipe médicale, comme lors du précédent incident, mais les gardes avaient déclenché l'alarme. Le Groupe d'intervention d'urgence pénitentiaire, plus connu sous l'acronyme de GIUP, déboula dans la cellule. Ces six hommes, entièrement habillés de noir, gantés, casqués et couverts de protections de la tête aux pieds, avaient quelque chose de terrifiant.

— Tout le monde sur le lit, mains sur la tête ! hurla le chef d'équipe.

Kirch, qui se tenait tout près de la porte, n'eut pas le temps de réagir. Il fut projeté contre le mur par un bouclier antiémeute, s'écroula sur le sol et eut la hanche piétinée par la semelle d'une rangers. Les détenus grimpèrent sur leur lit puis s'assirent dos au mur, les mains croisées au sommet du crâne. James les imita.

À l'abri de leurs boucliers, deux hommes se ruèrent vers Stanley et Dave, et vidèrent une bombe de gel lacrymogène dans leur direction.

Dave poussa un hurlement de bête, s'effondra sur le carrelage, puis se recroquevilla en position fœtale.

Les membres du GIUP disposaient d'une stratégie parfaitement établie. Tandis que le chef d'équipe tenait Stanley en respect avec sa bombe incapacitante, quatre hommes traînèrent Dave jusqu'à l'allée centrale puis s'emparèrent chacun fermement d'un de ses membres afin de permettre au sixième équipier de lui passer un harnais en matière plastique autour du torse.

L'un des hommes tira fortement sur une large bande de nylon, immobilisant les bras du prisonnier, puis lui plia les genoux vers l'arrière de façon à attacher ses chevilles au niveau des fesses. S'étant rendus maîtres de leur première cible, ils se précipitèrent vers Stanley.

— Ne le touchez pas, ordonna le chef d'équipe. Vous avez vu sa tête ?

Le garçon avait perdu connaissance. Son cou était penché selon un angle inhabituel. À l'évidence, quelque chose de terrible s'était produit. Le plus petit des membres de l'équipe retira ses gants et son casque, puis s'accroupit au chevet de Stanley.

— Je crois qu'il s'est brisé une vertèbre. Il faut appeler les secours.

James constata avec stupeur qu'il s'agissait d'une femme.

Le chef s'adressa aux deux surveillants qui observaient la scène depuis la passerelle.

— Appelez l'équipe médicale.

Puis il se tourna vers Dave.

— Foutez-le-moi au trou.

Deux membres du GIUP glissèrent leurs bras sous les aisselles de Dave pour le soulever. Ses yeux et son nez dégoulinaient de mucosités. Il avait une impressionnante contusion au niveau des côtes, à l'endroit où la balle en caoutchouc l'avait touché.

James regarda son coéquipier être traîné hors du dortoir, ses genoux nus frottant contre le sol de béton. Il réalisa qu'il aurait pu se trouver à sa place ou, pire, conduit à la morgue du pénitencier, un fragment de métal de vingt centimètres planté dans la gorge.

17. Enfants de chœur

Privé de la protection de Dave, James se sentait terriblement vulnérable. Malgré son profond état d'épuisement, il ne put trouver le sommeil qu'à 4 heures du matin, plus d'une heure après le transport de Stanley Duff vers le bloc médical de la prison.

La porte automatique donnant sur le couloir qui menait à la cour d'exercice s'ouvrit à 9 heures précises, mais la plupart des détenus restèrent endormis. James glissa sa brosse à dents modifiée dans l'élastique de son short, prit sa savonnette, sa serviette et son rouleau de papier toilette, puis se rendit à la salle de bains.

Il salua SEB qui, comme à l'ordinaire, frottait énergiquement le carrelage avec sa serpillière, et s'assit sur la cuvette des toilettes. Ces WC d'acier vissés au mur, dépourvus de porte et de cloisons, n'offraient aucune intimité.

Il dut garder le bouton de la douche enfoncé pour obtenir un filet d'eau à peine tiède. Se savonner et se laver les cheveux d'une seule main exigeait beaucoup d'habileté et des nerfs à toute épreuve.

Il se sécha rapidement puis, impatient de quitter le dortoir et de respirer un peu d'air pur, s'engagea dans le couloir, passa devant les portes des trois autres cellules collectives avant d'emprunter la rampe menant en pente douce à la cour d'exercice. Un surveillant le fouilla, et il franchit le portail détecteur d'objets métalliques.

Un détenu lui tendit un sac en papier contenant son petit déjeuner.

— Rose, gronda le superintendant Bob Frey, le petit homme gras qui lui avait écrasé le pied en signe de bienvenue.

Il plaqua James contre le mur du bloc.

— Tu es arrivé dans mon quartier il y a quinze heures, je me trompe ?

— À peu près, monsieur.

— J'ai déjà deux détenus à l'infirmerie. L'un a le nez cassé et une commotion cérébrale. L'autre a subi de graves dommages aux cervicales. Tout ça va nous coûter des dizaines de milliers de dollars en frais médicaux.

James se balança d'un pied sur l'autre, mal à l'aise, ne sachant que répondre.

— En plus, j'ai été contraint de coller ton frère au trou, poursuivit l'homme. Tu as déjà fait un tour au trou, mon garçon ?

— Non, monsieur.

— Je t'explique. Pas de lumière, pas de ventilation, pas de vêtements, pas de WC. On nettoie la cellule au Kärcher une fois par jour, comme la cage d'un animal. Si tu nous poses des problèmes, c'est là que tu finiras. Compris ?

— Oui, monsieur. Combien de temps mon frère va y rester ?

— Un certain temps, grinça Frey. Allez, disparais de ma vue !

Tout en avançant dans la cour baignée de soleil, James regarda dans le sac en papier : il contenait un quart de lait tiède, trois fruits blets et un muffin un peu sec, mais ce petit déjeuner avait le mérite d'être comestible et propre à apaiser la faim qui le tenaillait. Il n'avait pas fait de repas décent depuis celui partagé avec l'équipe, deux jours plus tôt.

La cour était une cuvette artificielle ovale, vaste comme trois terrains de football, creusée en plein désert à l'arrière du bloc cellulaire. Des abris pare-soleil, des paniers de basket et des équipements de musculation étaient répartis autour du bâtiment en préfabriqué où était servi le déjeuner. Au-delà de la clôture, derrière une ligne rouge peinte au sol, s'étendait le *no man's land* bétonné que les détenus surnommaient « champ de tir ». Afin qu'aucun doute ne subsiste dans l'esprit des prisonniers, des panneaux représentant une silhouette humaine au centre d'une cible, surmontée des mots tir autorisé, étaient répartis à intervalles réguliers le long du périmètre de sécurité.

— Salut ! s'exclama Abe en trottinant derrière James, une banane à la main.

Ce dernier lui adressa un sourire amical.

— Tu m'as sauvé la vie, la nuit dernière. Dave s'est endormi alors qu'il était censé surveiller mes arrières.

Maintenant, je n'ai plus qu'à espérer que les frères Duff n'ont pas d'amis fidèles décidés à les venger.

— Je suis tombé sur les deux caïds skinheads dans la salle de bains, ce matin, en allant pisser. Ils m'ont demandé si je savais où tu étais passé.

— De qui tu parles ? demanda James.

— Elwood et son copain, celui qui a un nom allemand.

— Kirch. Qu'est-ce qu'ils me veulent ?

— J'en sais strictement rien.

— Ils avaient l'air en colère ?

Abe haussa les épaules.

— Elwood a juste demandé si j'avais vu le *petit psychopathe*. Je leur ai dit que je pensais que t'étais déjà dans la cour.

— Ils m'ont traité de *psychopathe* ? demanda James, sans savoir s'il s'agissait d'une menace ou d'une marque de respect.

— Je crois que t'as pété les vertèbres de ce sale con, mec.

— C'était lui ou moi. Il a essayé de m'égorger.

James jeta le trognon de sa pomme puis avala une gorgée de lait. Il avait peur. Si Dave s'était trouvé à ses côtés, il aurait pu le conseiller sur l'attitude à adopter face à Elwood et Kirch. Il n'avait pas la moindre idée de la stratégie à adopter si les choses tournaient au vinaigre.

— Eh bien, je vais les attendre dans la cour, décida-t-il. Au moins, ici, je ne risque pas de me faire coincer contre un mur…

James et Abe s'assirent dans le sable, sous un abri qui offrait une vue imprenable sur l'ensemble du terrain.

Kirch fut le premier de la bande des skinheads à franchir le détecteur de métal. C'était un garçon de dix-sept ans, de deux mètres de haut, aux pectoraux hypertrophiés serrés sous une veste tachée de sueur. Il était plus grand et plus mince qu'Elwood. Son crâne était rasé à blanc, et sa nuque tatouée d'une croix gammée surmontée du mot maman. Curtis entra le dernier. Il mesurait à peu près la même taille que James, mais souffrait d'un léger embonpoint en comparaison de ses deux gardes du corps.

Les trois garçons se mêlèrent à un groupe composé de skinheads venant d'une autre cellule, autour d'un banc de musculation. Ils étaient plus nombreux et avaient l'air plus féroces que James ne l'avait envisagé. Il se sentait plus vulnérable que jamais.

Tandis que Kirch soulevait une barre d'haltère, Elwood attrapa un jeune détenu qui passait près de lui et lui pressa la tête sous le bras jusqu'à ce que son visage vire au rouge. Lorsqu'il estima que sa victime ne pourrait en supporter davantage, il le libéra puis lui adressa un violent direct à la face. Le gamin, qui luttait pour ne pas fondre en larmes en public, s'éloigna en titubant.

— Il faut que je me barre, lâcha Abe, profondément choqué par la scène à laquelle il venait d'assister.

James n'avait pas la naïveté de croire que son camarade puisse lui être du moindre secours en cas de coup dur, mais il appréciait sa présence amicale à ses côtés.

— Qu'est-ce qui t'arrive ? demanda-t-il.

— Ils m'ont demandé où tu étais. S'ils me trouvent avec toi, je vais en prendre plein la gueule.

— Va les voir et dis-leur que je suis là. De toute façon, il faudra bien que j'y passe à un moment ou à un autre.

Frappé par l'agression dont il venait d'être témoin, Abe ne se montra pas très enthousiaste.

— Pourquoi t'y vas pas toi-même ?

James désigna discrètement le surveillant armé qui se tenait sur le toit du bloc, à moins de dix mètres de là.

— Je me sens plus en sécurité ici.

De mauvaise grâce, Abe se dirigea vers les skin-heads. Son allure ralentit progressivement à mesure qu'il avançait. Il détourna instinctivement sa trajectoire, à tel point que James crut qu'il allait se dégonfler, prendre le large et marcher droit vers la clôture.

Elwood l'écouta sans broncher, hocha la tête, puis se dirigea droit vers l'abri, suivi de Kirch et de trois garçons de la bande. Curtis fermait la marche.

James, cherchant du réconfort, se tourna vers le toit du bloc cellulaire. Le garde avait disparu.

— T'as pas l'air dans ton assiette, Rose, dit Elwood.

— J'aime pas trop les six contre un, plaisanta James en s'efforçant de dissimuler la terreur qu'il éprouvait. Qu'est-ce que tu veux ?

— Ça m'a plu, la façon dont tu t'es occupé de Stanley Duff.

— C'est lui qui a commencé. Moi, je veux juste qu'on me foute la paix.

— T'as bien fait, je peux pas saquer ces deux tarés. Mais du coup, on a un problème à régler, toi et moi. Je peux pas laisser des nouveaux faire la police dans mon dortoir. Alors, soit on trouve un accord, soit je te découpe en morceaux. À moins que tu sois déjà en affaires avec les Latinos.

— T'inquiète. Mon frère m'a dit que César essayait juste de foutre la merde entre nous pour renforcer la position de son gang, dit James, que cette franche discussion avait un peu rassuré.

Elwood hocha la tête.

— Ton frère a oublié d'être con.

— Quand il ne s'endort pas pendant son tour de garde...

— Ce que je ne comprends pas, c'est pourquoi t'as accepté des cadeaux de la part de César ?

— Je crevais la dalle.

Elwood éclata de rire, et son hilarité se communiqua à ses camarades.

— Je vois. À la guerre comme à la guerre. T'as des nouvelles de ton frère ?

— Frey refuse de me dire quand ils le relâcheront.

— Je ne me souviens même pas combien de fois ils m'ont collé dans ce putain de trou. Légalement, ils ne peuvent pas garder les mineurs plus de quarante-huit heures. Ensuite, ils te placent en cellule individuelle ou bien ils te laissent regagner le dortoir.

— Excellent, dit James, soulagé de savoir que Dave serait bientôt de retour.

— Pour revenir au business, je te rappelle que c'est moi et Kirch qui dirigeons la cellule. En gros, ça veut dire que tout le monde doit nous obéir, toi et ton frère y compris.

James, sachant qu'il n'était pas en situation de négocier, se contenta de hocher la tête.

— Je veux que vous me payiez dix dollars par semaine. En échange, je vous donne Abe, et je te trouve des fringues et des draps neufs.

— Tu me *donnes* Abe ? répéta James, stupéfait.

— Ouais. C'est ta propriété personnelle. Tu peux siphonner son compte, lui éclater la tête, c'est plus mon problème. Mais les autres sont à nous, compris ? Je ferai savoir à tout le monde qu'on a conclu un accord, histoire de dissuader les frères Duff de se venger à leur retour.

— OK, ça marche.

Les deux garçons se serrèrent la main.

— Les matons t'ont confisqué des trucs, à ton incarcération ? demanda Elwood.

— Ouais, mes baskets.

— Pour dix dollars, je peux te les retrouver.

— Super ! lança James en jetant un œil sur ses tennis minables.

— Tu ferais mieux de rester avec nous jusqu'au retour de ton frère, ajouta Elwood en se frottant la nuque. Il n'y a pas que des enfants de chœur dans mon genre dans cette foutue prison…

18. Monde animal

Lorsqu'il était enfant, James adorait les animaux : il partageait son lit avec une foule de peluches, se passionnait pour les aventures des personnages de dessins animés et pouvait passer des après-midi à caresser le chat obèse qui traînait de temps à autre dans le jardin de sa grand-mère. À l'âge de sept ans, il fut chargé par son institutrice de réaliser un exposé sur les lions. Il demanda à sa mère d'enregistrer un documentaire animalier diffusé sur *Discovery Channel* tard dans la nuit.

Les premières minutes du film étaient consacrées à la vie en meute. Le spectacle des lionnes nettoyant leurs petits à grands coups de langue et se prélassant au soleil le ravit au plus haut point. Puis elles se mirent en chasse.

Les femelles parvinrent à séparer une antilope de son troupeau et entreprirent de la tailler en pièces. Elles l'écartelèrent, l'éviscérèrent à coups de griffes avant de plonger leur museau dans les entrailles de leur victime encore secouée de convulsions. Enfin, s'étant disputé sa chair, elles firent courir leur langue sur leur museau ensanglanté. Pour la première fois, James prit conscience de la cruauté sans limites du monde animal.

Il se rua vers la cuisine pour aller pleurer dans les bras de sa mère, mais changea d'avis avant même d'avoir atteint la porte du salon. Il retourna s'asseoir sur le canapé, enfonça fébrilement la touche *rewind* de la télécommande et se repassa la scène, encore et encore, à la fois horrifié et fasciné.

La violence animale des jeunes skinheads d'Arizona Max réveilla en lui le souvenir de cet événement. Elle lui inspirait les mêmes sentiments contradictoires.

James, soucieux d'impressionner les membres du gang, sua sang et eau sous la barre d'haltère, puis s'allongea dans la poussière à côté d'Elwood pour l'écouter évoquer les hauts faits de sa bande. Ce dernier avoua avoir torturé, poignardé, ébouillanté et racketté, et se vanta d'avoir poussé certaines de ses victimes au suicide. Entre deux anecdotes, il désignait un détenu dans la foule et exigeait qu'il lui remette son formulaire. Le garçon s'exécutait docilement, trop heureux de s'en tirer à si bon compte.

Cette violence n'était pas à sens unique. Elwood exhiba fièrement les cicatrices aux jambes, à la poitrine et au dos récoltées au cours des quatre agressions dont il avait été victime.

— Tu ne peux jamais savoir à l'avance qui va te sauter dessus, expliqua-t-il. Ça peut être le tueur psychotique avec des bras comme des poutres, ou le petit mec discret qui passe son temps plongé dans ses livres.

James, malgré l'épouvante que lui inspiraient ces confidences, écouta attentivement, s'esclaffant à chaque fois que le récit l'exigeait. Au fond, il se sentait soulagé. Les dernières quarante-huit heures étaient les plus traumatisantes qu'il ait jamais vécues. Depuis que les skinheads lui avaient offert leur protection, la boule au creux de son estomac avait disparu. Il avait le sentiment d'avoir repris le contrôle de la mission. Il pouvait désormais se concentrer sur son objectif : se lier d'amitié avec Curtis.

∴

Lauren s'ennuyait ferme. Sa participation à la mission ne devait débuter qu'après l'évasion de ses coéquipiers. Elle profitait de ses moments de temps libre pour rattraper les heures de sommeil perdues au cours du programme d'entraînement, mais elle aurait volontiers échangé ces journées de farniente contre une virée en ville en compagnie de Bethany.

Pour la distraire, John l'emmena faire un tour au centre commercial, et lui laissa le volant une longue partie du trajet afin qu'elle se familiarise avec la conduite en plein trafic. Hélas, la fillette et le contrôleur de mission avaient du shopping une vision radicalement différente.

Lauren aurait aimé passer la journée entière à faire du lèche-vitrines. Elle rêvait de se payer des vêtements et des accessoires de décoration pour sa nouvelle chambre du campus, puis de déjeuner à la cafétéria.

John, lui, bien décidé à effectuer ses achats au pas de course, avait dressé une liste. Il avait longuement étudié le plan du centre afin de déterminer le trajet le plus court d'une boutique à l'autre.

Lorsque Lauren avait suggéré de *traîner un peu avant de rentrer*, il l'avait regardée avec des yeux ronds, comme s'il avait affaire à un extraterrestre pourvu de deux têtes, puis il s'était rué vers le parking.

Ils regagnèrent la maison à l'heure la plus chaude de l'après-midi.

— Je vais préparer le déjeuner, dit John.

Lauren enfila sur son pied blessé un chausson de plongée étanche acheté dans une boutique de sport et sauta dans la piscine. Elle nagea quelques longueurs, puis se laissa flotter paresseusement dans un fauteuil gonflable tout en feuilletant d'un air amusé les pages d'un magazine pour adolescentes.

Au bout d'une heure, tenaillée par la faim, elle fit irruption dans la cuisine, dégoulinante des pieds à la tête, et trouva John pendu au téléphone.

— Je ne suis pas sûr... Tu crois vraiment que c'est faisable ? Je sais que James a la tête sur les épaules, mais il n'a que treize ans, bon sang. Qu'est-ce que dit Scott Warren ? OK, OK... Si tu peux me faire entrer, j'arrive tout de suite.

— C'était Marvin ? demanda Lauren. Comment vont les garçons ?

Le contrôleur, totalement absorbé par sa conversation, n'avait pas remarqué que la fillette se tenait derrière lui.

— James va bien, mais il y a eu une bagarre, et Dave a été placé en cellule d'isolement. Il a passé une nuit difficile et... Écoute, on vient de me mettre au courant, et je ne connais pas tous les détails. Je vais devoir te laisser seule une heure ou deux. Ne passe pas ton temps au soleil : tu es toute blanche, tu risques d'attraper une insolation.

— Et si quelqu'un essaye de te joindre ?

— Je garde mon portable allumé. Je te ramènerai quelque chose à manger en rentrant.

Il saisit ses clés et son faux badge du FBI dans le placard de la cuisine puis courut jusqu'au garage.

...

Le repas chaud de la journée était composé d'une purée pleine d'eau, de petits pois et d'une sorte de steak haché parfaitement rectangulaire que tout le monde, y compris les employés du réfectoire, désignait sous le nom de « merde au four ». Le dessert, une génoise aux fruits arrosée de lait provenant d'une banque alimentaire gouvernementale, constituait le seul plat à peu près comestible.

— Pas mal, comparé à la bouffe d'Omaha, dit James. Quasiment gastronomique.

— Tu veux un deuxième gâteau ? lança Kirch.

— Ça serait pas de refus. Tu crois que je peux demander aux serveurs ?

Les cinq skinheads assis à ses côtés éclatèrent de rire.

— Il va falloir que tu le piques à quelqu'un, expliqua Curtis.

James se sentit pris au piège. Il lui fallait racketter un détenu sur-le-champ ou passer pour un faible devant ses nouveaux alliés. Il jeta un coup d'œil à la table voisine et constata avec horreur que, sur les quatre garçons qui y déjeunaient, Abe était le seul à ne pas avoir encore entamé son gâteau.

— Eh, tu le manges pas ?

— Bien sûr que si, répondit Abe.

Les skinheads poussèrent une exclamation outragée.

— Eh, pour qui tu te prends, petit con ? aboya Elwood en frappant du poing sur la table. Tu ferais bien de nous montrer un peu plus de respect.

Abe prit aussitôt conscience de l'erreur qu'il venait de commettre. Il tendit son dessert à James, mais Kirch se leva d'un bond et le saisit par le col de la chemise.

— Je vais t'apprendre les bonnes manières ! hurla-t-il.

Il le frappa sèchement en plein visage, le jeta sur le sol, puis cracha un mélange de lait et de nourriture mâchée dans ses cheveux. James lança un coup d'œil anxieux au surveillant qui se tenait derrière le comptoir. L'homme détourna le regard.

— Je te conseille de te reprendre, minable, gronda Kirch.

Abe rampa jusqu'à sa chaise sous les rires et les insultes des membres de la bande. James mordit dans le gâteau puis gloussa à son tour mais, dans son for intérieur, il crevait de honte. Pour le bien de la mission, il avait dû sacrifier celui qui lui avait sauvé la vie, quelques heures plus tôt, en réveillant Dave.

En milieu d'après-midi, lorsque la température atteignit quarante degrés, les membres du gang quittèrent la cour d'exercice. Le dortoir ne disposait pas de l'air conditionné, mais là, au moins, ils pouvaient échapper aux rayons du soleil.

Grâce à son association avec Elwood, James avait hérité du lit de Stanley Duff, situé près de la porte. Kirch l'aida à faire sauter le cadenas du casier et en jeta le contenu sur le sol.

James fit main basse sur un flacon de shampooing, un stick déodorant, quelques trucs à grignoter et une petite radio à piles. Il posa ce dont il ne voulait pas au centre de la pièce, à la disposition des détenus les plus faibles. Il offrit à Abe un rasoir électrique, des barres de riz soufflé et un rouleau de papier toilette.

— J'ai merdé, tout à l'heure, au réfectoire, chuchota-t-il sur un ton coupable, en remarquant la lèvre tuméfiée de son camarade.

— Je savais bien que deux types comme toi et moi ne pourraient pas faire équipe très longtemps, répondit Abe sans trahir la moindre émotion.

James n'arrivait pas à croire qu'Abe puisse accepter sans broncher son statut d'infériorité. Cette attitude de soumission aux lois tacites d'Arizona Max le condamnait à être battu et racketté pendant les vingt années de réclusion auxquelles il avait été condamné.

Le nouveau lit était confortable. Il disposait de trois

matelas empilés les uns sur les autres, des équipements théoriquement réservés aux détenus qui souffraient de problèmes de dos, mais que les caïds s'empressaient de détourner.

Un contact d'Elwood à la blanchisserie de la prison y avait déposé des draps, un oreiller, une serviette et des sous-vêtements neufs. Un autre complice lui fit savoir que ses Nike étaient en cours de rapatriement.

James s'allongea et lut les premières pages d'un roman sur la mafia trouvé dans le casier de Raymond Duff. Il n'était pas aussi excitant que la couverture le suggérait, mais c'était tout ce dont il disposait pour passer le temps.

— Rose, EP dans cinq minutes, cria un surveillant depuis la passerelle.

— Quoi ?

— *Évaluation pédagogique*, expliqua Curtis, qui était allongé sur une couchette non loin de là. Tu as du bol. D'habitude, il faut attendre des semaines avant d'être reçu par l'officier d'éducation. Je te montrerai où c'est, si tu veux. J'ai des livres à aller chercher.

19. Cinq pieds, deux pouces

Les salles de classe et les bureaux du département pédagogique étaient situés au-dessus des dortoirs. Pour s'y rendre, il était nécessaire de sortir dans la cour d'exercice puis de contourner le bloc cellulaire en empruntant un couloir grillagé. Pour la première fois, James entrevoyait une chance de parler à Curtis seul à seul, en l'absence de ses deux gardes du corps.

— Tu suis des cours ? demanda-t-il tandis qu'ils marchaient côte à côte.

— Tous les détenus sont censés recevoir trois heures d'enseignement par jour. Mais comme il n'y a pas assez de profs, ils se contentent de nous distribuer des livres scolaires et de nous fournir une salle. Le truc cool, c'est qu'ils nous permettent de commander des bouquins par correspondance. En principe, ils doivent avoir un rapport avec les disciplines qu'on étudie, mais en gros, le censeur ne confisque que les manuels de fabrication d'explosifs et les revues pornos.

— C'est obligatoire d'aller en classe ?

Curtis éclata de rire.

— Oui, théoriquement. Mais mets-toi à la place d'un prof et imagine que tu as Elwood parmi tes élèves. Tu insisterais beaucoup pour qu'il assiste à ton cours ?

— Mmmh, je vois, dit James en souriant.

— Moi, ce que j'aimerais, c'est prendre des cours d'arts plastiques. Je faisais que ça, avant, peindre et dessiner. Ici, on a droit à rien d'autre que les gros crayons à papier fournis avec les bons de commande. J'ai réussi à faire entrer une boîte de crayons de couleur en douce, mais pas moyen de se procurer de la peinture.

De fil en aiguille, James fit dévier la conversation.

— Tu en as pris pour combien ? demanda-t-il.

— En fait, je ne sortirai jamais. Et toi ?

— J'en ai pour dix-huit ans.

— Tu t'en sors pas trop mal. T'auras dans les trente ans, à ta libération. Ça te laissera une chance de tout recommencer à zéro.

— De toute façon, je compte pas moisir ici.

— Personne ne s'évade de cette taule, James. C'est un vrai coffre-fort, un pur chef-d'œuvre, dans son genre.

— Dave et moi, on a mis au point un plan d'évasion, quand on était dans le Nebraska. S'ils ne nous avaient pas mis à l'isolement, on serait déjà dehors, tu peux me croire. Parce qu'il y a un truc que tu sais pas, Curtis, c'est que la prison d'Omaha est rigoureusement identique à Arizona Max. Je crois qu'elle a dû être imaginée et construite par les mêmes enfoirés.

James savait pertinemment que les deux prisons

étaient jumelles : même architecte, même entreprise de bâtiment, même date d'ouverture, à quelques mois près. Ce détail était un élément essentiel de son scénario de couverture. Il justifiait le fait que James et Dave envisagent sérieusement de s'évader d'Arizona Max dès leur premier jour d'incarcération.

— Tu veux dire, exactement la même ? s'étonna Curtis.

— Oui. Le système de sécurité et la disposition des blocs sont identiques. Même la plomberie et les néons sont de la même marque. Quand on était à l'isolement, il y avait un maton qui n'arrêtait jamais de parler. Toutes les cinq minutes, il se pointait devant la porte de ma cellule pour discuter. Je crois qu'il avait un peu de peine pour moi à cause de mon âge, mais c'était vraiment le genre de mec à adorer écouter le son de sa voix. Je te jure, il bavardait *sans arrêt*. J'étais quand même censé être un dangereux criminel maintenu à l'isolement vingt-trois heures sur vingt-quatre ! Mais lui, cool, il me racontait sa vie… Comment étaient sa femme, ses enfants, sa baraque, tu vois ? Et surtout, il se plaignait du superintendant qui lui pourrissait la vie en le mettant tout le temps de service de nuit. Du coup, j'en profitais pour lui poser des tas de questions, du genre : *Vous êtes combien, le soir ? Vous utilisez quoi comme laissez-passer ?* Dave, qui occupait une cellule éloignée de la mienne, a eu droit aux mêmes confidences. Pendant notre séjour à l'isolement, cet abruti nous en a dit beaucoup plus qu'il ne l'aurait dû.

— Tu crois vraiment que vous avez une chance de vous faire la malle ?

— Je suis à peu près certain de pouvoir quitter le périmètre de la prison. Le problème, c'est que je sais pas trop ce que je ferai ensuite. Il va me falloir du fric, des faux papiers d'identité et un endroit pour commencer une nouvelle vie. Je ne vois pas l'intérêt de rester en cavale quelques semaines, si c'est pour me faire serrer et récolter dix ans d'isolement en plus de ma peine normale. Je dois trouver un moyen d'éviter les flics pour le restant de mes jours.

— Mais comment tu comptes sortir de la cellule ?

— Ne le prends pas mal, mais ça, je ne le dirai qu'à ceux qui feront le mur avec moi.

— Je comprends.

Les deux garçons atteignirent la porte métallique du département pédagogique. Un surveillant les fouilla avant de les faire passer sous un détecteur de métal. Ils gravirent deux étages, traversèrent trois salles de classe, puis se présentèrent à l'entrée du bureau de l'officier d'éducation.

— Ça te dérange si je passe avant toi ? demanda Curtis. Ça ne prendra pas longtemps. Je veux demander à Mr Haines si mes bouquins sont arrivés.

Curtis frappa discrètement.

— Entrez.

Stupéfait, James reconnut la voix de Scott Warren.

— Mr Haines n'est pas là ? demanda Curtis après avoir entrouvert la porte.

— C'est moi qui le remplace, aujourd'hui.

James pencha la tête et aperçut l'agent du FBI assis derrière le bureau. John Jones se tenait debout derrière lui.

— Je suis venu voir si vous aviez reçu mes livres.

— Eh bien… hum… bredouilla Scott. Tu peux me rappeler ton nom, mon garçon ?

— Curtis Oxford.

— Je crois qu'il vaudrait mieux que tu attendes le retour de Mr Haines… Je ne connais pas trop la procédure de délivrance des commandes.

Curtis se tourna vers James.

— Tu retrouveras le chemin du dortoir ?

— Pas de problème. À tout à l'heure.

Sur ces mots, James pénétra dans le bureau et referma la porte derrière lui. John et Scott étaient en état de choc. Ils gardèrent les yeux rivés sur un moniteur de contrôle noir et blanc jusqu'à ce qu'ils voient Curtis s'engager dans l'escalier menant à la cour d'exercice.

— Wouf ! s'exclama Scott en posant une main sur son cœur. J'ai failli tomber dans les pommes. Je n'imaginais pas que tu allais te pointer accompagné de notre cible.

— Tu aurais pu deviner que c'était nous qui te convoquions, fit remarquer John d'une voix glaciale.

— Tu m'avais dit qu'on se verrait au parloir, répliqua James.

— Tu dois être capable de t'adapter à d'éventuels changements.

James sentit une vague de colère le submerger.

— Vous savez quoi ? gronda-t-il, au comble de la fureur. Vous me foutez vraiment les boules. Je n'ai pratiquement pas dormi de la nuit. Je n'ai pas pu prendre une douche digne de ce nom. J'ai bouffé des trucs bons pour la poubelle. J'ai vu des gens se faire tabasser, se prendre du gel incapacitant dans la gueule et se faire torturer avec des allumettes. Il y a même un dingue qui a essayé de m'égorger. Alors si vous n'êtes pas contents de mon boulot, vous pouvez prendre mon ordre de mission et vous le foutre où je pense !

Cette réaction laissa John sans voix.

— Nous sommes parfaitement conscients du mal que tu te donnes, dit Scott d'une voix apaisante.

— Excuse-moi, James, dit John. J'ai eu tort de te parler sur ce ton. J'ai juste un peu perdu les pédales, quand je t'ai vu en compagnie de Curtis. On a organisé cette réunion au dernier moment, parce qu'on a un sérieux problème avec Dave.

— Assieds-toi, ajouta Scott. Tu veux un verre d'eau ?

James hocha la tête. L'agent du FBI posa devant lui un gobelet en carton.

— Dave est sorti du trou ce matin, pour subir un examen médical, expliqua John. La balle en caoutchouc lui a fracturé trois côtes et causé une hémorragie interne.

— C'est grave ?

— S'il avait passé une radio immédiatement, il s'en serait tiré sans problème. Mais les surveillants ont tardé à le sortir de sa cellule. Un caillot de sang s'est formé dans l'un de ses poumons, et il a des difficultés à respirer. Il devra rester hospitalisé au moins deux semaines. Ensuite, il suivra un traitement médical pour dissoudre le caillot. Il ne sera pas sur pieds avant deux mois, au moins.

— Alors c'est terminé, soupira James. Quand est-ce que vous me sortez d'ici ?

— Dès que possible. Nous sommes désolés que ça n'ait pas marché, mais ce sont des choses qui arrivent. Je travaille dans les services secrets depuis vingt ans. Par expérience, je peux te dire que ces plans compliqués sont rarement couronnés de succès.

James avala le contenu du gobelet. Il était partagé entre le soulagement que lui inspirait la perspective de rentrer au campus en un seul morceau, et la frustration d'avoir traversé tant d'épreuves inutilement.

— Il n'y a aucun moyen de sauver la mission ?

— Je ne vois pas comment tu pourrais continuer sans Dave. Tu as besoin de quelqu'un pour te protéger.

— Plus maintenant. J'ai réussi à approcher Curtis, et Elwood a passé la moitié de la matinée à me raconter sa vie. Personne ne s'en prendra à moi tant que je resterai en bons termes avec eux.

Scott et John, surpris par ces révélations, échangèrent un long regard.

— Mmmh, murmura Scott en tambourinant pensivement des doigts contre sa joue. Tu as fait un travail du tonnerre. Ça change pas mal de choses…

— Dave était le seul à être qualifié pour la conduite avancée, Scott, fit observer John. Et James est trop petit pour porter ton uniforme.

— Je suis un bon pilote, dit James. Et Lauren pourra tenir le volant, elle aussi, tant qu'on n'est pas poursuivis. Les routes sont droites et bien entretenues, dans le coin.

— Je ne t'ai pas trouvé aussi doué que ça, l'autre jour, lança Scott sans ménagement.

— Ça fait un an que je conduis, et je n'ai pas eu d'autre accident. Bon, à part la fois où j'ai failli écraser le clebs de cette bonne femme…

— En fait, expliqua John, malgré son exploit de l'autre jour, je dois reconnaître que James a obtenu la note maximale lors du stage de conduite intermédiaire. Cependant, je ne vois toujours pas comment il pourrait endosser ton uniforme de surveillant…

Scott posa un coude sur le bureau puis tendit un index en direction de James.

— Attends une minute. Combien tu mesures ?

— Un mètre soixante-deux.

— Ça fait combien en pieds ?

— À peu près cinq pieds deux pouces. Il y a des surveillants aussi petits, dans cette prison ?

— Pas des surveillants, mais une surveillante. Elle doit faire à peu près ta taille.

Un large sourire illumina le visage de John.

— Tu crois que tu pourrais modifier le planning du personnel pour qu'elle soit de service la nuit de l'évasion ?

Scott hocha la tête.

— Ça ne devrait pas poser de problème.

— Alors, les affaires reprennent ?

— Je ne vois pas ce qui pourrait s'y opposer, répondit Scott. Mais c'est à James de décider.

20. Sur le fil du rasoir

— Bien sûr qu'on continue.

Ces mots avaient littéralement jailli de la bouche de James. Il était fier et honoré de pouvoir sauver la mission. Scott lui serra chaleureusement la main.

Son enthousiasme se dissipa à mesure qu'il descendait l'escalier du département pédagogique. Écrasé de chaleur, environné de murailles de fil de fer barbelé, il revint brutalement à la réalité à la vue des prédateurs qui arpentaient la cour d'exercice et des armes qui brillaient entre les mains des surveillants postés sur le toit du bloc cellulaire.

James se sentait plus insignifiant que les grains de sable qui crissaient sous ses baskets. Il prit soudain conscience de la situation dans laquelle il s'était fourré : il n'était qu'un garçon de treize ans confronté à une machine implacable conçue pour mater les pires criminels de l'État d'Arizona. L'espace d'un instant, il envisagea de courir retrouver John pour lui faire part de sa volonté d'annuler la mission. Il s'immobilisa, prit une profonde respiration et déglutit avec difficulté.

Il repensa aux terribles événements de Miami, à l'instant où, au comble de la terreur, il avait pressé la détente et abattu un inconnu. Désormais, ce souvenir traumatisant lui donnait de la force. Il y puisait la conviction qu'il était capable de garder la tête froide et de prendre des décisions difficiles dans les pires situations.

Puis il repensa aux cent jours du programme d'entraînement, aux défis insurmontables qu'il était parvenu à relever, aux instructeurs qui l'avaient contraint à repousser les limites de la souffrance. À chaque fois qu'un élève était sur le point d'abandonner, Mr Speaks lui hurlait dans les oreilles : *C'est dur, mais les agents de CHERUB sont encore plus durs !* James avait entendu cette phrase des centaines de fois, jusqu'à l'écœurement. Jamais il n'aurait cru qu'elle puisse un jour le réconforter.

— C'est dur, mais les agents de CHERUB sont encore plus durs, chuchota-t-il avant de se remettre en route.

...

En ce début de soirée, une heure avant le bouclage du soir, le soleil était bas sur l'horizon et un vent léger rendait la température extérieure presque supportable. James s'assit à côté de Curtis, près du banc de musculation. Elwood et ses complices s'étaient lancés à la recherche d'un détenu qui avait omis de déposer son colis du magasin sur le lit de Kirch, plus tôt dans la journée.

Pendant une heure, les deux garçons échangèrent les confidences les plus intimes.

— J'arrive pas à croire que tu as buté trois personnes avant d'essayer de te faire sauter la tête, dit James, affichant une expression médusée. T'as l'air tellement normal…

Curtis était visiblement enchanté d'avoir à ses côtés un compagnon plus brillant qu'Elwood et Kirch, un garçon sensé avec qui il pouvait avoir des discussions dignes de ce nom.

— On déménageait tout le temps, quand j'étais petit. Canada, Mexique, Afrique du Sud. C'était cool de vivre comme ça, juste ma mère et moi. Et puis j'ai fini par comprendre qu'elle avait peur de se faire coincer par les flics, et j'ai commencé à me faire du souci. En fait, j'ai carrément sombré dans la déprime. J'avais des idées noires, l'impression que l'univers se refermait sur moi.

— Tu as vu un docteur ?

Curtis hocha la tête.

— J'ai avalé toutes les pilules possibles et imaginables. Des fois, selon l'endroit où on se trouvait, ma mère m'envoyait voir des psys. Ils prétendaient savoir ce qui m'arrivait, mais ils faisaient tous un diagnostic différent. Selon moi, ce sont juste des escrocs. Il y a deux ans, les choses ont carrément empiré. Je ne pouvais même plus sortir de mon lit. Ma mère m'a envoyé chez un spécialiste de Philadelphie, une pointure dont elle avait lu le nom dans un magazine. Selon lui, mes problèmes étaient la conséquence d'un manque de structures, de déménagements à répétition, d'une scolarisation en dents de scie et d'un manque de contacts avec d'autres enfants de mon âge. Il a conseillé à ma mère de me placer dans un internat militaire. Je l'ai suppliée de ne pas faire ça, mais j'étais dans un sale état, et maman avait déjà essayé toutes les autres possibilités. C'était un vrai trou à rats. Tous les jours, on nous forçait à courir, à faire notre lit, à cirer nos bottes et à jouer au petit soldat. Un soir, le commandant m'a engueulé parce que j'avais mal noué ma cravate. Il m'a donné une brosse à ongles et m'a ordonné de nettoyer la salle de bains. J'ai fait ce qu'il me demandait pendant dix minutes, et puis quelque chose de bizarre s'est produit dans mon cerveau. J'ai piqué un flingue à l'armurerie, j'ai volé les clés de la voiture du commandant et je me suis barré. Deux heures plus tard, il y avait trois innocents sur le carreau, et tous les flics de l'État braquaient leurs fusils sur moi.

— Eh ben, ça c'est ce que j'appelle péter les plombs, lâcha James, en mémorisant l'information concernant la visite de Curtis au pédopsychiatre de Philadelphie. Tu es toujours en dépression ?

— Ça va mieux, même si la vie au bloc me tape un peu sur les nerfs.

...

James et Curtis passèrent la soirée à regarder la télé en liquidant les provisions de Stanley Duff. Lorsque Raymond, de retour de l'infirmerie, découvrit que son casier avait été pillé, il s'effondra en larmes. Il n'avait plus rien, plus un sous-vêtement, même plus d'oreiller.

James se réveilla en sursaut au milieu de la nuit. Une main plaquée sur sa gorge le maintenait plaqué au matelas. Un rasoir scintillait devant ses yeux. *Raymond Duff*, pensa-t-il.

— T'es avec nous ? fit une voix.

Des effluves de sueur assaillirent ses narines. Il distingua des dents blanches qui luisaient dans la pénombre. Une vague de terreur le submergea, comme à chaque fois qu'il anticipait une intense souffrance.

— T'es avec nous ?

James reconnut enfin la voix d'Elwood.

Curtis et les autres membres de la bande, hilares, étaient rassemblés en cercle autour du lit.

— Bien sûr, parvint-il à articuler malgré la main qui lui écrasait la trachée.

— T'as trop de cheveux à mon goût, Rose.

Elwood appuya fermement la lame du rasoir contre la peau du crâne de James.

— Eh, qu'est-ce que tu fous ? s'exclama ce dernier, alarmé. Déconnez pas, les mecs !

— Si t'es avec nous, va falloir que tu dises adieu à cette coupe de tapette.

Kirch secoua un blaireau humide devant son visage.

— OK, OK, dit James, mais utilise le rasoir électrique que j'ai donné à Abe !

Elwood relâcha son emprise et lui permit de s'asseoir.

— Un rasoir électrique ? Ça gâcherait tout le plaisir. Ne me dis pas que tu as peur !

— Pourquoi j'aurais peur ? demanda James, qui tâchait de se comporter comme si avoir été réveillé à 3 heures du matin par un psychopathe armé d'un rasoir ne le dérangeait pas le moins du monde.

À l'aide du blaireau, Kirch commença à étaler de l'eau savonneuse sur ses cheveux puis, gagné par l'impatience, renversa le bol sur sa tête. James sentit le liquide couler sur ses yeux et s'arc-bouta.

— Eh, ça pique !

— Tu ferais mieux de te tenir tranquille, ricana Elwood.

Il plaça la lame du rasoir contre le front de James et le fit glisser vers l'arrière. Une mèche de cheveux blonds tomba sur ses cuisses. Elwood rasa des touffes çà et là, jusqu'à ce que le crâne de son cobaye ne fût plus qu'un hideux chaos de peau nue, d'épis et de petites coupures sanglantes.

— Nickel ! lança-t-il en faisant deux pas en arrière, comme un peintre contemplant son œuvre achevée.

Sur un dernier éclat de rire, les skinheads regagnèrent leur lit en courant. Quelques secondes plus tard, Curtis revint armé d'une tondeuse électrique.

— Je crois qu'il vaudrait mieux que j'arrange ça, dit-il.

Les deux garçons se rendirent à la salle de bains. James humidifia une serviette, nettoya le savon et le sang qui dégoulinaient de sa tête, puis s'agenouilla sur le carrelage pour laisser Curtis achever le travail d'Elwood.

— Comme ça, ton frère ne retournera pas au bloc ? demanda Curtis en rinçant le sabot de la tondeuse sous le robinet.

— Vu son dossier pénitentiaire et ce qui s'est passé avec Stanley, Scott Warren, le surveillant, a recommandé que Dave soit classé détenu à haut risque. Il va être transféré dans une cellule individuelle de Supermax.

— Alors, tu ne t'évades plus ?

— Je ne sais pas comment je vais m'y prendre maintenant que je suis seul... Mais mon oncle n'arrête pas de cogner ma petite sœur, et je veux vraiment la tirer de là au plus vite. Le problème, c'est qu'on avait prévu que Dave travaillerait pour subvenir à nos besoins, et je ne vois pas comment des jeunes de notre âge pourraient survivre seuls à l'extérieur.

— Tu te rappelles ce que je t'ai raconté à propos de ma mère ? La cavale, les fausses identités et tout ça ?

James hocha la tête.

— Je ne sais pas où elle se trouve en ce moment, dit Curtis, mais je connais des gens qui sauront la contacter. Si on fait le mur tous les deux, elle pourrait t'aider à commencer une nouvelle vie.

— Alors comme ça, tu veux partir avec moi, maintenant ? s'étonna James, faussement excédé, en s'efforçant de réprimer un sourire satisfait.

— J'ai rien à perdre, dit Curtis. Même si je suis repris, ma peine ne pourra pas être aggravée. Et puis, ils peuvent bien me flinguer, je m'en fous. Quel est l'intérêt de rester en vie à Arizona Max ?

— Si j'accepte, ce sera juste toi, moi et ma sœur. C'est mon plan, et je ne veux pas qu'Elwood ou l'un des autres tarés vienne avec nous.

Curtis hocha la tête.

— Je te promets que je ne dirai rien. Alors, on part ensemble ?

— Tu n'as aucune chance de sortir d'ici sans moi, et je ne pourrai pas survivre à l'extérieur sans ton aide. La vie est bizarrement faite, pas vrai ? Je suppose que ça doit être un signe du destin.

21. Sous haute tension

CINQ JOURS PLUS TARD.

Lorsqu'il eut la certitude que tous les détenus de son secteur étaient endormis, James sortit de sous son lit le drap de rechange que lui avait procuré le contact du gang à la blanchisserie. Il commença à le déchirer en bandes d'un mètre de long, s'interrompant de temps à autre pour s'assurer que la passerelle était déserte, puis il les tressa trois par trois afin de solidifier l'ensemble.

Une fois qu'il eut achevé son ouvrage, il le rangea dans son casier. La lumière extérieure filtrait derrière les pales de la soufflerie encastrée dans le mur de la cellule.

Un nouveau jour chaud et humide se levait sur Arizona Max. Si les choses se déroulaient comme il l'espérait, ce serait son dernier.

•••

— Je peux te parler deux minutes ? demanda James à Curtis tandis que les skinheads quittaient un à un le dortoir pour rejoindre la cour d'exercice. J'ai une visite au parloir, aujourd'hui. Si j'arrive à me trouver seul avec Lauren pendant quelques secondes, je lui dirai de préparer son sac et de nous attendre à la maison pour 3 heures du matin.

Il s'assura que les rares détenus encore présents dans la cellule ne faisaient pas attention à lui avant de sortir de la poche de son short un morceau de carton.

— C'est quoi, ce truc ?

— Notre passeport pour la liberté.

— Un bout de carton ? T'es sûr que tu te sens bien ?

James s'avança vers l'un des sas de sécurité, deux cloisons coulissantes intégrées dans l'une des cloisons du dortoir, qui permettaient à l'équipe du GIUP d'intervenir si les prisonniers barricadaient l'entrée principale, et aux détenus d'évacuer le bloc en cas d'incendie.

— Tu comptes vraiment forcer une porte en acier trempé avec un morceau de boîte de Kleenex ?

James sourit.

— Tais-toi et regarde.

Après avoir jeté un coup d'œil à la passerelle, il se hissa sur la pointe des pieds, introduisit le bout de carton dans l'interstice entre le mur et le haut de la porte, le fit glisser d'avant en arrière à plusieurs reprises puis le remit dans sa poche.

— Voilà, y a plus qu'à attendre, dit-il avant de retourner calmement s'asseoir au bord de son lit.

— C'est ça, ton plan génial ? s'étrangla Curtis, abasourdi.

Trente secondes plus tard, un surveillant déboula sur la passerelle puis s'engagea dans un escalier en spirale qui descendait jusqu'au sas de sécurité. Le panneau de métal s'entrouvrit d'une trentaine de centimètres. L'homme y passa la tête, inspecta le mécanisme interne à la recherche de signes de sabotage puis le referma.

— Tu peux m'expliquer ? demanda Curtis, tandis que le garde remontait les marches au pas de course.

— Tu te souviens de la grande gueule d'Omaha dont je t'ai parlé ?

— Ouais.

— Il se plaignait sans arrêt que les sas avaient un défaut de fonctionnement. Ils sont équipés de capteurs censés déclencher un signal dans la salle de contrôle dès qu'un détenu essaie de les forcer. Chaque fois que ça se produit, ils envoient un maton restaurer l'ordre et réenclencher l'alarme. Le problème, c'est que ce dispositif est hyper sensible, et il suffit d'un courant d'air ou d'un coup de coude contre la porte pour le déclencher. Mon pote le surveillant prétendait qu'il passait la moitié de son temps à s'occuper de ces dysfonctionnements.

— Et les sas de sécurité d'Arizona Max sont identiques, je suppose ?

James hocha la tête.

— Ce sont *exactement* les mêmes. Le truc, c'est que

les surveillants se sont tellement habitués à ces fausses alertes qu'ils n'imaginent même plus avoir affaire à de véritables tentatives d'effraction.

— Tu as raison. Ce maton n'a même pas vérifié ce qui se passait depuis la passerelle.

— L'idée, c'est de maîtriser le surveillant et de foncer jusqu'à la passerelle pour récupérer des grenades paralysantes, des fusils à balles en caoutchouc et des bombes de gaz incapacitant.

— Et après, qu'est-ce qu'on fait ?

— La nuit, il y a peu de personnel. Si on arrive à piquer une carte magnétique et deux uniformes, je pense qu'on peut se tirer avant que l'alerte générale soit donnée.

— On passe à l'action ce soir, tu es sûr ?

— Oui, si j'arrive à parler à ma sœur. Allez, viens, on va dans la cour.

...

La veille, dans la matinée, une bagarre au couteau avait opposé deux gangs rivaux. Tous les détenus avaient aussitôt été renvoyés en cellule et bouclés pour le reste de la journée. James et Curtis se mêlèrent à la foule qui se pressait devant le portail de sécurité. L'atmosphère était électrique, comme si la violence pouvait se déchaîner à tout moment.

Ils se dirigèrent vers le banc de musculation où se regroupaient les membres du gang. James vit Mark, le garçon à l'œil au beurre noir près duquel il avait dormi la nuit de son incarcération, roulé en boule dans la poussière. Elwood venait de le passer à tabac devant une douzaine de skinheads morts de rire.

— Eh, James ! s'exclama-t-il. Tu veux le finir ?

— Non, c'est bon, fais-toi plaisir.

Mark n'avait ni parent ni proche à l'extérieur pour alimenter son compte. Sa situation financière excluait toute tentative d'extorsion, mais elle ne dissuadait pas Elwood de le battre par pur sadisme.

— Cogne-le, j' te dis ! aboya le caïd. Des fois, tu te comportes vraiment comme une fiotte, James.

James s'approcha de Mark et lui donna un violent coup de pied aux fesses. Comme il l'avait prévu, ce geste provoqua l'hilarité des spectateurs sans faire souffrir sa victime plus que de raison. Puis il baissa son short de quelques centimètres et lança :

— Maintenant, casse-toi avant que j' te pisse dessus.

Mark lui lança un regard horrifié, se redressa maladroitement puis s'éloigna en boitant.

— Pourquoi tu l'as laissé partir ? demanda Elwood d'un ton plein de mépris.

James haussa les épaules. Depuis qu'il avait été adopté par la bande, il s'était efforcé de recourir le moins possible à la violence tout en évitant de passer pour un faible aux yeux des skinheads, mais il avait le sentiment qu'à chaque minute passée en compagnie de ces psychopathes, il risquait d'être impliqué dans un incident plus grave.

— Alors, dit-il, cherchant désespérément à changer de sujet, elle va éclater ou pas, cette émeute ?

La nuit précédente, ce sujet avait été l'objet de débats mouvementés entre les détenus du dortoir. Chaque fois que de telles révoltes se produisaient, les surveillants fermaient la cour d'exercice et bouclaient tout le monde en cellule. Ces longues périodes d'inactivité ne faisaient qu'aiguiser la rage des prisonniers.

— Moi, *j'adore* quand ça pète, lâcha Kirch, qui prenait pourtant rarement la parole.

— T'as raté quelque chose, la dernière fois, James, ajouta Elwood. Une énorme baston au couteau. Les balles en caoutchouc volaient dans tous les sens. *Blam, blam, blam.* J'ai été l'un des derniers à rentrer au dortoir. Il y avait des types étalés partout dans la cour.

Kirch leva les yeux vers le ciel, un large sourire sur le visage :

— C'était génial. Ça valait bien un mois de bouclage.

James supportait depuis une semaine les propos et les manières brutales de Kirch et Elwood. Il se dit qu'il aurait aimé les voir à leur tour gisant dans la poussière, afin de pouvoir profiter de cinq minutes de paix et de silence.

— Cette émeute, ça a été le moment le plus terrifiant de ma vie, chuchota Curtis à son oreille. J'ai vraiment cru que j'allais y passer. Elwood s'est planqué sous l'un des abris. Il fait le malin, là, mais il avait aussi peur que moi.

— Et Kirch ?

— Lui, c'est *vraiment* un malade. Je crois qu'il a savouré chaque seconde de ce merdier.

— Il faut vraiment qu'on se barre d'ici. Cet endroit est en train de me rendre dingue.

.:.

James priait pour que les tensions s'apaisent, car un éventuel bouclage des cellules le priverait à coup sûr de sa visite au parloir et il devrait attendre encore plusieurs jours avant de pouvoir mettre en œuvre son plan.

En fin de matinée, une bagarre éclata dans le réfectoire au premier service. Les autorités de la prison annoncèrent que le bâtiment était provisoirement fermé, puis la rumeur se mit à circuler qu'il ne rouvrirait que le lendemain, au plus tôt. Une foule de détenus surexcités se rassembla dans la cour, visiblement résolue à provoquer des incidents.

Armé d'une paire de jumelles, le superintendant Frey surveillait le déroulement des événements depuis le toit du bloc cellulaire. James étudiait ses réactions avec anxiété, cherchant à déterminer s'il avait l'intention de procéder à un bouclage, mais la décision fut prise de poursuivre la distribution des repas.

Quelques heures plus tard, James se rendit au parloir situé à l'entrée du quartier. Il ôta ses vêtements sous l'œil inquisiteur d'un surveillant, les plaça dans un carton puis fut soumis à une fouille au corps. Enfin, il enfila une combinaison jaune dépourvue de poches qui semblait n'avoir jamais été nettoyée.

Le parloir disposait de six tables, mais Lauren et un agent du FBI filiforme que James n'avait jamais rencontré se trouvaient seuls dans la pièce. Il s'avança, ses pieds foulant le linoléum poisseux, et s'assit devant eux. Lauren se pencha pour le serrer dans ses bras.

— Qu'est-ce qui est arrivé à tes cheveux ? demanda-t-elle.

— Ce qui arrive quand on traîne avec des skinheads. Si je ne sors pas d'ici, je vais me retrouver avec des tatouages sur le front.

— Le tatouage est une pratique à risque, dit l'agent du FBI, avec l'accent américain le plus snob que James ait jamais entendu. En l'absence d'aiguilles stériles, les risques sont grands de contracter des maladies infectieuses, comme l'hépatite ou le sida.

— Je sais, je lis mes briefings, chuchota James. Je suppose que vous êtes le nouvel oncle John ?

— Theodore Monroe, dit l'homme en tendant la main, mais tout le monde m'appelle Theo. La couverture de John est compromise depuis que Curtis l'a aperçu dans le bureau du département pédagogique. Scott Warren travaille déjà ici comme surveillant. Quant à Marvin… bon, il nous a semblé invraisemblable qu'un Afro-Américain puisse être ton oncle.

James sourit.

— Comment ça se fait qu'on est seuls au parloir ?

— Scott a réorganisé le planning des visites. Il n'a inscrit que des détenus sans parents ni proches.

— Vous êtes sûrs qu'on n'est pas surveillés ?

Theo secoua la tête.

— La pièce est équipée d'un dispositif d'enregistrement, mais il faut un mandat judiciaire pour pouvoir l'utiliser. On doit se rendre au tribunal pour s'en procurer un à chaque fois que Curtis reçoit l'un de ses soi-disant oncles.

— Au fait, s'exclama gaiement Lauren, l'info que tu as passée à Scott Warren à propos du psychiatre de Philadelphie a permis au FBI de se procurer une photo récente de Jane Oxford.

— Nous sommes presque certains que c'est elle, tempéra Theo en posant sur la table un cliché un peu flou.

On pouvait y voir une femme entre deux âges, d'aspect parfaitement ordinaire, qui portait de larges lunettes rectangulaires. Curtis se tenait à ses côtés.

— Cette image est extraite d'une vidéo de surveillance du comptoir des premières classes de l'aéroport international de Philadelphie. Elle date de deux semaines avant l'entrée de Curtis au pensionnat militaire. Le FBI a également retrouvé la trace des achats effectués avec la carte de crédit utilisée par Jane Oxford pour payer les billets d'avion. Ces renseignements sont inestimables. John Jones et Marvin Teller m'ont demandé de t'adresser en leur nom leurs plus sincères félicitations.

James n'imaginait pas une seconde que John et Marvin aient pu prononcer cette phrase, mais il comprit l'idée générale.

— Et ces infos vous ont menés quelque part ?

— Elles sont en cours d'exploitation, dit Theo en chassant une peluche invisible de la manche de son costume impeccable. Même si ta tentative d'évasion échoue, il est clair que tu n'auras pas mené cette mission pour rien.

— J'espère que c'est toujours prévu pour ce soir, parce que je ne suis pas sûr de pouvoir tenir beaucoup plus longtemps. Au début, je craignais qu'il ne m'arrive quelque chose. Maintenant, j'ai peur de mes propres réactions. Il y a une tension dingue dans les cellules, en ce moment.

— L'opération se déroulera comme prévu. À l'heure H, trois surveillants seront de service dans ton bloc : Scott Warren, bien entendu, la surveillante Amanda Voss et un employé nommé Golding assigné au poste de sécurité du bloc cellulaire. Vous devrez vous montrer extrêmement prudents lorsque vous vous trouverez dans cette zone, car il aura sous la main le bouton qui déclenche l'alarme générale et boucle toutes les portes de la prison. Si ça se produit, vous ne pourrez plus les ouvrir, même avec une carte magnétique. Quand vous serez sortis du bloc, avant d'atteindre la double enceinte, vous devrez passer par la salle de repos du personnel. Il est peu probable que vous y rencontriez qui que ce soit. D'après mes informations, c'est une pièce insalubre, pas le genre d'endroit où les surveillants aiment traîner après leur service. À l'exception de Warren, la seule personne informée de l'opération est un dénommé Shorter qui travaille dans la salle de contrôle de la prison. C'est lui qui est chargé de laisser entrer et sortir les membres du personnel. Comme tu le sais, Dave présente une certaine ressemblance physique avec Scott Warren. À l'origine, notre plan prévoyait qu'il devait montrer son visage à la caméra de sécurité de la porte principale. Malheureusement, ni toi ni Curtis n'êtes assez grands pour vous faire passer pour des hommes adultes. Alors on a mis Shorter dans le coup. Il travaille pour l'administration pénitentiaire depuis quarante ans, et il est d'accord pour jouer les boucs émissaires en endossant toute la responsabilité de l'évasion. En échange, le FBI a promis de lui accorder une compensation financière.

— Et une fois qu'on sera sortis ?

— Vous retrouvez Lauren, comme prévu dans le plan initial. Vous devrez faire vite. L'État présente une faible densité de population et peu de routes permettent de franchir ses frontières. Des barrages de police seront en place moins d'une demi-heure après votre évasion.

— J'ai déjà réglé la radio de la voiture sur une fréquence locale, dit Lauren. On sera informés en temps réel du déroulement des opérations de police.

— Ensuite, poursuivit Theo, on espère que Curtis vous mènera à sa mère. Lors de sa dernière rencontre au parloir avec ses oncles, il n'a pas mentionné vos projets. Tu as une idée de l'endroit où il compte se rendre ?

— J'ai suggéré que nous roulions vers une zone fortement peuplée, afin de minimiser les risques d'être identifiés. Curtis dit qu'il connaît des gens qui ont travaillé pour sa mère, à Los Angeles. Il n'a pas parlé de l'évasion à ses visiteurs parce qu'il sait que la pièce est sous écoute. N'oubliez pas qu'il a passé toute sa vie en cavale. Il n'a peut-être que quatorze ans, mais il en connaît davantage sur les techniques de la police et du FBI que la plupart des grands criminels.

— Est-ce que tu en sais plus sur ces contacts extérieurs ? A-t-il mentionné leur nom, ou la nature de leurs relations d'affaires avec sa mère ?

— Tout ce que je sais, c'est que ce sont des membres d'un gang de motards.

— Eh bien, je crois que nous y sommes, dit Theo. Il ne me reste plus qu'à te souhaiter bonne chance, James.

Lauren serra son frère dans ses bras.

— Sois prudent, murmura-t-elle. Je t'interdis de te faire tuer cette nuit.

22. Heure H

À 2 heures 30 du matin, Scott Warren effectua le comptage des détenus. Contrairement aux appels, au cours desquels les prisonniers devaient se tenir au pied de leur lit, cette procédure consistait en un simple examen visuel depuis le poste de surveillance surélevé.

Si les choses se déroulaient comme prévu, la disparition de James et de Curtis ne serait découverte qu'au comptage suivant, à 6 heures 30. Son devoir accompli, Scott rejoignit le poste de sécurité situé à l'autre extrémité de la passerelle, au centre du bloc cellulaire.

Il compléta un formulaire et le tendit à Golding, un homme à la silhouette massive assis devant une console de trois mètres de long couverte de boutons, d'écrans de surveillance et de voyants multicolores.

Amanda Voss déposa sur le pupitre un document identique.

— Rien à signaler, dit la jeune femme.

Golding décrocha un téléphone et contacta la salle de contrôle.

— Salut Keith, Bloc T, Golding au rapport. Il est 2 heures 38, et nos deux cent cinquante-sept têtes blondes dorment comme des petits anges. Rien à signaler.

Il fit rouler sa chaise en arrière, posa les pieds sur la console et ouvrit un magazine. Une alarme discrète retentit. Une ampoule rouge clignotait sur la console.

— Ces putains de sas ! gronda le surveillant. J'ai une alerte en cellule T4, entrée latérale B. Est-ce que l'un d'entre vous peut aller voir ?

— Désolé, mais j'ai un autre genre d'urgence, dit Scott en se dirigeant vers les toilettes d'un pas pressé. Tu peux t'en charger, Amanda ?

∴

Lorsque James avait pris connaissance des ultimes détails du plan d'évasion, il avait violemment protesté contre l'obligation qui lui était faite de maîtriser une femme par la force. Dès que la porte commença à coulisser, une vague d'adrénaline balaya tous ses scrupules.

Son poing atteignit Amanda à la tempe. Elle tomba aussitôt sans connaissance entre ses bras. Il avait visé juste, de façon à toucher la partie la plus fine de son crâne. Au pire, elle s'en tirerait avec une légère commotion et un ou deux jours de migraine.

James la traîna à l'extérieur de la cellule et l'allongea sur le sol, au pied de l'escalier en spirale. Il se tourna vers Curtis.

— Vite, suis-moi, chuchota-t-il.

Il était pressé de refermer le sas avant qu'un détenu remarque leur manège et se mette en tête de les accompagner.

Curtis franchit l'ouverture et fit coulisser le panneau métallique. James avait déjà revêtu la casquette et la chemise d'uniforme d'Amanda. Associées à ses baskets noires et au pantalon de survêtement sombre qu'il avait emprunté à Curtis, il pouvait désormais passer pour un surveillant, pour peu qu'on n'y regarde pas de trop près.

— Bâillonne-la, ligote-lui les chevilles et attache-lui les mains à la rampe de l'escalier avec un nœud étrangleur, comme je t'ai montré.

Tandis que son camarade ficelait la surveillante à l'aide des lanières de drap tressées la veille, James grimpa les marches menant à la passerelle et rejoignit Scott qui l'attendait près du râtelier d'armes. Il glissa dans ses poches une bombe de gaz incapacitant et une grenade paralysante. Craignant que Curtis n'achève la tâche qu'il lui avait confiée plus rapidement que prévu, il jeta un coup d'œil en arrière.

— Tu es prêt, Scott ? chuchota-t-il.

— Oui. Frappe à l'arête du nez. Surtout, fais en sorte que ce soit impressionnant. Ensuite, fais gaffe à Golding. Il a joué dans une équipe de foot universitaire. Dès qu'il sera sous contrôle, utilise les menottes qui se trouvent dans le placard bleu, derrière la console.

James se mit en garde puis porta à l'agent du FBI un coup sec à la face. Ce dernier, le visage ensanglanté, s'allongea calmement sur le sol métallique. Le garçon dégoupilla la bombe de gel, lui administra une brève giclée dans les yeux et les cheveux, puis enfonça un chiffon dans sa bouche.

— Désolé, collègue, murmura-t-il avant de le faire rouler sur le ventre et de lui lier les mains dans le dos.

James entendit les pas de Curtis résonner dans l'escalier, un peu trop bruyamment à son goût. Scott ferma les yeux et fit mine d'être inconscient.

— Chut, dit James. Elle est bien attachée ?

— Exactement comme tu m'as montré.

— Tu as pris son badge et sa carte magnétique ?

— Ils sont dans ma poche, chuchota Curtis en jetant un œil au dortoir. Wow, j'aurais jamais cru voir cette foutue cellule d'ici.

James détacha la matraque électrique de la ceinture de Scott puis inspecta le contenu de ses poches. Il prit son portefeuille et jeta son trousseau de clés à Curtis.

— L'une d'elles permet de déverrouiller les fusils à balles en caoutchouc, expliqua-t-il avant d'entraver les chevilles de Scott.

Curtis ouvrit le cadenas du râtelier et s'empara d'une arme.

— Ça a l'air compliqué, dit-il.

— Aide-moi à le déplacer. Ensuite je te montrerai.

Ils déposèrent le corps de l'agent contre le mur de la passerelle, de façon à ce que les autres détenus ne puissent pas le voir. James saisit un cylindre d'air comprimé.

— J'ai vu comment les matons s'y prenaient, l'autre fois. Tu visses ça au-dessus du fusil, comme ça, tu tournes la valve et tu fais basculer le canon... Passe-moi une cartouche.

Curtis lui tendit un gros étui de plastique. James le fit glisser dans la culasse, referma le fusil et le donna à son compagnon d'évasion.

— Ne tire que si c'est absolument nécessaire. Tu as déjà entendu le boucan que ça fait.

Il chargea une autre arme tandis que Curtis raflait des bombes de gel, des grenades et des munitions.

James poussa la porte située à l'extrémité de la passerelle. Un couloir menait au poste de sécurité du bloc cellulaire. Les deux garçons avancèrent, fusils à l'épaule, le dos collé au mur.

James jeta un bref coup d'œil dans la pièce. Golding, les talons sur la console, feuilletait les pages sport de son magazine. On n'entendait que le ronronnement discret de l'air conditionné.

— Nous devons le forcer à s'éloigner de la console, chuchota James. Sinon, il pourrait déclencher l'alarme.

Curtis hocha la tête. James s'accroupit, sortit une pièce de monnaie trouvée dans la poche de Scott et la fit rouler dans la salle.

— Tu as fait tomber une pièce, Scott, dit Golding.

Il scruta les lieux quelques secondes, puis haussa les épaules et reprit sa lecture.

James jeta à son complice un regard stupéfait, puis il lança une autre pièce. Cette fois, le surveillant, trop feignant pour se lever, donna un coup de talon contre la console pour faire rouler sa chaise jusqu'au milieu de la salle.

— Qu'est-ce qui se passe, Scottie ? Tu as un trou dans ta poche ou quoi ?

Au même instant, James et Curtis franchirent la porte et firent feu sur Golding. Les balles en caoutchouc l'atteignirent à la poitrine et à l'estomac. La chaise quitta sa trajectoire initiale et se renversa. L'homme poussa un rugissement, puis tenta de se relever.

James, que les deux détonations avaient rendu à moitié sourd, se précipita sur le surveillant puis l'aspergea de gel lacrymogène.

— Priez pour qu'on ne vous retrouve jamais, gémit Golding, avant de tomber à genoux, les mains plaquées sur les yeux. Scott, Amanda, qu'est-ce que vous foutez, bordel de merde ?

— Si j'étais toi, je ne compterais pas trop sur eux ! lança Curtis, qui rayonnait d'une joie sauvage.

— Quand vous serez au trou, comptez sur moi pour vous rendre visite très souvent.

Golding semblait toujours plein de force et d'énergie. James ne voulait pas prendre le risque d'affronter un adversaire aussi athlétique. Il poussa une seconde cartouche dans la culasse et posa le canon de l'arme contre le front du surveillant. Ce dernier n'ignorait pas les dégâts que ces armes réputées inoffensives pouvaient provoquer lorsqu'elles étaient utilisées à bout portant.

— Les mains en l'air, mon gros ! aboya James.

Lorsque Golding sentit le contact du fusil, il leva les bras et laissa Curtis attacher ses poignets, lui fourrer un morceau de chiffon au fond de la gorge et nouer un bâillon sur sa bouche. Comme prévu, James trouva une paire de menottes dans le placard que Scott lui avait indiqué.

Ils traînèrent leur victime jusqu'à l'escalier menant à la zone de réception, puis le menottèrent à la rambarde. Curtis serra cruellement les bracelets de métal.

— Chacun son tour, Golding, cracha-t-il. Tu les aimes bien étroites, si je me souviens bien ?

L'homme hurla sous son bâillon. Les garçons récupérèrent leurs armes. James remarqua le sac à dos du surveillant posé sous la console. Il le vida de son contenu — un magazine sur le base-ball et le Tupperware qui avait contenu son déjeuner —, puis il y plaça ses munitions, sa bombe de gel et ses grenades paralysantes. Curtis dénicha le blouson d'Amanda Voss, un coupe-vent noir portant le logo de l'administration pénitentiaire. Il lui allait comme un gant.

Les garçons dévalèrent l'escalier jusqu'à la zone de réception des détenus, au rez-de-chaussée. James glissa la carte magnétique d'Amanda dans le lecteur mural et franchit la porte donnant sur l'extérieur.

— Garde ton calme, dit-il à Curtis. Surtout, ne cours pas. Ce serait le meilleur moyen de se faire repérer.

À l'aide du *pass*, ils franchirent un portail de métal, quittèrent le périmètre du bloc T et s'engagèrent sur la route goudronnée qui menait vers la sortie d'Arizona Max, à la lueur des lampes disposées au sommet des clôtures de fil de fer barbelé et des projecteurs qui illuminaient les tours de surveillance de la double enceinte.

Le trajet jusqu'au premier mur de béton dura huit minutes. Ils croisèrent un camion poubelle, puis reçurent un signe amical de la part d'un employé qui prenait sa pause cigarette à l'entrée d'un bloc. Des images violentes se bousculaient dans l'esprit de James. Une poursuite au son des sirènes hurlantes, une fusillade, un interminable passage à tabac en cellule d'isolement.

À environ cent mètres de l'enceinte principale, les garçons remarquèrent trois lignes de couleur peintes au sol. Sur un énorme panneau figurait l'inscription : ROUGE : TRANSPORT DES DÉTENUS — JAUNE : VISITEURS — VERT : PERSONNEL. Au-delà, une forêt de projecteurs et de caméras de surveillance était braquée sur la route.

— On ne passera jamais, bredouilla Curtis.

— Comporte-toi normalement, chuchota James. Tout va bien. On porte des tenues de surveillants, on a des badges et des cartes magnétiques. Ils n'ont aucune raison de nous soupçonner.

La ligne verte les mena jusqu'à un petit bâtiment en préfabriqué dont la porte était ornée d'un panneau : RÉSERVÉ AU PERSONNEL. James jeta un œil par la fenêtre et découvrit une pièce minuscule dont l'un des murs était occupé par une rangée de distributeurs de boissons, de crackers et de barres chocolatées. Assis dans une chaise en plastique, un surveillant à l'air sinistre sirotait un gobelet de café.

James gravit deux marches, déverrouilla la porte à l'aide de la carte magnétique et découvrit un couloir qui empestait le détergent industriel.

— La voie est libre, chuchota-t-il.

Ils passèrent devant la vitre dépolie de la salle de repos, puis accélérèrent le pas en direction du portail de sortie du personnel.

James glissa de nouveau son *pass* dans le lecteur. Une voix jaillit d'un haut-parleur.

— Levez la tête vers la caméra, déclinez votre identité et montrez votre insigne.

James espérait qu'il s'agissait bien de Shorter, mais il n'avait aucun moyen de s'en assurer.

— Voss, Amanda, Y465, dit-il en essayant d'adopter un timbre de voix féminin.

— Qui est avec vous ?

— Warren, Scott, KT318, bredouilla Curtis.

— Eh, Scottie, t'as une drôle de voix ce soir. T'as la crève ou quoi ?

— Ouais, ouais.

— Faut te soigner, mon gars. Rentre à la maison et repose-toi bien.

James et Curtis quittèrent le bâtiment et empruntèrent l'allée de gravier encadrée de deux clôtures de fil de fer barbelé menant à l'imposante enceinte de béton. Ils firent halte devant un panneau PATIENTEZ.

L'épaisse porte métallique s'ouvrit en grondant, avec une lenteur exaspérante, puis les garçons s'engagèrent dans un tunnel.

Lorsque le panneau d'acier se fut refermé derrière eux, ils n'aperçurent qu'une lampe verte à l'autre extrémité. Les pans de la seconde porte s'écartèrent à leur tour. Ils posèrent enfin le pied hors du périmètre sécurisé et se dirigèrent d'un pas énergique vers le parking du personnel.

Curtis était en état de choc.

— Incroyable, bredouilla-t-il. On a réussi. T'es un putain de génie, James.

— T'emballe pas trop, mec. La fête ne fait que commencer.

23. Quarante-quatre magnum

Plus de cinquante véhicules étaient alignés sur le parking du personnel. James localisa immédiatement la voiture de Scott, mais, en dépit de l'urgence de la situation, il dut arpenter les travées au pas de course en brandissant le beeper trouvé dans la poche de l'agent du FBI, pour ne pas éveiller les soupçons de Curtis. Les phares d'une Honda Civic clignotèrent quelques secondes, à quelques rangées de là.

Une camionnette hors d'âge franchit un ralentisseur à l'entrée du parking puis s'immobilisa à cinq mètres des garçons. Ces derniers s'accroupirent entre deux voitures. Le conducteur descendit du véhicule, ouvrit le coffre, s'y assit, porta une cigarette à ses lèvres et craqua une allumette. La flamme éclaira son visage.

— C'est Frey, chuchota Curtis.

James avait étudié le dossier personnel du super-intendant. C'était un employé zélé qui considérait le bloc T comme sa propriété personnelle, mais rien ne laissait supposer qu'il pouvait se présenter à la prison trois heures avant sa prise de service. C'était un coup dur.

Frey portait un jean et un maillot de football. Même en comptant le temps qu'il mettrait à se changer, à boire un café dans la salle de repos et à rejoindre le bloc T, il ne s'écoulerait pas plus d'une demi-heure avant qu'il découvre ses collègues ligotés et donne l'alerte générale.

James envisagea la possibilité de le capturer, mais le parking était situé en terrain découvert, dans le champ de vision d'une dizaine de caméras de surveillance. Au souvenir du traitement infligé à Dave par le GIUP et à la perspective d'une visite de Golding en cellule d'isolement, il décida de le laisser filer. Il n'avait plus qu'à espérer être rattrapé le plus loin possible, afin que John Jones et l'équipe du FBI puissent l'exfiltrer avant que les forces de police ne le reconduisent au pénitencier.

Frey ferma le coffre de la camionnette puis se dirigea vers l'entrée du personnel. James et Curtis montèrent à bord de la Civic. C'était un modèle customisé équipé de sièges baquets, de jantes alliage et d'un moteur surgonflé. James boucla sa ceinture de sécurité et tourna la clé de contact. L'épisode de sa dernière virée en voiture lui revint en mémoire. Cette fois, ce n'était plus un jeu. L'heure était venue de mettre en œuvre les compétences acquises au cours du stage de conduite intermédiaire. Il devait à tout prix conserver sa lucidité et ne pas se laisser griser par l'adrénaline.

Il roula à vitesse modérée jusqu'à l'autoroute, puis

enfonça la pédale d'accélérateur. La Civic disposait d'une suspension ferme et d'une direction extrêmement réactive. James sentit grandir en lui un exaltant sentiment d'invincibilité.

Il mit moins de dix minutes à parcourir les vingt kilomètres menant à la route secondaire où il devait retrouver sa sœur. Une Ford Explorer équipée d'énormes pare-chocs était garée sur le bas-côté, tous feux allumés et moteur tournant, à quelques centaines de mètres de l'échangeur.

— Prends le matos, ordonna James à son compagnon avant de descendre de la voiture.

Lauren, assise sur le siège passager avant, avait déjà bouclé sa ceinture. James prit place devant le volant. Lorsque Curtis eut refermé la portière derrière lui, il démarra pied au plancher.

— Tout s'est bien passé, Lauren ?

— Nickel. Oncle John ne s'est pas réveillé. J'ai piqué ses cartes routières et j'ai étudié le trajet jusqu'à Los Angeles.

Elle se tourna vers la banquette arrière.

— Salut Curtis, lança-t-elle.

— Salut. Tu peux pas savoir comme je suis content de te rencontrer. Qui t'a appris à conduire ?

— Dave et moi, expliqua James. Elle nous a servi de chauffeur deux ou trois fois, pour des cambriolages.

— Je suis encore un peu petite pour toucher les pédales, ajouta la jeune fille.

— T'as pu prendre des affaires ? demanda Curtis.

— Des fringues, du fric et des produits de toilette. J'ai même réussi à piquer le quarante-quatre de l'oncle John.

— Un vrai flingue ? Il est où ?

L'énorme revolver était posé sur l'accoudoir, entre les deux sièges avant.

James avait l'impression que le 4x4 se traînait, en comparaison de la Civic qu'il venait de piloter. Lorsqu'ils eurent rejoint l'autoroute, il constata avec dépit que le véhicule manquait cruellement de nervosité.

— Un quarante-quatre magnum, sourit Curtis en contemplant l'arme. Le préféré de Dirty Harry. Il paraît que tu peux couper un mec en deux, avec ce truc.

Lauren remarqua que la voiture passait à la hauteur du stand de beignets de l'autoroute.

— James, pauvre crétin, tu t'es gouré de direction.

— Quoi ? s'étrangla ce dernier. Tu es sûre ?

— Sûre et certaine.

— Et merde.

Un double rail de sécurité séparait les deux sens de circulation. James accéléra, impatient d'atteindre la bretelle suivante et de faire demi-tour.

— Allume la radio, dit-il.

Lauren tourna le bouton de l'appareil.

— On est tombés sur le superintendant de notre bloc, sur le parking de la prison, expliqua James. On ne va pas avoir autant de temps que je l'avais prévu. On aura les flics au cul dans moins de vingt minutes.

James remarqua une brèche dans la barrière de sécurité centrale. Il braqua le volant sur la gauche, s'y engouffra, traversa une étroite bande de végétation et déboucha en sens inverse, sur la voie rapide. Le conducteur d'une berline qui fonçait droit dans leur direction, klaxon hurlant, parvint à modifier sa trajectoire *in extremis*.

— Oups, souffla James, avant d'écraser la pédale d'accélérateur et de prendre progressivement de la vitesse. À quelle distance se trouve la frontière californienne ?

— À moins de quatre-vingt-dix kilomètres, répondit Lauren. Los Angeles est cent vingt bornes plus loin. On peut y être dans cinq heures, si on ne fait pas de pause.

— Il faudra qu'on s'arrête au moins une fois pour prendre de l'essence.

La circulation était fluide et l'autoroute pratiquement rectiligne. Le compteur indiquait cent trente kilomètres-heure, une vitesse légèrement supérieure à la limite légale mais comparable à celle des autres véhicules.

À la radio, l'animateur discutait avec ses auditeurs de sujets aussi essentiels que *Les extraterrestres sont-ils parmi nous ?* et *Quel est le plus grand musicien de tous les temps ?* À ces deux questions, les intervenants répondaient « Elvis Presley ».

L'horloge digitale du tableau de bord annonçait 3 heures 43 lorsque l'animateur interrompit le débat.

« *On nous informe à l'instant que deux détenus âgés de quatorze ans viennent de s'évader du pénitencier d'Arizona Max. Vous avez bien entendu, chers auditeurs : quatorze, pas quarante... Un surveillant de l'établissement aurait été tué. La police d'État est en ce moment même en train de dresser des barrages sur les axes stratégiques. Les évadés sont des garçons blancs au crâne rasé répondant au nom de James Rose et Curtis Oxford. Ils ont tous deux été condamnés pour meurtre. Les autorités vous encouragent à faire preuve de la plus grande prudence, comme s'il s'agissait de criminels adultes. Restez à l'écoute, chers auditeurs, nous vous tiendrons au courant tout au long de la nuit.* »

— Vous avez buté un surveillant ? murmura Lauren.

La mort simulée de Scott Warren avait toujours fait partie du plan, mais les deux agents de CHERUB devaient manifester leur étonnement en présence de Curtis.

— On n'a tué personne, protesta ce dernier.

— L'un des matons a peut-être eu une crise cardiaque, ou quelque chose comme ça, suggéra James.

— On est mal. Si on est capturés, ses collègues feront de notre vie un enfer. J'ai entendu des rumeurs sur ce dont ils sont capables. Ils crachent dans ta bouffe, mettent de la musique à fond devant ta cellule pour t'empêcher de dormir. Ils font tout pour te rendre dingue.

— Alors essayons de ne pas nous faire serrer.

— Mon Dieu, mon Dieu, gémit Curtis en secouant la tête.

— Qu'est-ce que tu veux que j'y fasse, bordel ? cria

James. Que je fasse demi-tour pour lui faire du bouche-à-bouche ?

— Et si on tombe sur un barrage ? On va être transformés en passoire, si on essaie de le forcer.

— Reste calme et laisse-moi réfléchir. Lauren, il reste combien de kilomètres avant la frontière ?

La jeune fille consulta la carte dépliée sur ses cuisses.

— Dans les cinquante bornes.

— Si ça se trouve, les flics de Californie ont dressé des barrages, eux aussi, se lamenta Curtis.

— Ils ne savent pas dans quelle direction on roule. Plus on s'éloigne de la prison, plus la zone de recherches s'élargit. Ils ne peuvent pas poster un policier tous les cent mètres.

Les trois fuyards observèrent un silence tendu. À la radio, une auditrice réclama la peine de mort pour les évadés, en dépit de leur jeune âge. Les intervenants suivants partageaient son point de vue.

« *On vient de m'informer que la police recherchait une Honda Civic IS grise. C'est un modèle spécial, facilement identifiable, avec des roues sport et un petit aileron à l'arrière...* »

James sourit.

— On a encore un coup d'avance.

— Les flics vont fouiller la maison de votre oncle. Ils verront bien que sa voiture a disparu.

— Ils perdent du temps. C'est toujours ça de gagné.

— Droit devant ! cria Lauren. Des gyrophares !

Le barrage avait été positionné à la sortie d'une courbe, de façon à ménager l'effet de surprise et à dissuader les automobilistes de faire demi-tour. Deux voitures de police étaient garées en travers de la chaussée. Douze véhicules patientaient sur la seule voie disponible. Un policier inspectait chaque passager à l'aide d'une lampe torche.

James actionna le frein à main et réalisa un demi-tour au beau milieu du trafic. Les pneus crissèrent. Les automobilistes qui roulaient en sens inverse actionnèrent leurs avertisseurs et se rabattirent en catastrophe sur les côtés de l'autoroute. L'un des véhicules glissa le long du rail de sécurité, provoquant une impressionnante gerbe d'étincelles.

— Et merde ! cria James en lançant la Ford pleins gaz en sens contraire de la circulation.

Il jeta un coup d'œil au rétroviseur et vit les voitures de police qui formaient le barrage se mettre en mouvement. Il aperçut une brèche dans la glissière, s'engagea sur le terre-plein central et se retrouva sur le côté opposé de l'autoroute.

— Lauren, où est mon sac à dos ?

— À mes pieds.

— Prends-le, il est plein d'armes. Vu que tu n'es pas recherchée, je veux que tu sortes de la bagnole dès que je m'arrêterai, compris ? Ensuite, fais tout ce que tu peux pour empêcher notre arrestation.

La jeune fille hocha la tête.

— On ne peut pas s'arrêter ! hurla Curtis. Il faut se

tirer de là. Après ce qui est arrivé à ce maton, s'ils nous mettent la main dessus, on est morts.

— Calme-toi, dit fermement James. Fais-moi confiance. N'oublie pas que c'est grâce à moi que tu as pu sortir de prison.

— Va te faire foutre, siffla Curtis en saisissant le quarante-quatre magnum.

La Ford s'immobilisa sur la voie d'arrêt d'urgence. Lauren ouvrit la portière et se jeta dans les broussailles, derrière le rail de sécurité. L'un des véhicules de police s'arrêta devant le 4x4 ; l'autre vint se positionner contre le pare-chocs arrière.

— Je ne retournerai pas en taule ! hurla Curtis.

Un agent vint se poster près de la vitre arrière, pisto-let au poing. Une femme en uniforme descendit de la voiture de devant et s'approcha d'eux à pas prudents.

— Coupe le moteur et pose tes mains sur le volant, ordonna-t-elle à James en le menaçant de son arme de service.

Il tourna la clé de contact, puis entendit un discret déclic métallique venant de la banquette arrière. Il comprit aussitôt que Curtis venait d'armer le quarante-quatre magnum.

— Ne fais pas ça, petit, dit la femme.

James était persuadé que son compagnon d'évasion pointait l'arme sur cette dernière. Il regarda dans le rétroviseur et réalisa avec horreur qu'il tenait le canon posé sur sa tempe.

— Curtis, non ! cria-t-il.

Le garçon enfonça la détente. Avec un son mat, le percuteur s'écrasa sur une chambre vide.

Soudain, une déflagration assourdissante se fit entendre, accompagnée d'un éclair blanc. Une grenade paralysante venait d'exploser à l'intérieur de la voiture de police garée à l'avant de la Ford. Trois autres engins explosifs détonèrent sur la chaussée. Un dernier déchira le pneu du second véhicule.

James, Curtis et les deux policiers avaient temporairement perdu l'ouïe et la vue. Une voiture qui passait à leur niveau fit quelques embardées avant de s'immobiliser sur le bas-côté.

Après avoir lancé sa dernière grenade, Lauren avait enfoui son visage dans le sable et enfoncé ses doigts dans ses oreilles. Elle avait compté six explosions, s'était redressée d'un bond, puis ruée vers le policier.

Elle lui infligea une décharge de quatre-vingt-dix mille volts à l'aide de la matraque électrique de Scott. L'homme s'effondra sur l'asphalte, sonné pour deux bonnes minutes. Lauren s'empara de son pistolet et vida le chargeur en direction de la femme, en prenant soin de viser assez haut pour ne pas la toucher. Cette dernière, malgré son état de confusion, entendit les détonations et plongea dans le fossé. Lauren se précipita sur elle et lui infligea le même traitement qu'à son collègue.

Elle jeta les armes des policiers par-dessus le rail de sécurité, puis retourna calmement s'asseoir sur le siège passager de la Ford.

— James, est-ce que ça va ? hurla-t-elle.

Ce dernier hocha la tête. Les cris de sa sœur parvenaient à peine à couvrir le sifflement aigu provoqué par l'explosion des grenades, mais les taches blanches qui flottaient dans son champ de vision commençaient à s'estomper.

— Combien de grenades tu as lancées ? demanda-t-il.

— Toutes, répondit Lauren. Tu crois que tu peux conduire ?

— Ça commence à aller mieux, dit-il en tournant la clé de contact.

Lauren se tourna vers Curtis. Le visage baigné de larmes, il était effondré sur la banquette arrière.

— Pourquoi ça n'a pas marché ? gémit-il en fixant l'extrémité du canon du quarante-quatre magnum.

— Je déteste les armes à feu, répondit Lauren. Il n'était pas chargé. C'était pour les impressionner, rien de plus.

— Tu es complètement débile ! brailla Curtis. Les pistolets des flics étaient chargés, eux.

— Tu peux parler, pauvre malade. Ça va pas la tête, de vouloir de te flinguer ?

— Je préférerais être mort.

— Bon, vous allez la fermer, oui ou merde ? dit James. J'essaie de me concentrer.

Il enclencha la marche arrière, recula de quelques centaines de mètres, s'engagea dans la brèche de la glissière centrale pour reprendre la direction de la

Californie, puis enfonça brutalement la pédale d'accélérateur. Aussitôt, le volant vibra violemment entre ses mains. Il renouvela la manœuvre avec plus de délicatesse, et le véhicule prit un peu de vitesse.

— Qu'est-ce qui se passe ? demanda Lauren.

— Je ne sais pas, répondit-il. Je crois que j'ai entendu un bruit bizarre, en traversant le terre-plein.

Il éprouvait les plus vives difficultés à rouler en ligne droite. Le véhicule ne dépassait pas les cinquante kilomètres-heure. Un 30 tonnes filait pleins gaz dans leur direction. Le conducteur actionna son avertisseur puis se déporta sur la voie centrale.

James poussa de nouveau l'accélérateur. Le volant réagit si brutalement qu'il faillit lui arracher un bras.

— Je ne peux pas aller plus vite, annonça-t-il d'un ton sinistre.

— Qu'est-ce qu'on va faire ? demanda Lauren.

— J'en ai pas la moindre idée. Ce qui est sûr, c'est qu'on ne roulera pas jusqu'à Los Angeles dans cette poubelle ambulante.

24. Caravane

James ne tarda pas à comprendre qu'il ne pourrait pas longtemps circuler sur l'autoroute parfaitement rectiligne à bord d'un véhicule poussif sans être repéré par les forces de police. Les muscles des bras tétanisés à force d'avoir lutté contre la direction rebelle, il s'engagea sur une bretelle menant à une aire de repos où étaient regroupés des magasins libre-service et des enseignes de restauration rapide. À cette heure matinale, ils étaient tous fermés.

Tous phares éteints, il traversa le parking désert, puis se gara à l'arrière de la boutique d'un glacier dont l'enseigne, un énorme sundae rose en néon, était visible à des kilomètres depuis l'autoroute. Il alluma le plafonnier de la cabine et se tourna vers Curtis.

Ce dernier n'avait pas lâché le revolver. Son visage était baigné de larmes et son corps secoué par un rire nerveux.

— Vous croyez que je trouverai un flingue qui fonctionne, un jour ? demanda-t-il.

James était épouvanté par la dégradation de l'état psychologique de son compagnon d'évasion. Pour la première fois, il entrevoyait sa double personnalité, la pulsion qui l'avait conduit à assassiner trois inconnus à cause d'un simple désaccord avec un enseignant. Il se pencha vers Lauren :

— Bon, on est où, exactement ?

— À quelques kilomètres d'une petite ville appelée Nix.

— Alors c'est là qu'on va, dit James. Les flics ne savent pas que notre bagnole est en rade. Je pense qu'on a une heure ou deux devant nous avant qu'ils ne la retrouvent.

— Et on fera quoi, une fois là-bas ?

James haussa les épaules.

— Soit on se planquera jusqu'à la levée des barrages, soit on piquera une autre caisse pour essayer de passer à travers. On verra sur place, en fonction des possibilités.

Lauren replia la carte. James descendit de la voiture, récupéra le sac à dos de sa sœur dans le coffre, puis ouvrit la portière arrière.

— Sors de là, ordonna-t-il à Curtis.

— Pour quoi faire ? sanglota le garçon. J'aurais jamais dû t'écouter. Au moins, on prenait soin de moi en prison.

James n'avait pas le temps de faire preuve de diplomatie : il le saisit par le col de son blouson et le tira à l'extérieur. Ils mesuraient la même taille, mais James était infiniment plus athlétique et puissant que Curtis.

— Écoute-moi bien, maintenant, gronda-t-il en le plaquant contre la voiture. Tu m'as supplié de te laisser venir avec moi. Tu étais parfaitement au courant des risques. Il est trop tard pour changer d'avis.

Curtis avait le regard vide.

— On va marcher jusqu'à la ville et trouver une nouvelle bagnole. Ensuite, on ira à Los Angeles et tu contacteras ta mère, comme prévu.

Le garçon resta muet. James brandit un poing serré devant son visage.

— OK, lâcha enfin Curtis, sans enthousiasme.

— On en a bavé pour arriver jusqu'ici, ajouta l'agent de CHERUB d'une voix apaisante. Si on se serre les coudes et si on garde la tête froide, on peut encore s'en sortir.

Curtis adressa à James un regard apeuré, semblable à celui d'un enfant essayant de se persuader qu'aucun monstre n'est tapi sous son lit.

Lauren hissa sur ses épaules le sac à dos contenant l'armement. Elle surprit son propre reflet dans la vitre de la voiture. Ses cheveux étaient en bataille, ses vêtements poussiéreux. Elle arrivait à peine à croire qu'elle venait de mettre deux policiers hors de combat. C'était la nuit la plus sauvage qu'elle eût jamais vécue. Pourtant, elle se sentait étrangement calme, comme si son esprit était incapable d'admettre la réalité. Puis son regard se posa sur les garçons.

— Vous feriez mieux de vous débarrasser de ces fringues, leur fit-elle remarquer.

James réalisa qu'il portait encore la chemise d'Amanda Voss. Tandis qu'il s'en débarrassait, Curtis, qui semblait avoir retrouvé ses esprits, ôta son blouson.

James épaula le sac contenant les affaires de Lauren puis se dirigea vers l'autoroute. La petite fille lui emboîta le pas.

— Tu crois vraiment qu'on a encore une chance ? chuchota-t-elle en prenant soin de ne pas être entendue par Curtis.

James haussa les épaules.

— Le plan prévoyait qu'on se trouve en Californie avant que l'alerte soit donnée. C'est probablement foutu, mais je ne laisserai pas tomber avant d'y être contraint. Surtout, quoi qu'il arrive, ne laisse pas ce dingue poser la main sur un autre flingue.

Curtis se porta rapidement à leur niveau.

— De quoi vous parlez ?

— De toi, répliqua James d'un ton abrupt. Alors, tu es de retour dans le monde des vivants ?

— Je suis désolé, mais je ne veux pas retourner en prison.

— Essaye d'être positif, bordel ! Demain, si ça se trouve, tu seras avec ta mère.

Ils entendirent une sirène et aperçurent une voiture de police qui filait sur l'autoroute, gyrophares activés. Ils plongèrent dans les broussailles, derrière la glissière de sécurité, et virent passer une véritable caravane de véhicules identiques. Puis, tout danger semblant écarté, ils se remirent en route.

Ils avaient parcouru moins d'un tiers de la distance qui les séparait de Nix lorsqu'ils rencontrèrent une palissade constituée de planches de bois vermoulues. Curtis se hissa sur la pointe des pieds pour jeter un œil derrière la clôture.

— Un camp de mobil-homes, dit-il.

— Tu penses qu'on a une chance de trouver une voiture, ici ? demanda Lauren à son frère.

— Tu sais comment piquer une bagnole ? demanda Curtis.

— J'arrive à faire démarrer les vieux modèles, mais les plus récents ont des clés de contact équipées de puces électroniques.

— T'inquiète, on ne risque pas de tomber sur des caisses de luxe, dans le coin. Les millionnaires ne vivent pas dans des campings.

— Il nous faut quand même une voiture qui puisse nous conduire jusqu'à Los Angeles, fit observer Lauren.

Ils s'éloignèrent de l'autoroute en longeant la clôture et ne tardèrent pas à dénicher deux planches disjointes où ils purent se glisser. Ils contournèrent la zone la plus peuplée du camp et se dirigèrent vers une berline Dodge garée à l'écart, près d'une caravane en aluminium plongée dans la pénombre et d'une carcasse de banquette calcinée. Seul le ronronnement du système d'air conditionné, sur le toit de l'habitation de fortune, venait troubler le silence.

James s'approcha prudemment de la voiture. Malgré son mauvais état général, elle disposait d'un *airbag* conducteur et d'un lecteur CD. À l'évidence, elle était trop récente pour être démarrée grâce à un simple court-circuit.

— Ça ne marchera pas, chuchota-t-il. Ils doivent sûrement dormir là-dedans. On pourrait entrer et piquer les clés.

À ces mots, la porte de la caravane s'ouvrit avec fracas. James entendit le son caractéristique d'un fusil à pompe que l'on recharge. Il fit volte-face. Une femme aux longs cheveux châtains le tenait en joue. Âgée d'une vingtaine d'années, elle portait des chaussons et une chemise de nuit.

— C'est vous, les petits cons qui n'arrêtez pas de vandaliser nos bagnoles ? cria-t-elle. Vous venez d'où ? Je ne vous ai jamais vus dans le coin.

— On ne veut pas d'ennuis, dit James en levant lentement les mains au-dessus de la tête. On s'en va. Ne vous énervez pas.

— Oh, vous pensez vraiment que vous aller vous en tirer comme ça ? Ça m'a coûté deux cents dollars, la dernière fois que vous avez crevé mes pneus. Je vais appeler la police, et vous allez attendre sagement dans la caravane.

— Je vous jure que c'est la première fois qu'on vient ici. On est juste…

— Économise ta salive. Tu as de la chance d'être tombé sur moi. Certains habitants du camp ont tellement la haine contre vous qu'ils auraient sans doute tiré avant d'alerter les flics.

Lauren éclata en sanglots.

— S'il vous plaît, ne faites pas de mal à mon frère, gémit-elle, jouant la comédie à merveille.

Elle avança vers la femme. Cette dernière recula vers la porte de la caravane.

— Pas un pas de plus, petite.

Sa voix et son comportement trahissant une profonde indécision, James comprit qu'elle n'avait pas réellement l'intention de tirer sur qui que ce soit, encore moins sur une fillette de dix ans. Il bondit en avant, saisit le canon et se servit de l'arme pour la plaquer contre l'abri.

— Lâchez ce flingue ! ordonna-t-il en tordant le frêle poignet de son adversaire.

Il lui arracha le fusil des mains. La femme s'effondra en larmes.

— S'il vous plaît, ne faites pas de mal à mon bébé.

— Entrez dans la caravane, dit James. Il y a quelqu'un d'autre à l'intérieur ?

— Juste ma fille, répondit-elle avant d'obéir docilement.

Les trois fuyards la suivirent.

L'intérieur de l'habitation était correctement entretenu. La pièce unique était équipée d'une kitchenette et d'un canapé. Des jouets de bébé étaient éparpillés sur la moquette. Une fillette de trois ans dormait sur un petit matelas près de la fenêtre arrière.

— Asseyez-vous, ordonna James. Vous avez une radio ?

La jeune femme désigna d'un hochement de tête un petit transistor posé près de l'évier.

— Lauren, allume-la. Tâchons de savoir où en sont les flics.

Comprenant que son arme mettait son otage mal à l'aise, il vida le chargeur sur la moquette.

— Nous n'avons pas l'intention de vous faire du mal. Quel est votre nom ?

— Paula.

— On a besoin d'aide, Paula. On est en fuite, et notre voiture est tombée en panne.

— En fuite ?

— Oui, on est recherchés par les flics. Curtis et moi, on vient de s'évader d'Arizona Max.

La radio confirma aussitôt ces propos :

« *Deux officiers de police ont été sauvagement agressés à un barrage, à une dizaine de kilomètres de Nix. Les deux adolescents se dirigeaient vers la Californie sur la route 63 à bord d'une Ford Explorer bleue. Ils seraient en possession d'armes à feu et d'explosifs. L'un des évadés, James Rose, n'en est pas à sa première tentative d'évasion. Les autorités vous encouragent à observer la plus extrême prudence si vous êtes confrontés à ces individus, et à ne pas tenir compte de leur jeune âge. En tout cas, chers auditeurs, j'espère que nous n'aurons pas d'autres victimes à déplorer. Que nos prières accompagnent les surveillants qui ont payé si cher leur dévouement aux institutions de notre État. Vous écoutez toujours Western Arizona Number One. La suite de notre débat après une courte pause musicale...* »

Paula enfouit son visage dans ses mains et respira profondément. Lauren sortit quatre canettes de soda du réfrigérateur.

— Qu'est-ce qu'on fait ? demanda Curtis en se laissant tomber sur un tabouret de cuisine. On se planque ici ou on continue ?

— Laisse-moi réfléchir une minute, dit James.

Jamais il n'avait ressenti une telle pression. Lors des deux missions auxquelles il avait participé, il avait toujours eu à ses côtés un contrôleur ou un agent plus expérimenté pour prendre les décisions importantes. Cette fois, c'était sur lui, et sur lui seul, que reposait le succès de l'opération.

— Paula, quelle taille fait le coffre de votre voiture ?

— Je ne sais pas. C'est un coffre normal…

— Peut-on mettre quelqu'un à l'intérieur ?

— Je pense, si je retire les trucs que j'y ai entassés.

— Qu'est-ce que tu as en tête ? demanda Lauren.

— Je crois qu'il vaut mieux se barrer en vitesse.

— Je suis d'accord avec toi. Quand les flics retrouveront la Ford, ils viendront directement ici recueillir des témoignages. Mais comment on va franchir les barrages ?

— Curtis se cachera dans le coffre et Paula prendra le volant. Toi, tu t'installeras à côté d'elle, et je m'occuperai de la petite à l'arrière. Ils recherchent deux garçons. Je ne vois pas pourquoi ils s'intéresseraient à notre cas.

— Excellent. Je pense que les policiers pourraient tomber dans le panneau.

— … ou décider de fouiller la bagnole, dit Curtis.

Paula semblait morte d'anxiété.

— Vous voulez que je vous aide à franchir des barrages de police ?

— Oui, et que vous nous conduisiez jusqu'à Los Angeles.

— Je pourrais être condamnée pour complicité.

— S'il vous plaît, Paula, implora Lauren. Si mon frère retourne en prison, il y restera jusqu'à la fin de ses jours.

— Et si la police nous tire dessus ? Si ma fille est blessée ?

— Putain, pourquoi on perd notre temps à lui demander son avis ? protesta Curtis. Colle-lui ce fusil dans le dos et force-la obéir.

James réalisa soudain qu'il se comportait en agent soucieux de protéger une innocente, et non en fugitif placé dans une situation désespérée.

— On n'a pas le choix, poursuivit Curtis. Si on la laisse ici, il faudra l'attacher, elle et sa mioche, pour qu'elle ne coure pas nous balancer aux flics.

James n'avait pas envisagé une seule seconde que des inconnus puissent se trouver impliqués dans la tentative d'évasion. Cette prise d'otages était un accident de parcours. Il passa en revue les possibilités qui s'offraient à lui : ligoter Paula et fuir à bord de sa voiture ; la contraindre à les accompagner ; neutraliser Curtis puis appeler John Jones pour l'informer qu'il se retirait de la mission.

— Écoutez, dit-il à Paula. Ça ne m'enchante pas de devoir vous forcer à nous suivre, mais si la police nous arrête, notre vie ne vaudra plus un clou. Dès qu'on sera à Los Angeles, vous pourrez aller voir les flics et leur raconter ce qui vous est arrivé. Vous ne serez pas poursuivie. Je pense même que vous pourrez vous faire pas mal de fric en vendant votre histoire aux journaux.

— Est-ce que j'ai le choix ? demanda la jeune femme, dont les mains tremblaient imperceptiblement.

Alors, James remarqua une robe rétro rose et blanc suspendue sur un cintre à la poignée du cabinet de toilette.

— Vous travaillez chez le glacier de l'autoroute ? demanda-t-il, ignorant délibérément la question qui venait de lui être posée. Combien vous vous faites ?

— Six dollars de l'heure.

— Lauren, tu lui as piqué combien, à l'oncle John ?

— Dans les quatre mille dollars. Le fric est dans mon sac à dos.

— Paula, je suis prêt à vous donner deux mille dollars pour que vous nous conduisiez à Los Angeles. Réfléchissez bien. Plus de deux mois de salaire pour une simple virée en Californie, ça vaut le coup, non ? La moitié tout de suite, et le reste avant de se séparer.

Curtis secoua violemment la tête.

— Qu'est-ce que tu fous, mec ? cria-t-il, le visage tordu par un rictus haineux. Elwood m'avait prévenu. T'as rien dans le froc !

James se planta devant le garçon.

— Tu veux quoi, connard ? Qu'elle nous balance dès qu'un flic lui braquera une lampe dans les yeux ? Si je t'avais écouté, on serait déjà à la morgue, transformés en passoire après une poursuite à la con.

Lauren s'assit près de Paula sur la banquette.

— Aidez-nous, s'il vous plaît, supplia-t-elle. Mon oncle me bat si fort… S'il vous plaît, ne me forcez pas à retourner chez lui.

Les traits de la femme s'affaissèrent. Elle esquissa un sourire.

— Mon beau-père m'a envoyée plusieurs fois à l'hôpital, quand j'avais à peu près ton âge.

— Alors vous comprenez ce que je ressens.

Lauren se sentait vaguement coupable de manipuler son interlocutrice en jouant sur la corde sensible.

Paula se tourna vers James.

— Je crois que je n'ai pas vraiment le choix. Et puis, franchement, j'ai pas mal de problèmes de fric en ce moment, et je ne suis pas en situation de cracher sur deux mille dollars.

25. Ange gardien

Contre toute attente, Curtis accepta sans discuter de se blottir dans le coffre. Son comportement était imprévisible. Il se montrait tantôt amical et coopératif, tantôt agressif et suicidaire. James pouvait comprendre que les jeunes de son âge qui n'avaient pas été endurcis par les épreuves du programme d'entraînement de CHERUB puissent éprouver des difficultés à affronter les situations les plus dangereuses, mais l'attitude de son camarade, qui n'obéissait à aucune logique, était inquiétante. L'idée de s'en remettre entièrement à lui, s'ils parvenaient à gagner Los Angeles, n'avait rien d'enthousiasmant.

À 4 heures 30, à moins d'un kilomètre de la frontière californienne, ils tombèrent sur un nouveau barrage. Cinq véhicules de police bloquaient les voies de gauche. Des dizaines de voitures étaient immobilisées sur la seule file disponible. James aperçut plusieurs voitures de police garées de l'autre côté de la glissière centrale. Leurs conducteurs, sans doute des pilotes expérimentés, se

tenaient prêts à poursuivre les automobilistes qui essaie-
raient de rebrousser chemin. Un hélicoptère effectuait
des rotations à faible vitesse au-dessus du *check point*.
James savait que l'appareil était équipé d'une caméra
thermique capable de détecter tout individu qui tenterait
de prendre la fuite à pied dans le désert.

Malgré la situation dans laquelle elle se trouvait,
Paula semblait conserver tout son sang-froid. Lauren,
assise à ses côtés, faisait semblant de dormir. James
avait relevé la capuche de son sweat-shirt pour dissimuler son crâne rasé. Holly, la petite fille de Paula, était
assoupie à ses côtés, inconsciente du drame qui se
nouait.

Chaque véhicule était soumis à un examen rapide.
Les policiers braquaient leurs lampes torches dans la
cabine puis posaient quelques questions au conducteur. La plupart d'entre eux étaient autorisés à franchir
le barrage, mais ceux qui leur semblaient suspects
étaient invités à se ranger sur le côté pour une fouille
minutieuse et un examen attentif des pièces d'identité
de tous les passagers.

Ils patientèrent plus d'un quart d'heure avant d'atteindre la tête de la file. James savait qu'une éventuelle
perquisition de la voiture mettrait un terme à sa cavale.
Face à trente policiers armés jusqu'aux dents, toute
tentative de fuite trouverait un terme rapide et sanglant. Paula baissa sa vitre.

— Veuillez présenter votre permis de conduire et la
carte grise du véhicule, dit un policier.

Il jeta un rapide coup d'œil aux documents. L'un de ses collègues éclaira l'intérieur de la Dodge à l'aide de sa lampe torche.

— Ce sont vos enfants ?

— C'est ma fille, dit-elle en désignant Holly qui dormait sur la banquette arrière. Les deux autres sont mon frère et ma sœur.

Le second policier s'adressa à James.

— Montre ton visage, petit.

Ce dernier descendit la vitre et cligna des yeux, ébloui par la clarté de la lampe halogène.

— Quel âge tu as, dis-moi ?

— Treize ans.

— Ça t'ennuierait de retirer cette capuche ?

James s'exécuta, le cœur battant à tout rompre, dévoilant ses cinq millimètres de cheveux. Le policier se tourna vers son collègue.

— J'ai un môme aux cheveux rasés. L'âge correspond.

— Je suis désolée, mademoiselle, mais je vais devoir vous demander de vous ranger sur la gauche. Nous allons procéder à une fouille complète du véhicule.

Paula rejoignit la file des voitures sélectionnées pour l'inspection. James chuchota une bordée d'injures. Il n'espérait plus qu'une intervention rapide de John pour l'exfiltrer avant qu'il ne soit reconduit à Arizona Max. Lauren se tourna vers son frère et lui adressa un regard accablé.

— On a fait tout ce qu'on a pu, Paula, dit James. Je suis désolé de vous avoir embarquée dans cette galère.

Ne vous inquiétez pas. Tout ira bien. Vous n'aurez qu'à dire aux policiers que nous avons menacé de faire du mal à Holly pour vous forcer à nous accompagner.

— Combien d'années supplémentaires vas-tu récolter à cause de cette tentative d'évasion ? demanda-t-elle, visiblement préoccupée par son sort.

— Cinq, dix, je ne sais pas. Ce qui est certain, c'est que le juge ne me fera pas de cadeau.

— Tu n'as vraiment pas l'air d'un criminel. Et crois-moi, j'en ai connu quelques-uns. Je ne comprends pas comment tu as pu te fourrer dans une telle situation.

Un policier frappa du poing sur le toit de la Dodge. Paula baissa de nouveau sa vitre.

— Nous avons trop de véhicules en attente, expliqua l'homme. Vous ne correspondez pas vraiment à ce que nous cherchons. Je vais vous laisser passer.

— Merci, répondit Paula avec un large sourire. Je suis bien contente de pouvoir arriver à Los Angeles avant que la petite se réveille.

— Faites bonne route et soyez prudente, dit le policier.

La jeune femme effectua une marche arrière pour se dégager de la file d'inspection, puis franchit le barrage.

Au-delà, les six voies de l'autoroute étaient désertes.

— On a eu chaud, murmura Lauren.

...

Cinquante kilomètres après la frontière, ils firent halte sur le parking d'un McDonald's. Lauren pénétra dans le fast-food pour y acheter de quoi se restaurer. James jeta un regard circulaire à l'aire d'autoroute avant d'ouvrir le coffre et d'aider Curtis à s'en extraire. Ce dernier se dégourdit brièvement les jambes, puis se tourna vers le désert. Le soleil se levait à l'horizon.

— Magnifique, dit-il avant d'adresser une claque dans le dos de James puis de le serrer dans ses bras. T'as assuré, mec. Je suis désolé pour ce qui s'est passé, cette nuit. Quand j'ai des idées noires, comme ça, j'ai l'impression de pas être moi-même.

— Heureusement que Lauren n'avait pas chargé le quarante-quatre.

— Si ça se trouve, ta sœur est mon ange gardien.

La jeune fille sortit du restaurant avec deux sacs en papier kraft bourrés de nourriture. Curtis s'empara d'un muffin à la saucisse et à l'œuf qu'il croqua à pleines dents.

— Mmmh, murmura-t-il. Ça fait un an que je n'y avais pas goûté. C'est délicieux.

Tandis que le garçon poursuivait son éloge du McMuffin, James s'assit sur la banquette arrière, près de Paula et Holly. La petite fille s'était réveillée d'humeur grincheuse. Sa mère essayait patiemment de lui faire avaler quelque chose.

— Je n'oublierai jamais le service que vous nous avez rendu. Je vous revaudrai ça.

— Contente-toi de me donner le fric que tu me dois, dit la jeune femme en souriant.

— Vous serez payée dès qu'on sera arrivés à L.A. Je vous donne ma parole.

— Je n'ai jamais possédé une telle somme. Quand j'étais petite, je rêvais d'aller à Disneyland et de dormir dans un hôtel du parc. Mais on n'avait pas un rond. Dès que je vous aurai déposés, j'y emmènerai Holly.

— C'est une bonne idée, mais je vous conseille d'aller voir les flics avant, pour vous disculper. Je doute qu'ils avalent votre témoignage si vous vous pointez avec des oreilles de Mickey.

— Tu as raison.

— Ne leur parlez pas de l'argent et évitez de flamber. Vous feriez mieux de vous rendre à Disneyland dans une semaine ou deux, au cas où ils vous mettraient sous surveillance.

James était heureux de constater que les craintes de Paula et de Curtis étaient apaisées. Lui-même ne s'était pas senti aussi détendu depuis des siècles.

— On ferait mieux de se bouger, dit Lauren. On a peut-être réussi à passer un barrage, mais ça ne veut pas dire que les flics ont abandonné les recherches.

.:.

Ils atteignirent les faubourgs de Los Angeles en pleine heure de pointe. Ils roulèrent longuement au pas sur une autoroute urbaine à quatorze voies totalement saturée, avant d'emprunter une bretelle de sortie, s'offrant au passage une vue imprenable sur les dizaines de milliers de voitures immobiles, pare-chocs contre pare-chocs, dont les vitres reflétaient l'éclat du soleil. Les occupants de la Dodge étaient soulagés de pouvoir enfin se fondre anonymement dans cette immense cité, loin du désert où ils avaient vécu les terribles événements de la nuit.

Lauren consulta la carte de la ville et indiqua à Paula la direction d'Hollywood, car c'était le seul quartier dont elle avait entendu parler. James sentit l'excitation le gagner en apercevant les célèbres lettres blanches perchées sur la colline.

Aux alentours de 10 heures, ils se garèrent dans le parking souterrain d'un centre commercial d'Holly-wood Boulevard, puis empruntèrent l'ascenseur jusqu'à la cafétéria du dernier étage. James commanda des boissons et une glace pour Holly.

Il prit la main de Paula sous la table et y glissa mille dollars en petites coupures.

— On va repartir d'ici en taxi. Vous, vous restez assise et vous finissez votre verre. Laissez-nous vingt minutes d'avance. Ensuite, avant de faire quoi que ce soit, allez voir les flics et racontez-leur que vous avez été prise en otage. On peut vous faire confiance ?

Paula lui adressa un sourire.

— Surtout, poursuivit James, ne leur parlez pas du fric, ils vous le confisqueraient et vous seriez considé-rée comme complice. Pour le reste, dites-leur la vérité. Ils reniflent les mensonges à des kilomètres.

— Compris. N'oubliez pas de m'envoyer une carte postale.

James termina son chocolat, ébouriffa les cheveux de Holly, puis se leva.

Lauren, Curtis et James empruntèrent l'ascenseur jusqu'au rez-de-chaussée, parcoururent une galerie abritant des magasins de luxe, puis rejoignirent la station de taxis située devant l'entrée du centre commercial.

— Curtis, dit James, toi qui as vécu ici, tu connaîtrais pas un endroit où on pourrait se fondre dans la foule et passer quelques coups de fil sans se faire remarquer ?

— Santa Monica Beach, dit Curtis sans l'ombre d'une hésitation. Il y a plein de jeunes comme nous qui traînent là-bas.

La plage se trouvait à vingt-cinq kilomètres. Le taxi emprunta Sunset Boulevard et traversa Beverly Hills. La plage de Santa Monica réveillait dans l'esprit de James et de Lauren le souvenir de Brighton, la station balnéaire anglaise qu'ils avaient visitée en compagnie de leur mère, cinq ans plus tôt : même jetée rétro au bout de laquelle était installée une fête foraine, même trottoir de planches longeant le front de mer. Mais les hôtels cinq étoiles et la promenade bordée de palmiers reflétaient un luxe sans commune mesure.

— C'est ici que j'habiterai quand je serai millionnaire, lança Lauren.

James sourit.

— Ah bon ? Et qu'est-ce que tu comptes faire pour devenir aussi riche ?

— Je ne sais pas. Pop star ou femme d'affaires. Peut-être les deux.

Lorsque le taxi se fut éloigné, ils regardèrent longuement les vagues se briser sur la plage.

— Ma mère avait une maison au bord de la mer, à Venice, expliqua Curtis. J'allais à l'école à quelques kilomètres d'ici, en haut de cette colline. Même après notre départ, on revenait de temps en temps, en été, pour des séjours de quelques semaines.

— Ça m'a l'air plutôt cool, dit James, mais on n'a pas le temps de traîner. Il faut que tu appelles tes contacts.

— T'inquiète. Ça ne prendra pas longtemps. En fait, je n'ai qu'un coup de fil à passer, et je connais le numéro par cœur.

James afficha une mine stupéfaite.

— Le prends pas mal, poursuivit Curtis, mais je ne t'ai pas dit toute la vérité. Je ne pouvais pas te faire totalement confiance avant de savoir comment tournerait notre évasion. Quand je vivais avec ma mère, on prenait tout un tas de précautions. J'avais des consignes à respecter et des procédures à observer, au cas où ma mère se serait fait arrêter pendant que j'étais à l'école. On avait toujours plusieurs plans dressés à l'avance.

— Alors, qui tu vas appeler ?

— Dès que les flics auront été alertés par Paula, ils lanceront des investigations. Ils retrouveront notre chauffeur de taxi et sauront où il nous a déposés. C'est pour ça que je ne pouvais pas aller directement chez mon père, à Pasadena. Ce petit détour par Santa Monica était destiné à brouiller les pistes.

— Ton *père* ? s'étonna James.

À en croire les informations contenues dans le dossier que les agents de CHERUB avaient étudié, le

FBI tenait pour un fait acquis que Curtis ignorait l'identité de ce dernier.

— Je ne l'ai pas vu très souvent depuis que je suis né, mais s'il y a quelqu'un en ville qui sait où se trouve ma mère, c'est lui.

26. Fin de cavale

Une équipe du FBI suivait les déplacements des agents de CHERUB grâce à la puce du téléphone portable glissé dans la poche arrière du short de Lauren. Lorsque Curtis s'éloigna pour passer son coup de fil, elle s'engouffra dans les toilettes publiques de la plage, s'enferma dans une cabine et composa le numéro du bureau de Theo à Phœnix. Elle l'informa de leur position précise et de l'étonnante révélation que venait de leur faire le garçon.

Deux heures plus tôt, John Jones et Marvin Teller s'étaient posés à Los Angeles. Ils attendaient le développement des opérations dans un bureau de l'aéroport.

James glissa cinquante *cents* dans un distributeur de journaux. Si la photo de Curtis qui s'étalait en première page était parfaitement ressemblante, la sienne, un cliché anthropométrique pris au tribunal de Phœnix, avait manifestement été trafiquée par un membre de l'équipe de Marvin Teller. Il était méconnaissable.

James parcourut l'article.

DEUX DÉTENUS DE 14 ANS S'ÉVADENT DE LA PRISON D'ARIZONA MAX – UN SURVEILLANT TUÉ

(Comté de Maricopa, Arizona) Scott Warren, un agent de l'administration pénitentiaire, a trouvé la mort cette nuit au cours de l'évasion de deux détenus du quartier des mineurs de la prison d'Arizona Max.

Les fuyards, James Rose et Curtis Oxford, tous deux âgés de 14 ans, sont les premiers prisonniers à s'évader d'une installation de haute sécurité. Curtis Oxford est le fils de Jane Oxford, trafiquante d'armes internationale figurant à la deuxième place de la liste des criminels les plus recherchés des États-Unis. James Rose, qui s'était rendu coupable d'une précédente tentative d'évasion à la prison d'Omaha, dans le Nebraska, avait été transféré quelques semaines plus tôt.

Au cours de leur fuite, ils sont parvenus à forcer un barrage dressé sur la route 163 en neutralisant deux policiers à l'aide de grenades et d'une matraque électrique dérobée à l'armurerie de la prison. Malgré ce revers, le porte-parole de la police de l'Arizona a réaffirmé sa conviction que les deux jeunes meurtriers seraient capturés dans les heures à venir.

Depuis son ouverture en 2002, la prison de haute sécurité de l'État d'Arizona a souffert de nombreuses difficultés opérationnelles dues aux défaillances de son système de sécurité informatique et à un sous-effectif de 30 %, conséquence d'une grille de salaires peu attractive.

Le personnel de la prison a rendu hommage à Scott Warren, le surveillant de 32 ans décédé au cours de l'évasion, un New-Yorkais sans attaches familiales connues.

Le jeune homme, qui souffrait depuis des années d'insuffisance respiratoire, n'a pas survécu à la crise d'asthme provoquée par le gaz lacrymogène et le bâillon utilisés par ses agresseurs. Une de ses collègues, victime d'une commotion cérébrale et de plaies au cuir chevelu, a été hospitalisée, mais son état n'inspire pas d'inquiétude. Les deux policiers attaqués au barrage de police ont été soignés pour des contusions et des coupures sans gravité.

Les trois enfants s'assirent sur un banc, face à la mer, pour attendre la limousine privée du père de Curtis.

Le trajet jusqu'à Pasadena, un faubourg situé à l'est de Los Angeles, dura plus d'une heure. Le chauffeur les déposa dans une zone d'activité commerciale, devant un bâtiment cubique aux vitres miroir. James examina le logo figurant sur la porte automatique : un avion de combat surmonté de l'inscription *J. Etienne, consultant en défense*. Lorsqu'ils entrèrent dans le hall d'accueil, l'agent de sécurité, frappé par leur jeune âge et leur état de saleté, les considéra avec des yeux ronds.

Bâti comme un videur de boîte de nuit, il n'avait rien du vigile quinquagénaire généralement chargé de surveiller les immeubles de bureaux.

Curtis posa les coudes sur le comptoir.

— Appelez le poste cinq-cinq-trois et dites à Mr Etienne que Curtis et ses amis montent le voir, lança-t-il avant de se diriger vers l'ascenseur.

— Pas un pas de plus, mon garçon, avertit l'homme avec fermeté.

Il décrocha son téléphone, composa le numéro que lui avait communiqué Curtis et lâcha quelques mots dans le combiné.

— Vous êtes attendus, dit-il. Suivez-moi.

Il les conduisit jusqu'à l'ascenseur, fit glisser une carte magnétique dans le panneau de contrôle et sortit juste avant que les portes ne se referment.

La porte de la cabine s'ouvrit au cinquième étage sur un vaste hall de réception où les attendait une femme d'âge mûr vêtue d'un tailleur gris. Visiblement émue, elle prit Curtis dans ses bras.

— Salut, Margaret.

— Comme tu as grandi. Tu devais avoir neuf ou dix ans la dernière fois que je t'ai vu. Ton père est à Boston pour une conférence, mais il a suivi ton évasion à la télé. Il m'a adressé un message pour m'informer que tu viendrais peut-être te réfugier ici.

James examina la pièce, les élégantes lampes halogènes et les tableaux modernes suspendus aux murs. Il ignorait en quoi pouvaient bien consister les activités d'un consultant en défense, mais il soupçonnait le père de Curtis d'être en affaires avec Jane Oxford.

— Je vais avoir besoin de quelques heures pour vous trouver des faux papiers et organiser votre transport en lieu sûr, expliqua Margaret. En attendant, prenez une douche et détendez-vous.

Outre l'immense bureau aux murs tapissés d'écrans diffusant les cours de la Bourse, l'étage comportait une salle de bains, un salon meublé de confortables canapés et une chambre équipée d'un lit et d'une penderie où était suspendue une impressionnante collection de costumes.

Lorsqu'ils se furent douchés, Margaret leur remit une sélection de menus provenant de divers restaurants des environs. Ils portèrent leur choix sur celui d'un grill hors de prix.

James commanda un sandwich au steak, des oignons frits et un énorme fondant au chocolat. Comme tous les agents de CHERUB, il était astreint à un programme diététique très strict, mais la nourriture infecte dont il avait dû se satisfaire en prison justifiait amplement cet écart.

Curtis alluma la télé du salon et sélectionna une chaîne locale. Leur évasion fit l'objet d'un bref reportage, à la fin d'un journal d'informations d'une demi-heure. Lauren se pelotonna contre son frère et s'endormit comme une masse.

Au cours de leur cavale, James, dopé par l'adrénaline, n'avait pas ressenti la moindre fatigue. Il réalisa soudain qu'il n'avait pas dormi depuis plus de cinquante heures. Apaisé, le ventre plein, il ferma les paupières et sombra instantanément dans un profond sommeil.

27. L'air de la campagne

Pendant que ses protégés dormaient, Margaret se rendit au centre commercial voisin pour leur acheter des vêtements neufs en prévision de leur transfert. C'était une précaution indispensable : les forces de police devaient désormais disposer d'un signalement précis des fuyards, et il lui fallait brouiller les pistes en modifiant leur apparence vestimentaire.

James et Curtis reçurent des baskets et des pantalons de sport neufs, mais Lauren hérita d'une robe blanche, de mocassins roses et d'un serre-tête à paillettes argentées. Elle était ivre de rage. Elle n'avait pas porté une telle tenue depuis l'âge de sept ans, quand elle avait fait office de demoiselle d'honneur lors d'une cérémonie de mariage, et s'était volontairement roulée dans la boue pour qu'on l'en débarrasse.

Elle s'isola dans la chambre en compagnie de son frère pour se changer.

— Tu es à croquer, dit James entre deux éclats de rire.

— Encore un mot, répliqua Lauren, un *seul* mot, et je t'assomme.

— Une vraie petite princesse.

— Attends une minute, souffla-t-elle en promenant sur la pièce un regard anxieux. Où est mon short ?

James haussa les épaules.

— Je pense que Margaret l'a emmené pendant que tu dormais.

— Et merde. Le téléphone était dans ma poche. J'aurais dû le planquer sous le canapé.

James inspecta vainement la chambre.

— Tu pourrais toujours jouer les innocentes et demander à Margaret de te le rendre, mais si tu veux mon avis, elle sait pertinemment qu'il pourrait permettre de nous localiser. Je pense qu'elle est un peu plus qu'une secrétaire, si tu vois ce que je veux dire...

...

Theo Monroe et Scott Warren, qui avait repris son véritable nom de Warren Reise et s'était fait couper les cheveux en brosse, atterrirent à Los Angeles dans l'après-midi. Ils retrouvèrent John Jones et Marvin Teller dans le bureau du FBI de l'aéroport.

John se leva pour serrer la main de Warren.

— Bienvenue dans le monde des vivants, mon ami. Eh, ton nez fait peur à voir. Il est fracturé ?

— Oui, James ne m'a pas loupé. Il n'a que treize ans,

mais c'est l'un des coups les plus violents que j'aie jamais reçus.

— On les dresse pour ça. Quand je suis arrivé au campus de CHERUB pour passer mon entretien, on m'a fait visiter le dojo. C'est hallucinant de voir ces mômes de huit ou neuf ans, tous ceintures noires, répéter les coups les plus destructeurs. Honnêtement, je n'aimerais pas me fâcher avec l'un d'eux.

Marvin hocha la tête.

— En tout cas, moi, ces gamins m'ont impressionné. Quand on parle avec Lauren, il est difficile de croire qu'elle n'a que dix ans.

— À cet âge-là, le cerveau est une véritable éponge, expliqua John. Les adultes sous-estiment largement leurs capacités. Quand je travaillais pour le MI5, nos agents apprenaient une langue en six mois d'enseignement intensif. À CHERUB, on obtient les mêmes résultats en soixante jours. Au fait, vous avez pu voir Dave avant de quitter l'Arizona ?

Theo suspendit soigneusement sa veste au porte-manteau.

— Je lui ai apporté des magazines à l'hôpital. Il se remet bien, mais son moral est plutôt bas. Il regrette d'avoir manqué l'évasion. La police est venue l'interroger tôt ce matin. Il leur a fourni des fausses pistes, comme prévu.

— Tu es sûr qu'il sera déclaré inapte à un retour à Arizona Max ?

— Sûr et certain. Le chef de service est dans la combine, et la direction de l'hôpital se moque que le lit reste occupé, pourvu que les factures soient réglées.

— J'aimerais bien renvoyer Dave en Angleterre, dit John, mais Jane Oxford renifle les coups tordus à des kilomètres. On ne peut pas le faire disparaître comme par magie du système pénitentiaire.

— Comment vont James et Lauren ? demanda Warren.

— Ils ont passé l'après-midi dans les bureaux de Jean Etienne, le père de Curtis, expliqua Marvin. Nos deux agents planqués devant le bâtiment les ont vus monter à bord d'une limousine, il y a une demi-heure. On a pu intercepter ses communications radio. Ils se dirigent vers l'aéroport du comté d'Orange.

— Le FBI a-t-il un dossier sur Etienne et son cabinet de consultant ? interrogea Theo.

— Non, répondit Marvin. Il y a des centaines de sociétés de ce type à Pasadena. Elles gravitent autour de l'Institut de Technologie de Californie. Etienne est spécialisé dans le développement d'équipement militaire. Il est sous contrat avec la plupart des grandes firmes d'armement. Ils bossent sur du matériel hightech : avions sans pilote, armures réactives, armes à ondes électromagnétiques, ce genre de trucs.

— Tu crois que cette société est une couverture pour les activités de Jane Oxford ?

— Il est encore trop tôt pour l'affirmer. On ne peut pas lancer une enquête sans éveiller ses soupçons, et mettre en danger la vie de James et Lauren. Mais elle ne perd rien pour attendre. Si j'étais joueur, je serais prêt à parier qu'Oxford et Etienne travaillent ensemble.

Un sourire illumina le visage austère de Theo.

— C'est la meilleure piste qu'on ait eue depuis que j'ai rejoint l'équipe, voici trois ans.

— Je crois qu'on a ferré un gros poisson, dit Marvin, mais cette société ne va pas s'envoler. Pour le moment, restons concentrés sur James et Lauren.

Un téléphone sonna sur le bureau. Warren décrocha, puis échangea quelques mots avec son interlocuteur.

— C'était le bureau du FBI du comté d'Orange. Apparemment, il y a dix-sept vols prévus dans la soirée. Trois d'entre eux sont des appareils de location. Ils ont déposé des plans de vol pour Chicago, Philadelphie et Twin Elks, dans l'Idaho.

— Et les vols commerciaux ? demanda John.

— Ils n'ont pas le droit de décoller après 19 heures, dit Warren. Le dernier embarquement s'est achevé il y a un quart d'heure.

— Lauren a essayé de vous contacter ? demanda Theo. J'ai programmé le téléphone de mon bureau de Phœnix pour que les appels soient transférés ici.

John secoua la tête.

— J'ai reçu un coup de fil provenant de son portable, mais j'ai eu une femme au bout du fil. Elle avait sans doute appuyé sur la touche bis pour voir sur qui elle tombait.

— Elle t'a paru méfiante ?

— Non, pas vraiment. J'ai dit que j'étais l'oncle John,

et elle a raccroché. Les agents en planque devant les bureaux de Jean Etienne m'ont affirmé que Lauren avait quitté les lieux vêtue d'une robe blanche. J'ai vécu avec elle ces dernières semaines et je peux vous assurer que ça ne lui ressemble pas.

— La personne qui s'occupe d'eux sait ce qu'elle fait, dit Theo. Elle essaye de brouiller les pistes.

— OK, dit Marvin en faisant claquer ses paumes l'une contre l'autre. Je vais demander qu'on nous prépare un jet. On décollera dès qu'on saura dans quel avion James et Lauren ont embarqué.

— Tu penses qu'on pourra les rattraper ? demanda John.

— T'inquiète. On ne laissera rien au hasard. Je demanderai à la tour de contrôle d'Orange de retarder leur autorisation de décollage, et on sera sur place avant eux.

...

Le vol pour l'Idaho, un État situé au nord-ouest des États-Unis, dura trois heures et demie. Le bimoteur à hélices était vétuste. Le logo de son précédent propriétaire avait été maladroitement masqué à grands coups de pinceau. Les six sièges passagers étaient éventrés, et la garniture de mousse grisâtre tombait en poussière. Les trois enfants étaient les seuls occupants de l'avion. Un nuage de fumée de cigarette s'échappait d'un interstice, en haut de la porte du poste de pilotage.

Ils atterrirent sur la piste de Twin Elks à la nuit tombée. C'était un aérodrome principalement destiné aux pilotes amateurs. Malgré le froid mordant, James et Curtis se ruèrent hors de l'avion et urinèrent dans l'herbe, au bord de la piste. Lauren, tenaillée elle aussi par un besoin pressant, jeta un regard circulaire aux installations puis piqua un sprint jusqu'à une cabine de WC située au pied de la tour de contrôle.

Tandis qu'elle était assise sur la cuvette des toilettes, elle entendit la sonnerie discrète d'un téléphone portable. La mélodie résonna trois fois avant de s'interrompre.

Lauren se releva, se dressa sur la pointe des pieds et découvrit un téléphone posé sur la chasse d'eau. Elle s'en empara et examina l'écran :

1 APPEL EN ABSENCE
RAPPELER VOTRE CORRESPONDANT ?

Lauren entrouvrit la porte, s'assura que personne ne traînait aux abords des WC, puis enfonça la touche *bis*.

— Allô ? dit John.

— Wow, vous avez fait vite.

— Notre jet était beaucoup plus rapide que votre cercueil volant. Le seul problème, c'est qu'on a préféré se poser sur un autre aéroport, vu le faible trafic de Twin Elks. On a dû louer une bagnole et rouler comme des dingues pour arriver avant vous.

— Comment tu savais que j'allais aller aux toilettes ?

— Trois heures de vol dans un avion sans toilettes, c'était facile à deviner. Je suis planqué dans un arbre à trente mètres de toi. Écoute-moi attentivement, je n'ai qu'une minute. À la fin de cette conversation, je veux que tu laisses le portable là où tu l'as trouvé. De toute façon, le réseau est minable dans ce trou perdu. J'ai laissé un sachet de transmetteurs à courte distance derrière la chasse d'eau. Colles-en un sur ton corps, comme un pansement, à chaque fois que tu vas te déplacer, et active-le en appuyant dessus pendant trois secondes. Il nous enverra un signal de localisation toutes les trente secondes jusqu'à ce que la pile s'épuise. Fais gaffe, quelqu'un vient vers toi.

Lauren tira rapidement le verrou de la cabine. Une voix masculine inconnue lui parvint de l'extérieur :

— Lauren, dépêche-toi, on t'attend dans la voiture. Le shérif local fait souvent des rondes de nuit dans le coin.

— Oh… hum… grosse commission… j'en ai pour une minute, balbutia la petite fille, rouge d'embarras.

Elle glissa la main derrière la cuve de la chasse d'eau et y trouva un petit sachet plastique qu'elle fourra dans la poche de sa veste. Après s'être lavé les mains à la hâte, elle quitta les toilettes et fut accueillie par un homme barbu vêtu d'un jean et d'une chemise à carreaux.

— Je m'appelle Vaughn Little, expliqua ce dernier en se dirigeant vers un 4 x 4 Toyota noir où avaient déjà pris place James et Curtis.

Ils roulèrent une heure durant sur une route qui serpentait parmi des bois obscurs et des collines battues par le vent. James avait baissé sa vitre. Il laissait l'air froid fouetter son visage, comme pour chasser de son esprit le souvenir de la fournaise d'Arizona Max.

— Vous faites de nouveau parler de vous sur CNN, dit Vaughn de sa voix grave et vibrante de chanteur de country. À la nouvelle de votre évasion, une émeute a éclaté dans votre bloc. Il y en a pour un demi-million de dollars de dégâts. L'équipe d'intervention a mis six heures à reprendre le contrôle de la situation.

— J'espère que les matons en ont bavé, lâcha Curtis.

— Il y a de la casse parmi les détenus ? demanda James.

— Quelques-uns, mais aucun mort à déplorer.

James pouvait imaginer l'effet dévastateur qu'avait eu l'annonce de leur disparition sur l'esprit des détenus. C'était l'étincelle qui avait mis le feu aux poudres. Il espérait qu'Abe et Mark s'en étaient sortis indemnes ; mais cette émeute constituait un nouvel élément propre à crédibiliser davantage l'évasion aux yeux de Jane Oxford.

— Des nouvelles de ma mère ? interrogea Curtis.

— Oui, mais tu devras passer quelques semaines chez nous avant de la revoir. Tout ce que je peux te dire, c'est qu'elle se trouve aux États-Unis. Elle préfère attendre que les choses se tassent.

— Et pour James et Lauren ?

— Elle leur trouvera une famille, sans doute au Canada, et une nouvelle identité.

— Génial ! s'exclama Curtis. Tu connais le Canada, James ?

— Non.

— C'est super beau, et tu seras en sécurité, là-bas. Tu vas adorer. Vaughn, je peux appeler ma mère, ce soir ?

— Eh bien… Tu sais comme elle est… Il lui faut une ligne cryptée relayée par cinq satellites pour qu'elle daigne prononcer un mot au téléphone.

La voiture s'engagea sur un chemin boueux, franchit un portail de fer forgé, puis s'immobilisa devant une grande maison de bois. Une femme et une jeune fille d'environ quatorze ans se tenaient sur le seuil. Curtis, James et Lauren descendirent de la voiture.

— Voici Lisa, mon épouse, dit Vaughn, et Becky, ma fille.

La femme serra Curtis dans ses bras.

— Je suis tellement contente de te revoir, dit-elle. Tu te souviens de Becky ? Quand on vivait dans la vieille maison, en bas de la colline, vous vous amusiez bien tous les deux. J'ai des centaines de photos de vous dans mes albums.

— Oui, je me souviens, marmonna Curtis sans grand enthousiasme.

James examina la jeune fille de la tête aux pieds. Elle portait un jean et une chemise à carreaux, comme ses parents. Il la trouvait adorable.

— Salut, lança-t-elle. C'est toi, James ?

Elle conduisit les nouveaux venus jusqu'à la cuisine. Une délicieuse odeur de soupe flottait dans l'air.

— Vous avez faim ? demanda-t-elle en sortant six bols d'un placard. On a aussi du café, si vous avez besoin de vous réchauffer.

28. Embrasser n'est pas tromper

DEUX SEMAINES PLUS TARD

Lisa et Vaughn étaient la preuve vivante que le crime pouvait payer. Dans les années 1970, ce dernier avait purgé une peine de six ans au Nouveau-Mexique pour trafic d'armes. À sa libération, il s'était retiré dans son ranch de l'Idaho en compagnie de son épouse. Ils avaient eu quatre filles. Seule Becky, la plus jeune d'entre elles, vivait encore avec eux.

Lisa élevait des chevaux et Vaughn restaurait des motos anciennes, mais ces activités n'étaient que des passe-temps. Le couple Little vivait confortablement des dividendes que lui rapportait le trésor de guerre accumulé en trente ans d'activités illégales, judicieuse-ment placé dans des banques *offshore*.

Les nouveaux venus ne tardèrent pas à s'adapter à l'existence paisible du ranch. Lauren passait ses journées en compagnie de Lisa. Elle qui n'avait jamais manifesté le moindre intérêt pour l'équitation se prit d'une passion égale pour les chevaux et sa nouvelle amie.

Curtis faisait de longues promenades solitaires. Il remplissait son carnet de croquis, dessinant tantôt une feuille d'arbre ou une carcasse de voiture rouillée dans les moindres détails, tantôt un paysage tout entier. Il était prodigieusement doué. Ses esquisses auraient facilement pu passer pour l'œuvre d'un professionnel. Lorsqu'il pleuvait, il restait allongé sous une couverture devant *Discovery Channel*, et ne desserrait pas les mâchoires.

James ne quittait pas Vaughn d'une semelle. C'était comme si l'homme et le garçon avaient passé toute leur existence à se chercher. L'un avait toujours rêvé d'avoir un fils et l'autre n'avait jamais connu son père.

James adorait les anecdotes de son mentor, ses relations orageuses avec le corps enseignant, ses équipées sauvages en compagnie du gang des Vandales, ses ténébreuses histoires de livraisons d'armes et les instants les plus marquants de sa vie en prison.

Le matin, ils réparaient les clôtures et les gouttières, puis ils passaient l'après-midi à l'atelier de restauration des motos. Vaughn enseigna patiemment à James les rudiments de la mécanique. Il lui accordait une confiance absolue et lui laissait même parcourir les pistes boueuses du ranch sur un petit trail Kawasaki. Cependant, malgré les demandes insistantes de James, il lui interdisait formellement de conduire des grosses cylindrées.

James et Lauren partageaient le grand lit de la chambre d'amis. Ils prétendaient considérer cette disposition comme la pire des punitions, mais, en réalité, ils adoraient dormir ensemble.

Lauren ronflait depuis une heure. James se brossa les dents, se déshabilla en silence, puis constata avec déplaisir que sa sœur avait accaparé la totalité de la couette. Il parvint à se blottir à son côté sans la réveiller. Il contempla ses cheveux étalés sur l'oreiller et se laissa bercer par son souffle régulier.

Avant la mort de sa mère, il ne s'était jamais interrogé sur les sentiments qu'il éprouvait à l'égard de sa sœur. Depuis le drame, il vivait dans la crainte permanente qu'il ne lui arrive malheur. Il ne cessait de se torturer, l'imaginant tour à tour victime d'un accident de la route, d'une grave maladie ou d'une blessure récoltée au cours d'une mission. Il lui était arrivé d'en pleurer, sans jamais l'avouer à personne, pas même au psy du campus.

Il ferma les yeux et pensa à la moto japonaise aperçue dans l'un des magazines de Vaughn. Ses activités de mécanique l'avaient convaincu qu'il devait à tout prix posséder son propre bolide.

Il ignorait quel était l'âge minimum requis pour piloter un tel engin en Angleterre. Si, comme il le supposait, il était autorisé à passer son permis à dix-sept ans, il ne lui restait plus que trois ans et demi à patienter. Le moment venu, il utiliserait une partie de l'argent qu'il avait hérité de sa mère et se trouverait un job pour payer l'essence et l'assurance.

James roulait à cent soixante kilomètres-heure sur une autoroute, une fille canon accrochée à sa taille, lorsqu'il fut réveillé par un léger coup de poing dans les côtes.

— Tu dors ? demanda Lauren d'un ton mauvais.

— Plus maintenant, dit-il avant de lâcher un long bâillement.

— Comment va Becky ?

— Bien. Pourquoi tu me demandes ça ?

— J'ai passé la tête dans sa chambre tout à l'heure, pour lui souhaiter bonne nuit.

— Oh, je vois. Tu sais, on était en train de discuter, et une chose en entraînant une autre... Je te signale qu'aucune loi n'interdit de sortir avec une fille. J'ai presque quatorze ans, je te rappelle. Je connais des mecs de mon âge qui vont beaucoup plus loin.

— Et comment Kerry va-t-elle prendre tout ça, à ton avis ?

— Arrête, elle est à dix mille kilomètres d'ici !

— Depuis combien de temps ça dure, votre histoire ?

— Ça s'est passé ce soir, mentit James.

En réalité, il sortait avec la jeune fille depuis huit ou neuf jours.

— Et puis, ajouta-t-il, embrasser, ce n'est pas tromper.

— Je me demande si Kerry voit les choses de la même façon. Allez, si tu me jures de rompre avec Becky, je ne lui dirai rien. Mais ne compte pas sur moi pour rester les bras croisés pendant que tu trahis une de mes amies.

— OK, je le jure, dit James, qui n'en pensait pas un mot.

— Sur la tombe de maman.

— Sur la tombe de… Eh, non! Tu ne pourrais pas t'occuper de tes oignons, pour une fois? Tu as dix ans. Tu es trop jeune pour comprendre.

— Je ne suis pas encore sortie avec un garçon, c'est vrai, mais je ne vois pas ce que ça change. Kerry va t'étriper.

— Ferme-la, tu veux? Laisse-moi dormir.

Lauren se tourna contre le mur et enfouit son visage dans la couette.

— Tu es un porc, James Adams. Bonne nuit. Je te souhaite de faire de sales cauchemars.

29. Neuf millimètres

Rongé par la culpabilité, James resta éveillé une bonne partie de la nuit. Au petit déjeuner, sa sœur, l'œil sombre, ne le lâcha pas du regard.

— Quelque chose ne va pas ? demanda Lisa.

— Non, c'est rien, répondirent en chœur James et Lauren.

Il avait conscience que son attitude envers Kerry était lamentable, mais il ne l'avait pas vue depuis des mois, et Becky lui faisait tout bonnement perdre la tête. Il essayait de se persuader qu'une petite incartade n'avait rien de dramatique, mais les menaces de Lauren rendaient sa situation intenable.

Dans l'après-midi, lorsque Becky revint du collège, il la rejoignit dans sa chambre.

— Lauren est au courant, dit-il. Elle nous a vus, hier soir.

— Ah, et alors ?

Bien entendu, il était hors de question de révéler qu'il avait une petite amie en Angleterre, une information incompatible avec son scénario de couverture. Il avait passé la journée à se creuser la tête pour élaborer une explication crédible.

— Elle a traversé des épreuves difficiles, dit-il. Son père est mort, son oncle la bat, et ses deux frères ont été jetés en prison. C'est logique qu'elle veuille me garder pour elle toute seule. Elle a peur d'être abandonnée.

— Tu es en train de m'expliquer que tu vas devoir renoncer aux filles parce que ta sœur est jalouse ? Il serait vraiment temps qu'elle grandisse.

— Je crois qu'il vaudrait mieux qu'on arrête, tous les deux. De toute façon, je pars dans quelques jours, je ne sais même pas où, et…

— James, je te trouve très mignon, mais je n'ai jamais imaginé qu'on allait finir notre vie ensemble. Honnêtement, c'est quand même plus marrant de s'embrasser que de passer la soirée à glander dans le salon.

James était profondément vexé de n'être considéré que comme un palliatif aux soirées télé. Surprenant une ombre dans son regard, la jeune fille l'embrassa tendrement sur la joue.

— Tu sais quel est ton problème, James ? demanda-t-elle en souriant. Tu réfléchis trop.

L'espace d'un instant, James visualisa les tortures que ne manquerait pas de lui infliger Kerry si elle avait vent de sa trahison. Il chassa cette image de son esprit et posa un baiser sur les lèvres de Becky.

Ce soir-là, Lisa avait préparé des spaghettis et des boulettes de viande. Les Little dînaient toujours en famille, autour de la grande table du salon, puis s'installaient devant la télé pour déguster le dessert. James débarrassa la vaisselle pendant que Vaughn et Becky ranimaient le feu dans la cheminée. Ils s'apprêtaient à se jeter sur le gâteau aux noix posé sur la table basse lorsque la sonnerie du téléphone retentit dans l'entrée.

Vaughn se leva, prononça quelques mots inintelligibles, puis cria :

— Curtis, c'est pour toi !

James, Lauren, Lisa et Becky échangèrent des regards anxieux. Tous savaient qui était à l'autre bout du fil.

— Maman ! s'exclama Curtis en attrapant l'appareil. Comment tu vas ? … OK, mais tu seras là quand j'arriverai ? … Super. À demain, alors… Oui, il est là, je te le passe… James, ma mère veut te parler.

Le cœur de ce dernier s'emballa. Il le sentait battre dans ses tempes, si fort qu'il parvenait à peine à entendre la voix déformée de Jane Oxford.

— Bonjour, madame.

— Salut. Je pense que c'est la première et la dernière fois que nous nous parlons. Je tenais à te remercier en personne pour ce que tu as fait.

James esquissa un sourire.

— Y a pas de quoi. Qu'est-ce que vous avez prévu pour Lauren et moi ?

— J'ai des papiers d'identité pour vous. Vous allez passer la nuit dans un hôtel à Boise, puis vous prendrez un vol pour le Canada demain matin. Je vous ai trouvé une chouette famille, là-bas. J'ai réglé tous les problèmes financiers. Vous ne serez pas inquiétés, tant que vous ne vous écarterez pas du droit chemin.

— Fantastique, dit James. Merci beaucoup.

— Il faut que je raccroche. Dis à Vaughn de vous conduire au *Comfort Lodge*.

James entendit un déclic, puis une tonalité continue. Il reposa le téléphone avant d'essuyer sa paume humide sur sa cuisse.

— Elle n'est pas très causante, expliqua Vaughn. Plus ses appels sont courts, moins elle laisse de chance au FBI de retracer l'origine de ses appels.

— Où se trouve Boise ? demanda James, à qui cette brève conversation avec l'une des criminelles les plus recherchées de la planète avait donné le vertige.

À trois heures d'ici.

— Quand est-ce qu'on part ?

— Dès que vous aurez fait vos bagages.

Lauren se tourna vers Lisa.

— Je peux dire au revoir aux chevaux ?

— Je vais faire son sac, si ça peut rendre service, proposa James. De toute façon, on n'a pas grand-chose à emporter.

Lisa caressa le dos de la petite fille.

— D'accord, mais fais vite. Mets ton manteau et file.

James monta deux par deux les marches menant au premier étage. Il lui semblait désormais évident qu'il ne rencontrerait pas Jane Oxford en chair et en os. Il ne lui restait plus qu'à essayer de découvrir la destination de Curtis, puis à avertir le FBI pour qu'il soit intercepté au moment où il retrouverait sa mère.

Il commença à rassembler ses affaires. Becky entra dans la chambre.

— Eh bien, je crois que ça y est, dit-il, tiraillé entre un sentiment de tristesse et de soulagement.

La jeune fille déposa un pistolet et deux chargeurs sur le lit.

— Tiens, tu pourrais avoir en besoin, lâcha-t-elle.

James était sous le choc.

— C'est le flingue de ton père ? T'es complètement dingue !

— Ne fais pas confiance à Jane Oxford. Au cours des années, j'ai entendu pas mal d'histoires à son sujet. Crois-moi, tu devrais prendre cette arme.

— Elle a dit qu'elle nous avait trouvé une famille, dit James en considérant le pistolet d'un air indécis.

Becky s'empara de l'arme et y glissa un chargeur.

— Tu as conclu un accord avec Curtis, c'est ça ? En échange de ton aide pendant l'évasion, elle devait t'offrir une nouvelle vie ?

James hocha la tête.

— Vois les choses en face, poursuivit la jeune fille.

Curtis est libre, à présent. Pour Jane, vous n'êtes plus qu'une source d'ennuis et de dépenses.

Cette pensée avait effleuré James à plusieurs reprises, mais l'ordre de mission décrivait Oxford comme une partenaire loyale envers tous ceux qui lui avaient rendu service.

Becky lui tendit le pistolet.

— Tire sur la culasse pour armer la première balle, comme ça... Le cran de sécurité se trouve ici. C'est un Glock neuf millimètres. Chaque chargeur contient vingt-cinq cartouches. Il peut tirer en rafales, comme une mitraillette. Il suffit de mettre le sélecteur en position *auto*.

— Tu crois vraiment qu'elle a l'intention de nous liquider ?

Becky haussa les épaules, tira l'élastique du pantalon de survêtement de James et y glissa le pistolet.

— Je ne sais pas. Mieux vaut prévenir que guérir.

La dernière fois que James avait tenu une arme à feu, il s'était trouvé dans une situation si désespérée qu'il avait été contraint d'abattre son agresseur. Il ne voulait pas revivre ce cauchemar.

— Prends-le, insista Becky, le visage grave. Et fais attention à toi.

— Je ferai ce que je peux, promit James en esquissant un sourire.

Après l'avoir embrassé, elle quitta la pièce. Dans le couloir, elle croisa Lauren. Le visage de cette dernière était marqué, rougi par les larmes.

— Ça ne t'a pas pris longtemps, s'étonna James.

— Je n'ai pas eu le courage de leur dire adieu.

L'attachement de Lauren pour les chevaux le rendait perplexe. Il la serra contre lui.

— Tiens, mets ça, dit-il en lui tendant un mouchard adhésif. Il se pourrait qu'on se retrouve séparés.

Lauren baissa son jean et colla le transmetteur en haut de sa cuisse, là où personne ne pourrait le remarquer.

Au même moment, un épouvantable fracas se fit entendre dans la chambre de Curtis.

...

James trouva le garçon roulé en boule dans l'espace étroit situé entre son lit et le mur. Il avait détruit ses croquis et ses dessins, puis déchiqueté ses vêtements. Le sol était jonché de confettis.

— Qu'est-ce qui t'arrive ?

— Je veux rester ici, sanglota Curtis. Ma mère va me détester parce que j'ai tué tous ces gens. Et puis on va repartir en cavale. Elle se fiche complètement de mon avis. Ça me rend dingue. Moi, je veux juste dessiner et aller à l'école…

Vaughn entra à son tour dans la pièce.

— Qu'est-ce qui se passe ? Vous vous êtes battus ? Mais regardez-moi le bordel que vous avez foutu !

— Il est en pleine crise. Il a besoin d'aide.

— Je ne veux pas retourner en prison ! hurla ce

dernier. Je ne veux pas passer mon temps à déménager. Je préférerais être mort, mais je ne suis même pas capable de me tuer.

James s'assit au bord du lit et saisit la main de son camarade.

— Là, calme-toi. Une fois que tu auras retrouvé ta mère, tu pourras lui expliquer ce qui s'est passé.

— Elle ne m'écoute jamais.

— Je veux que vous soyez en bas dans cinq minutes, dit fermement Vaughn. James, passe une serviette à Curtis. Il faut qu'il se lave le visage. On a une longue route à faire. Fais en sorte qu'il se reprenne.

30. l'heure de la fiesta

John Jones et les trois agents du FBI n'avaient pas pu entrer en contact avec James et Lauren depuis deux semaines. Ils s'étaient contentés de surveiller les allées et venues depuis un poste d'observation établi aux abords du ranch et d'écouter les conversations étouffées transmises par des micros lasers placés dans les arbres, des merveilles de technologie capables de convertir la vibration des vitres en paroles plus ou moins intelligibles.

Theo, perché dans un sapin à cinquante mètres du portail de la propriété, venait d'entamer un tour de garde de six heures lorsqu'il comprit que les agents étaient sur le point de lever le camp. Il ôta l'un de ses gants et contacta Marvin par radio.

Ce dernier dînait dans une pizzeria, à vingt-cinq kilomètres de là, en compagnie de John et Warren. Au même moment, ce dernier reçut un appel de l'agent chargé de surveiller les communications téléphoniques. Il venait d'intercepter le dernier appel de Jane Oxford et confirmait les informations de Theo.

Marvin avala une dernière bouchée de pizza et se leva.

— Très bien. Je vais demander qu'un agent se positionne devant le *Comfort Lodge* en attendant qu'on arrive. On ne va pas pouvoir les prendre en filature. Il y a si peu de circulation dans le secteur qu'ils nous repéreraient en trois secondes. John et Warren, vous prendrez la deuxième voiture et vous suivrez le signal de localisation de James et Lauren en gardant vos distances. Je veux que Theo reste sur place jusqu'à ce qu'ils aient quitté le ranch, puis qu'il nous rejoigne aussi vite que possible.

.:.

Lauren, allongée sur la banquette de l'énorme Toyota de Vaughn, luttait pour retenir ses larmes.

Pour les agents opérationnels les moins expérimentés, la rupture brutale des liens d'affection noués au cours des missions d'infiltration était un déchirement. L'idée de ne plus jamais revoir les chevaux lui brisait le cœur, mais elle devait à tout prix garder une contenance, sous peine d'essuyer les moqueries de son frère. Elle se remémora le premier jour passé au ranch, lorsque Lisa l'avait mise en selle puis l'avait promenée dans l'enclos en tenant l'animal par la bride. À chaque mètre, elle avait craint d'être désarçonnée et piétinée, mais le temps avait déjà transformé cette expérience en un agréable souvenir.

Avachi sur son siège, Curtis était une épave. Il n'avait même pas pris soin de boucler sa ceinture. Les larmes qui roulaient sur ses joues scintillaient à la lumière des phares des véhicules roulant en sens inverse. Aux yeux de James, il ne ressemblait pas au garçon décrit dans les rapports de police et les notes d'observation rédigées par Warren à l'intérieur de la prison. Au cours de la mission, il avait découvert un être à la sensibilité à fleur de peau. Il se demandait ce qu'il aurait pu devenir s'il avait grandi au sein d'une famille comme les autres, et non sous la coupe d'une mère déséquilibrée dopée à l'adrénaline.

James était assis à la droite de Vaughn. Tendu comme un arc, il gardait les yeux rivés sur la route. La crosse du Glock s'enfonçait dans son ventre. Lorsqu'ils passèrent devant un panneau indiquant « Boise 20 km », l'homme lui tendit un téléphone portable.

— Appelle les renseignements, demande-leur le numéro du *Comfort Lodge* et passe-moi la réception.

James inscrivit les indications fournies par l'opérateur sur la couverture d'une carte routière, composa le numéro, puis tendit l'appareil à Vaughn.

— Bonsoir. Mon nom est Hermann. J'ai une réservation pour ce soir, mais je suis censé retrouver un ami en ville pour le dîner. Il devait me laisser un message pour m'indiquer notre lieu de rendez-vous. Pourriez-vous me le lire ?

Vaughn resta silencieux quelques secondes.

— Le *Star Plaza* ? Où se trouve-t-il ? ... Ne vous embêtez pas. Je vais demander à l'un de mes amis de regarder sur la carte. Je vous remercie.

L'homme posa le téléphone sur le tableau de bord.

— Avec qui on a rendez-vous ? demanda James, en dépliant un plan du centre-ville de Boise.

— Avec personne. C'est une mesure de précaution, au cas où le téléphone de Jane serait sur écoute. Elle procède toujours comme ça : elle t'indique un hôtel et laisse un message à la réception indiquant le véritable point de rendez-vous, à l'autre bout de la ville.

James, qui pensait rejoindre un hôtel placé sous la surveillance du FBI, sentit son sang se glacer dans ses veines. Il ne lui restait plus qu'à s'en remettre aux mouchards adhésifs, des dispositifs connus pour leur légendaire manque de fiabilité.

— Tu ne penses pas sérieusement que le FBI nous a suivis jusqu'ici ? demanda-t-il.

— J'en doute, mais la mère de Curtis ne veut prendre aucun risque. Les fédéraux sont capables de tout pour mettre la main sur les criminels qui figurent sur leur liste. Tu vois ce téléphone portable ? Je l'ai reçu par Fed-Ex il y a deux jours, avec l'interdiction formelle de l'allumer avant qu'on ne quitte le ranch. Jane peut sembler excessivement méfiante, parfois, mais les prisons sont pleines de gens imprudents.

.:.

Le *Star Plaza* était un banal hôtel pour représentants de commerce, avec sa réception en faux marbre et ses meubles rustiques. Vaughn traversa le hall d'entrée d'un pas nerveux, les trois enfants sur ses talons, et marcha droit vers deux hommes d'âge respectable installés dans des fauteuils autour d'une table basse. Ils portaient des costumes bon marché et de longues barbes blanches, derniers vestiges de leur appartenance au gang des Vandales.

— Bill et Eugene… lança Vaughn, l'air contrarié. Je ne m'attendais pas à vous trouver ici.

— Eh ouais, surprise, mec, c'est nous, marmonna Bill en fronçant les sourcils.

À l'évidence, les deux hommes ne faisaient rien pour dissimuler leur antipathie réciproque.

— Je vous présente James, Curtis et Lauren.

— Sans blague, j'aurais jamais deviné, ricana le vieil homme. La patronne a dit que tu recevrais ton fric par virement dans quelques jours. On va s'occuper des mômes. Maintenant, tu peux te barrer.

Lorsque Bill se leva, une puissante odeur de gomina assaillit les narines de James. Il remarqua qu'Eugene portait une prothèse auditive.

— Très bien, je vais y aller, dit Vaughn en adressant à James un regard plein d'affection paternelle. J'espère qu'on se reverra un jour, petit. Passe me présenter ta Harley, dans quelques années.

— C'est promis, répondit le garçon en souriant.

— La seule chose qui me console, c'est que tu ne laisseras plus traîner tes sales pattes sur ma fille.

James pâlit. Vaughn éclata de rire.

— Tu croyais vraiment que Lisa et moi, on n'avait pas remarqué ton petit manège ?

— Oui, hum… je…

Lauren lui lança un regard glacial.

— Quand ma fille aînée a ramené son premier petit ami, j'ai sérieusement pensé à le liquider. Becky est ma quatrième, alors j'ai fini par me faire à l'idée.

James lâcha un rire nerveux. Vaughn le serra dans ses bras, puis donna l'accolade à Lauren et Curtis.

— Bon sang, soyez plus discrets, gronda Bill. Tout le monde vous observe.

James, la gorge serrée, regarda Vaughn franchir la porte tambour pour se diriger vers le parking. Malgré son passé de trafiquant d'armes, c'était l'un des types les plus sympas qu'il ait jamais rencontrés.

•••

Bill et Eugene avaient déjà investi l'une des deux chambres communicantes du cinquième étage. D'innombrables objets jonchaient le sol : tubes de médicaments, flasques d'alcool, slips démodés et chaussettes grises roulées en boule dans des baskets ringardes. La porte reliant les deux pièces était maintenue ouverte à l'aide d'une cale. Eugene alluma la télé et poussa le volume à fond.

— On peut aller à la piscine ? demanda James.

Craignant que le FBI ait perdu leur trace, il était impatient de s'isoler pour joindre ses contacts.

— Non, dit Bill en se grattant l'aisselle, dévoilant un revolver glissé dans un holster. Il est plus de 22 heures.

Je vous rappelle que vous avez fait la une des journaux. Vous feriez mieux de rester discrets. Commandez de la bouffe au *room-service* si vous avez faim, puis mettez-vous au lit. Eugene fait la sieste. S'il se réveille, dites-lui je suis allé boire un coup au bar.

Lorsque l'homme eut quitté la chambre, Curtis bondit de son lit et se jeta sur le minibar.

— C'est l'heure de la fiesta ! lança-t-il avant d'engloutir le contenu d'une petite bouteille de Jack Daniels.

James éprouvait des sentiments partagés. D'un côté, il ne pouvait pas ignorer que la dernière fois que Curtis s'était soûlé, il avait abattu trois innocents et avait récolté une condamnation à perpétuité. De l'autre, Bill se trouvait au rez-de-chaussée et Eugene dormait dans la pièce voisine ; si le garçon buvait jusqu'à l'inconscience, il aurait une opportunité en or de contacter Marvin. Il était exclu d'utiliser le combiné de la chambre, sous peine de voir l'appel figurer sur la facture de l'hôtel, mais il avait vu un téléphone à pièces à la réception.

— J'ai une idée ! s'exclama Lauren tout excitée. Et si on essayait de deviner où on va demain ?

— Excellent, dit James, impressionné par la présence d'esprit de sa sœur.

En se focalisant sur la recherche d'un moyen de joindre l'équipe du FBI, il avait négligé l'objectif principal de la mission : découvrir l'endroit où Curtis devait retrouver sa mère.

— Par où on commence ? demanda Curtis.

Lauren se précipita dans la chambre où dormait Eugene et s'empara d'un élégant porte-documents en cuir qu'elle avait remarqué quelques minutes plus tôt.

— Je parie que c'est là-dedans.

À l'évidence, l'objet était trop luxueux pour appartenir aux *bikers*. Il leur avait été confié par un complice.

Lauren fit glisser la fermeture éclair de la serviette, puis sortit un à un les objets qu'elle contenait : une enveloppe kraft pleine de dollars canadiens et américains ; un passeport brésilien au nom d'Eduardo Dos Santos portant la photo de Curtis ; un document imprimé où figuraient des horaires de vols de Boise à Dallas, puis de Dallas à Rio de Janeiro ; deux passeports canadiens au nom de Scott et Helen Sparks, domiciliés à Toronto.

— Eduardo Dos Santos, répéta Curtis, avec un accent vaguement hispanique. Ça sonne d'enfer, *hombres* !

Il avala le contenu d'un flacon de gin.

— Vas-y doucement sur la bouteille, dit James en examinant d'un air détaché les passeports canadiens.

Les faux documents étaient d'une qualité exceptionnelle. Chacun d'eux avait dû coûter des milliers de dollars.

— On ferait mieux de remettre tout ça en place avant que Bill ne revienne.

Curtis s'allongea sur son lit et éventra un paquet de pistaches. James entraîna Lauren jusqu'à la chambre voisine.

— Essaye de l'occuper, chuchota James après s'être assuré qu'Eugene dormait toujours à poings fermés. Une bataille d'oreillers, par exemple. Je vais aller passer un coup de fil.

— Et s'il se demande où tu es ? Et si Bill revient ?

— On est des gamins, Lauren. Ça n'a rien d'étonnant qu'on désobéisse. Dis-leur que je suis allé chercher des glaçons, un truc comme ça.

James se glissa prudemment dans le couloir, poussa une porte coupe-feu et emprunta l'escalier de secours jusqu'au quatrième étage. Il découvrit un vieux combiné mural à cadran rotatif, près du placard où étaient rangés les produits d'entretien. Cet appareil, qui servait d'interphone au personnel de l'hôtel, ne permettait pas les communications vers l'extérieur, mais James espérait que le standard autorise les appels vers le 911.

— Service d'urgence, que puis-je faire pour vous ?

James ressentit un immense soulagement.

— FBI, dit-il. Je vous donne mon code d'identification. Trente-deux, quarante-six, code d'application T.

En quelques secondes, la communication transita par le central du FBI et le bureau de Phœnix avant d'atterrir sur le portable de Marvin Teller.

« *Votre correspondant n'est pas disponible. Veuillez renouveler votre appel ou laisser un message après le signal sonore.* »

James poussa un juron.

— Marvin, c'est moi. Je suis au *Star Plaza*, chambre cinq cent trente-quatre. Curtis sera à bord du vol 930 d'American Airlines à destination de Dallas, puis il prendra un avion pour Rio. Il dispose d'un passeport brésilien au nom d'Eduardo Dos Santos.

31. Brazil

James avait pu regagner la chambre sans que Bill, Eugene ou Curtis n'aient remarqué son absence. Il était pratiquement certain que Marvin recevrait son message, mais le doute infime qui persistait dans son esprit et les ronflements d'Eugene dans la pièce voisine l'empêchèrent de trouver le sommeil.

À 5 heures 30 du matin, il vit Bill s'approcher du lit de Curtis et le secouer doucement pour le réveiller. L'adolescent semblait souffrir des effets secondaires de sa razzia sur le minibar.

— Il est hyper tôt, gémit-il, les yeux rouges et gonflés. L'avion ne part que dans quatre heures.

— Moins fort, chuchota Bill. Ta mère a changé de plan.

— La vie de maman n'est qu'un grand changement de plan, soupira Curtis. Je peux dire au revoir à James et à Lauren, au moins ?

— Non. Laisse-les roupiller.

James se tenait parfaitement immobile, malgré la

sensation de picotements qui envahissait progressivement sa nuque.

Curtis se glissa hors du lit et se traîna jusqu'à la salle
de bains où, après s'être vidé la vessie, il vomit tripes et
boyaux.

Bill frappa doucement à la porte.

— Tout va bien, mon garçon ?

Ce dernier se gargarisa bruyamment, puis sortit du
cabinet de toilette en bredouillant :

— Je sais pas ce qui m'arrive. Ça doit être un truc que
j'ai bouffé. J'espère que je ne vais pas être malade dans
l'avion.

— Me prends pas pour un con, grogna Bill. Tu pues
l'alcool à dix mètres.

Curtis, les jambes flageolantes, se baissa pour
ramasser ses affaires.

— Laisse tomber, dit l'homme. Mets ton froc et tes
pompes. On se barre.

Le cerveau de James fonctionnait à cent à l'heure. Si
Marvin n'avait pas reçu son message ou avait décidé de
prendre Curtis en filature à l'aéroport à l'heure prévue
dans le plan initial, il perdrait définitivement la trace
de Jane Oxford.

— Tu es prêt ? demanda Bill.

— Je crois.

Curtis s'avança vers le lit de James et chuchota :

— Je te souhaite une bonne vie, mon pote.

Dès que la porte de la chambre se referma derrière
eux, James se rua dans la pièce voisine pour s'assurer

qu'Eugene était toujours endormi, puis il enfila son pantalon et ses baskets.

Il passa la tête dans le couloir et aperçut Bill et Curtis qui se dirigeaient vers l'ascenseur. Il franchit la porte coupe-feu, descendit quatre à quatre les marches de l'escalier de secours et atteignit le parking.

Le soleil pointait à l'horizon. Un vent glacial s'engouffra sous son T-shirt. Il jeta un rapide coup d'œil aux alentours. Devant l'entrée de l'hôtel, une dizaine d'hommes d'affaires patientaient pour embarquer à bord d'une navette aéroport. Curtis et Bill se trouvaient parmi eux.

James plongea entre deux voitures. Il devait à tout prix atteindre la réception pour alerter le FBI, mais la présence du garçon et de son garde du corps lui interdisait tout mouvement avant le départ du minibus.

Lorsque le dernier passager eut pris place à bord, la porte hydraulique se referma en chuintant et le véhicule commença à rouler au pas. Un homme accourut sur le parking en battant des bras. Le conducteur écrasa la pédale de frein pour le laisser monter. C'était un grand Noir portant un chapeau de cow-boy et un costume bordeaux. Un large sourire illumina le visage de James. Il s'était fait du souci pour rien : Marvin Teller avait bien reçu son message.

Lauren s'éveilla en proie à la plus grande terreur. Elle eut la vision furtive d'un vieillard édenté penché sur elle, puis l'obscurité l'enveloppa. Eugene pressa l'oreiller sur son visage, si fort qu'elle sentit les ressorts du matelas s'enfoncer à l'arrière de son crâne. Elle s'arc-bouta, résolue à échapper à l'emprise de son agresseur, mais l'homme posa les genoux sur ses cuisses pour la maintenir immobile.

Ses poumons s'étaient vidés sous la pression. Elle était incapable de crier. Elle essaya de reprendre son souffle, mais c'était comme aspirer du béton humide avec une paille. Elle se remémora l'instruction théorique reçue lors des cours de plongée sous-marine de CHERUB : *un être humain ne peut pas survivre plus de cinq minutes sans respirer, mais trois minutes de suffocation suffisent à provoquer des dommages irréversibles au cerveau.*

Où était James ? Avait-il déjà été exécuté ?

Soudain, elle réalisa qu'elle pouvait bouger librement son bras droit. Elle tâtonna maladroitement sur la table de nuit, et sa main se referma sur un stylo portant le logo du *Star Plaza*. Elle fit sauter le capuchon avec l'ongle du pouce.

Elle sentit sa concentration faiblir. Consciente qu'elle était victime des premiers symptômes de l'asphyxie, elle se mordit violemment la langue et frappa Eugene à l'épaule. L'homme, que ce coup malhabile n'avait pas ébranlé, examina d'un air contrarié la trace d'encre bleue sur sa chemise puis modifia légèrement sa position pour se saisir du stylo avec sa main libre.

Sentant la pression sur ses jambes s'atténuer, elle poussa sur ses cuisses de toutes ses forces. Eugene bascula en avant et lâcha un coin de l'oreiller. Lauren tourna la tête sur le côté et prit une profonde inspiration. Son agresseur se remit en position, pesant de tout son poids, puis enfonça un genou dans son ventre, lui infligeant une douleur insupportable.

Alors, elle distingua un rai de lumière entre le matelas et l'oreiller, puis une main ridée à quelques centimètres de son visage.

— Eh, tu sais te défendre, grogna Eugene, qui considérait cette empoignade comme un simple contretemps.

Dans un dernier effort, Lauren tendit le cou et referma ses mâchoires sur le pouce de son ennemi. Il se raidit brutalement sous l'effet de la douleur, lâcha l'oreiller et considéra avec horreur son doigt piégé entre les dents de la fillette.

Lauren profita de cet instant de flottement pour porter son attaque. La pointe du stylo s'enfonça dans le cou d'Eugene avec un étrange bruit de ventouse. Elle desserra les mâchoires et libéra le pouce. Le vieil homme se roula sur le lit en hurlant. Elle se dégagea habilement avant de l'assommer d'un double coup de pied à la face.

Secouée de tremblements, une main crispée sur son estomac meurtri, elle bondit du lit et s'empara du Glock que James avait dissimulé sous le matelas. Elle fit sauter le cran de sécurité et se glissa dans les toilettes, terrifiée à l'idée d'y découvrir le cadavre de James.

Ensuite, elle entra prudemment dans la chambre voisine, le pistolet brandi à hauteur des yeux, l'inspecta attentivement, puis poussa la porte de la salle de bains. Son sang se glaça dans ses veines : des scies, des couteaux et des sacs-poubelles avaient été soigneusement disposés sur le carrelage.

Lauren désespérait de savoir ce qui était arrivé à son frère. Avait-il déjà été exécuté puis traîné jusqu'à une autre pièce ? Était-il en train de prendre son petit déjeuner au restaurant de l'hôtel en compagnie de Bill ? *Tu devrais la laisser dormir, James. Eugene s'occupera d'elle.*

Lauren n'avait plus d'autre solution que d'appeler Marvin. Au moment même où elle décrochait le téléphone, elle entendit des pas dans l'autre chambre.

Consciente de la chance qui lui était offerte de bénéficier de l'effet de surprise, elle se rua vers la porte de communication, mais, dans sa hâte, se cogna violemment le petit orteil gauche contre le coin d'une chaise et ne put retenir un cri perçant. Elle vit alors une silhouette se glisser précipitamment derrière un lit.

— Je suis armée ! cria-t-elle avant de presser la détente.

Elle avait l'intention d'effectuer un tir de sommation, mais l'arme cracha une rafale de six balles qui criblèrent le mur opposé, pulvérisèrent le miroir de la penderie et dispersèrent des fragments de plâtre aux quatre coins de la chambre. Emportée par le recul, elle tituba en arrière et atterrit les quatre fers en l'air sur la moquette. Elle ignorait que le Glock disposait d'un mode automatique et avait modifié la position du sélecteur par inadvertance en libérant le cran de sûreté.

— Stop, c'est moi ! hurla James en émergeant de sa cachette, les mains levées au-dessus de la tête.

— Pourquoi tu t'es barré sans me réveiller ? Eugene a essayé de me tuer.

Le garçon arracha le pistolet des mains de sa sœur.

— Ce flingue est dingue, pas vrai ? C'est celui qu'utilisent les SAS[1]. Normalement, il faut mettre un pied en arrière pour résister au recul.

— Où est Curtis ?

— Il se dirige vers…

Avant même que James ait pu achever sa phrase, les portes des deux chambres s'ouvrirent simultanément. James fit volte-face, le Glock brandi, un doigt sur la détente.

— FBI ! cria Warren en déboulant dans la pièce, revolver au poing.

— Ne tire pas, c'est nous ! hurla Lauren.

John et Theo avaient investi la pièce voisine.

— C'était quoi ces coups de feu ? demanda ce dernier.

— Un bête incident de tir, dit James.

— À part ça, le type inconscient avec le stylo planté dans le cou a essayé de me tuer, expliqua Lauren avec le plus grand calme.

---

1. *Special Air Service* : unité de forces spéciales et de contre-terrorisme de l'armée britannique.

— Ça n'a aucun sens, s'étonna son frère. Tu les as vus comme moi, ces faux passeports canadiens.

— Vérifie par toi-même si tu ne me crois pas. Il y a le nécessaire du parfait petit tueur en série dans la salle de bains. Je te signale que je ne m'amuse pas à planter des stylos dans les gens pour le plaisir.

James et les trois agents examinèrent avec stupéfaction les outils disposés par Eugene sur le carrelage du cabinet de toilette. Le garçon sentit la nausée le gagner en prenant conscience du sort auquel sa sœur avait échappé.

— Jane Oxford n'était-elle pas censée se montrer loyale envers ses complices ? demanda-t-il.

— Je crains que nous n'ayons légèrement surestimé l'ampleur de sa gratitude, reconnut Theo. Mais cette histoire de passeports ne m'étonne pas vraiment. Elle établit toujours trois ou quatre plans différents, et n'informe ses collaborateurs de ses véritables intentions qu'au tout dernier moment. Il est possible que Bill ait sincèrement cru que vous alliez être conduits au Canada, alors qu'Eugene avait reçu l'ordre de vous liquider.

— Jane est une excellente tacticienne, ajouta Warren. À chaque fois qu'on réussit à traîner un membre de son gang devant le tribunal, on se retrouve avec un tas de preuves contradictoires que les avocats exploitent pour semer le doute dans l'esprit du juge. *Excusez-moi, Votre Honneur, mais si Jane Oxford avait eu l'intention de faire disparaître James et Lauren Rose, pour-*

quoi aurait-elle dépensé dix mille dollars pour leur procurer des faux papiers et des billets d'avion ? Pourquoi aurait-elle payé à l'avance leur hébergement chez M. et Mme Machin-Truc de Toronto ? Enfin, tu vois le topo.

— Je ne comprends toujours pas pourquoi elle a essayé de nous supprimer, demanda Lauren. Après tout ce qu'on a fait pour son fils…

— Vous en savez trop, expliqua Theo. Vous êtes au courant pour Jean Etienne et la famille Little. Elle ne pouvait pas prendre le risque que vous soyez recapturés et cuisinés par les fédéraux.

— Espèce de sale ordure, gronda James.

— Une ordure, peut-être, mais une ordure efficace, fit observer Warren. Elle n'a pas échappé à la justice pendant vingt ans en faisant dans les sentiments.

— Vous comptez vraiment passer la journée à discuter ? interrompit sèchement John. Je vous rappelle qu'on a une opération en cours, les mecs.

— Pour l'instant, on est en stand-by. On n'a plus qu'à croiser les doigts pour que les agents en planque à l'aéroport de Dallas et de Rio ne perdent pas la trace de Curtis, et à prier pour que Jane ne se doute de rien.

— On devrait peut-être appeler une ambulance pour Eugene, dit Theo. Il est en train de foutre du sang plein le couvre-lit.

Au même moment, la sonnerie de son téléphone portable retentit. Il échangea quelques mots avec son interlocuteur, puis s'exclama :

— Vous n'allez jamais croire ce que vient de m'apprendre Marvin. Apparemment, Bill a reçu un appel dans la navette. À l'arrivée à l'aéroport, Curtis et lui ne sont pas descendus. Il a dit au chauffeur qu'il avait oublié quelque chose dans sa chambre et qu'il devait retourner à l'hôtel.

— Est-ce que Marvin est toujours avec eux ?

— Non, il est descendu afin de ne pas éveiller les soupçons. Bill et Curtis seront ici dans moins d'un quart d'heure.

32. Tripes, hémoglobine et balles explosives

— Il faut qu'on se mette d'accord, dit John, dont le cerveau fonctionnait à deux cents à l'heure. Voilà ce qui s'est passé : après avoir mis Eugene hors combat, James et Lauren ont compris que Jane Oxford voulait les liquider ; ils ont raflé le fric et les passeports, puis ils se sont taillés vite fait.

— Qu'est-ce qu'on fait du vieux ? demanda Warren en hochant la tête en direction du vieil homme qui gisait inconscient sur le lit. On appelle les secours ?

John haussa les épaules.

— Il a essayé de tuer les gosses. Pour moi, son état de santé ne constitue pas une priorité.

Theo se pencha sur le lit pour examiner la blessure d'Eugene.

— Il ne perd pas beaucoup de sang. Le stylo a glissé derrière la trachée. S'il reste en place, il peut rester en vie plusieurs heures.

— Parfait. Allez, les gars, on lève le camp. Lauren, ramasse les dollars et les passeports.

À ce moment précis, le téléphone de la chambre sonna.

— James, tu réponds, ordonna John.

Ce dernier prit une profonde inspiration et décrocha le combiné.

— Allô ?

— Eugene ? demanda Bill.

— Non, c'est James.

— Oh, lâcha l'homme.

Le ton de sa voix trahissait une profonde stupéfaction.

— Je ne pensais pas que tu étais encore à l'hôtel. Eugene est dans le coin ?

— Il est aux toilettes depuis des siècles, lança James, faussement détendu. Je ne sais pas ce qu'il fout.

John leva les deux pouces en l'air pour saluer sa vivacité d'esprit.

— Qu'il se bouge le cul, nom de Dieu, gronda Bill, visiblement contrarié. Dis-lui que j'ai mis Curtis dans l'avion, mais que je dois récupérer une bagnole sur le parking de l'hôtel et qu'on se retrouvera au motel dans la soirée.

— OK, je lui passerai le message. Merci pour tout ce que tu as fait pour nous, Bill.

Le criminel semblait décontenancé.

— Hum, y a pas de quoi, James, c'était un plaisir, bégaya-t-il avant de raccrocher

— Qu'est-ce qu'il a dit ? demanda John.

— Qu'il venait récupérer une bagnole, mais qu'il avait laissé Curtis à l'aéroport.

— C'est du Jane Oxford tout craché, lança Theo. Elle a changé de plan à la dernière minute. On peut laisser tomber la piste brésilienne. Ils vont faire le trajet jusqu'au repaire de Jane en voiture.

— Pourquoi a-t-elle attendu qu'ils se pointent à l'aéroport pour leur commander de revenir ? s'étonna Lauren.

— Bill et Curtis ont quitté l'hôtel avec beaucoup d'avance. Jane pensait sans doute qu'ils se trouvaient encore ici.

— Vu que Bill t'a caché que Curtis était encore avec lui, conclut John, il est pratiquement certain qu'ils ne repasseront pas par cette chambre. Ça va nous rendre les choses plus faciles. On va se mettre en planque sur le parking et les prendre en filature.

— Quelqu'un devra rester ici pour s'occuper d'Eugene, fit observer Theo. On ne peut pas laisser une femme de chambre tomber sur ce foutoir.

— OK, tu t'occupes du nettoyage, mais n'appelle pas les secours avant que nous ayons tous quitté les lieux.

— Et nous, qu'est-ce qu'on fait ? demanda James.

John lui tendit ses clés de voiture.

— Vous nous servirez de navigateurs et d'opérateurs radio. James, monte à bord de la Chrysler noire, rangée F. Fais tourner le moteur, et attends-moi ceinture bouclée sur le siège passager.

Warren confia son trousseau à Lauren.

— Toi, tu viens avec moi. Installe-toi dans la Volvo bleue garée juste à côté. Surtout, si vous voyez Bill et Curtis, faites-vous discrets.

James et Lauren gagnèrent le parking par l'escalier

de service, puis prirent place à bord des véhicules qui leur avaient été assignés.

La voix de Warren résonna dans la radio.

— Je suis à la réception. Ils sont allés faire un tour aux toilettes. Vu la couleur de son visage, je crois que Curtis tient une bonne crise de foie.

Quelques secondes plus tard, l'homme et le garçon franchirent la porte à tambour de l'hôtel. James et Lauren s'enfoncèrent dans leur siège.

Bill s'immobilisa près d'une Nissan jaune hors d'âge. Après avoir examiné la plaque d'immatriculation, il s'installa à la place du chauffeur, fit monter Curtis, puis roula au pas vers la sortie du parking.

James était dans un état de tension indescriptible. Quand John ouvrit la portière côté conducteur, il sursauta violemment.

— Prends la carte dans la boîte à gants, dit ce dernier en bouclant sa ceinture de sécurité. Suis attentivement notre progression et relève tous les points de repère possibles, magasins, bâtiments publics ou espaces verts. Tu dois être capable d'indiquer notre position précise aux autres membres de l'équipe.

Tandis que la Chrysler se mettait en mouvement, James vit Warren marcher d'un pas vif vers la Volvo.

— Je suis posté à la fenêtre de la chambre d'hôtel, annonça Theo dans la radio. Je viens de voir une Nissan jaune quitter le parking. Terminé.

James saisit le micro.

— Bien reçu, dit-il. On la prend en chasse.

Lorsque le taxi déposa Marvin devant le *Star Plaza*, une équipe médicale se trouvait déjà sur les lieux. Il jeta une poignée de dollars au chauffeur, puis piqua un sprint vers son véhicule.

— Indiquez-moi votre position, lança-t-il dans le microphone.

— On est à treize kilomètres de l'hôtel, sur la route 16, en direction du sud-ouest, répondit James.

Bill, soucieux de ne pas attirer l'attention, conduisait largement sous la limite de vitesse. Cette allure modérée offrait à Marvin une opportunité de recoller à ses équipiers.

Conformément aux techniques de filature automobile en vigueur des deux côtés de l'Atlantique, les occupants du premier véhicule étaient chargés de conserver un contact visuel avec la Nissan. Les agents placés à bord de la deuxième voiture suivaient à un kilomètre, prêts à se lancer à la poursuite de leur cible si le conducteur effectuait une manœuvre soudaine et parvenait à échapper à son poursuivant direct. Une troisième automobile suivait à deux kilomètres. Par souci de discrétion, les véhicules échangeaient leurs positions toutes les quinze à vingt minutes.

Une heure trente après avoir quitté Boise, ils franchirent la frontière de l'Oregon et mirent cap au nord-ouest, sur une autoroute saturée qui filait vers Baker City.

— La Nissan jaune a emprunté la sortie menant au motel de Rouge Court, annonça Lauren. Je répète : le motel de Rouge Court. Nous avons dépassé la bretelle, mais nous pouvons faire demi-tour si nécessaire.

James était impressionné par le professionnalisme de sa sœur.

— Négatif, répondit Marvin. Garez-vous sur la bande d'arrêt d'urgence et laissez tourner le moteur. Je prends l'objectif en chasse. John, on se retrouve sur le parking.

Le motel, situé dans une zone commerciale regroupant un fast-food, un restaurant et une station-service, était un bâtiment à un étage composé de chambres alignées le long de coursives extérieures.

John gara la Chrysler devant la pompe à essence, puis les deux agents rampèrent derrière des buissons jusqu'à une position leur permettant d'observer discrètement la Nissan et la voiture de Marvin, rangées à quelques mètres l'une de l'autre. Ce dernier, la tête baissée, faisait mine de fouiller dans sa boîte à gants. Il craignait que Bill et Curtis ne l'aient remarqué dans la navette de l'aéroport et ne le reconnaissent au premier coup d'œil.

— Tu as toujours le Glock sur toi ? demanda John.

James sortit l'arme de son pantalon.

— Donne-le-moi, et prends mon revolver. Je crois que je vais avoir besoin de puissance de feu.

Bill descendit de la Nissan et se dirigea vers la réception du motel. Curtis patientait à bord du véhicule, un coude posé sur le rebord de la portière, vitre baissée.

James entendit une porte claquer au premier étage. Levant les yeux, il vit une femme portant un T-shirt rose et une serviette autour des cheveux avancer le long de la coursive puis s'engager dans l'escalier menant au rez-de-chaussée. Lorsqu'elle posa le pied sur le parking, il remarqua ses lunettes un peu trop grandes et reconnut la criminelle aperçue sur la photo de surveillance, au parloir d'Arizona Max. Il donna un coup de coude à John et murmura :

— C'est elle. C'est Jane Oxford.

— Je ne crois pas, répondit l'homme en secouant lentement la tête.

Alors, Curtis jaillit de la voiture et se jeta dans les bras de la femme.

— Nom de Dieu ! bégaya John avant de saisir son talkie-walkie. Warren, Marvin, j'ai Jane Oxford sous les yeux en ce moment même. Ramenez-vous en vitesse !

— Eh, qu'est-ce que vous faites planqués là, vous deux ? fit une voix dans leur dos.

John et James firent volte-face. Un homme portant un tablier crasseux orné du logo du restaurant voisin se tenait derrière eux. Curtis et Jane se tournèrent simultanément dans leur direction. Il fallait agir sur-le-champ.

— Couvre la porte de la chambre, dit John. Elle a peut-être des complices, là-haut.

Sur ces mots, il bondit hors des buissons, tira un coup en l'air, puis braqua son arme vers les deux criminels.

— FBI, plus un geste !

Il marcha dans leur direction en jetant des regards nerveux autour de lui, les deux mains sur le Glock.

Alerté par le cri de John, Bill dégaina son arme et se précipita au secours de Jane. Marvin attendit qu'il se porte à la hauteur de sa voiture, ouvrit la portière et lui tira deux balles dans le dos sans sommations.

— J'ai l'impression que nous n'avons pas perdu notre journée, lâcha-t-il d'un ton presque indifférent.

Il se baissa pour ramasser l'arme de sa victime, se plaça derrière Jane, puis sortit une paire de menottes de sa ceinture.

James, toujours à l'abri des buissons, quitta brièvement des yeux la coursive pour observer le regard de Curtis. Son expression était indéchiffrable. Il craignait que ses tendances suicidaires ne le poussent à commettre un acte insensé.

Marvin ordonna à Jane Oxford de mettre les mains sur la tête et lui attacha les poignets pendant que John la tenait en joue.

— Quelle chance, dit-il. Ces bracelets lui vont à merveille.

La femme secoua frénétiquement la tête et cracha sur le revers du costume de l'homme qui la raillait. Ce dernier la souleva d'une main, puis la plaqua sur le capot de la Nissan. De l'autre, il dégoupilla une bombe de gel incapacitant et la brandit devant ses yeux.

— Ne me forcez pas à faire ça, gronda-t-il.

Saisi d'horreur, James vit Curtis bondir sur John au mépris du Glock braqué sur lui. Ce dernier, n'ayant aucune intention de faire usage de la force sur un garçon de quatorze ans désarmé, le ceintura d'une main, le jeta au sol, puis l'immobilisa à l'aide de menottes en plastique jetables. Son prisonnier laissa échapper un hurlement à glacer le sang.

Lorsque le véhicule de Warren atteignit enfin le lieu de l'arrestation, Jane Oxford et Curtis avaient déjà été placés à l'arrière de la voiture de Marvin. Warren s'accroupit au chevet de Bill et se mit en relations avec les services d'urgence médicale. James quitta sa cachette et grimpa à l'arrière de la Volvo, derrière sa sœur.

Lauren regarda par-dessus son épaule.

— T'as vu ? Jane chiale comme une gamine.

— Bien fait pour sa gueule. Elle a ordonné à ses gorilles de nous liquider. J'espère qu'elle brûlera en enfer.

— Ça me fait de la peine pour Curtis.

— Ce type est à moitié dingue. Les dessins qu'il a déchirés étaient géniaux, mais à part ça, il est bon pour l'asile.

Lauren se glissa par-dessus l'accoudoir central et se laissa tomber sur la banquette arrière, à côté de son frère. Elle posa sa tête contre son épaule. Il lui passa un bras autour du cou.

Après les terribles événements qu'ils avaient traversés, la scène qui se déroulait sous leurs yeux leur paraissait étrangement banale : un parking silencieux, trois flics, deux suspects menottés à l'arrière d'une voiture et un homme inconscient étendu sur le sol. Le directeur du motel franchit la porte de la réception. Il semblait résigné, visiblement habitué à assister à de tels événements.

— Tout va bien, Lauren ? demanda James.

— J'ai encore un peu mal au ventre. Et puis, tout ça finit de façon un peu décevante, tu ne trouves pas ?

— On a arrêté Jane Oxford. Qu'est-ce qu'il te faut de plus ?

— Je ne sais pas. Je m'attendais à une bonne grosse fusillade ou à des explosions.

— Je vois. Pas assez de tripes et d'hémoglobine à ton goût, c'est ça ? Tu aurais préféré être poursuivie par un hélicoptère équipé de mitrailleuses lourdes ou par des mercenaires portant des colliers de balles explosives autour du cou.

— T'as tout compris, gloussa Lauren. Imagine un peu : on découvre la base secrète de Jane Oxford, on récupère les armes volées et on fait tout sauter au C4. Évidemment, on atteint la sortie quelques secondes avant qu'une énorme boule de feu n'engloutisse toutes les installations. Puis on fait un saut périlleux pour échapper à l'explosion, mais je reste parfaitement coiffée.

James hocha la tête.

— Tu oublies le moment où je sauve les otages, toute une équipe de pom-pom girls gaulées comme des déesses. Bien sûr, elles me donnent leur numéro de téléphone…

— Là, excuse-moi, mais t'es en plein délire.

— Sérieusement, on a assuré. Jane a été mise hors d'état de nuire sans qu'aucun innocent ait souffert pendant l'opération.

— Tu penses que le FBI remettra la main sur les missiles ?

— J'espère. En tout cas, nous, on a rempli notre part du contrat. Maintenant, tout ce que je veux, c'est rentrer au campus et pioncer pendant une semaine. J'espère que Kerry sera revenue de mission.

— Tu vas lui dire ce qui s'est passé avec Becky ?

— Ça va pas, non ? Tu connais son caractère. Elle me casserait les jambes.

— Oh, je vois.

— Tu ne vas pas me dénoncer, quand même ?

— Je ne crois pas, soupira Lauren. Tu as beau être un minable, tu es quand même mon frère. Mais laisse-moi te dire que tu ne la mérites pas.

33. Campus

Le vol Boise-Londres via Los Angeles dura plus de quatorze heures. James, cloué dans son fauteuil de la classe économique, dut encaisser sans broncher la diffusion de deux comédies sentimentales. Lauren rendit l'expérience plus douloureuse encore en procédant à une brillante démonstration de ses talents de marmotte tout terrain. Après un trajet en train et une ultime ballade en minibus, James était réduit à l'état d'épave humaine. Il lui semblait que ses articulations avaient pris feu, qu'il avait reçu une transfusion de chewing-gum et que ses yeux avaient été remplacés par des billes de plomb.

Il était plus de midi lorsqu'ils franchirent l'enceinte du campus. Sa sœur eut beau le supplier de l'aider à défaire les cartons empilés dans ses nouveaux quartiers depuis près d'un mois, il se traîna jusqu'à sa chambre, se mit en caleçon, se glissa sous la couette et s'endormit en deux secondes chrono.

∴

Il fut réveillé quatre heures plus tard par une caresse sur la joue.

— Si tu fais la sieste trop longtemps, tu n'arriveras pas à t'endormir ce soir, murmura Kerry, assise au bord du lit. Bonjour le décalage horaire.

James bâilla à s'en décrocher la mâchoire.

— Quelle heure il est ?

— 16 heures 45. Je viens juste de terminer mon entraînement de football.

James se frotta les yeux, puis contempla sa petite amie pour la première fois depuis trois mois. Un sourire illumina son visage. Elle avait grandi. Malgré ses protège-tibias et la boue dont son corps était maculé, il la trouvait sublime. Ils se penchèrent en avant et échangèrent un long baiser.

— Arrête, je dois puer la sueur, gloussa Kerry.

— Je m'en fous. J'aime bien ton odeur.

— Je ne peux pas en dire autant. Tu empestes le désinfectant qu'ils pulvérisent dans les cabines d'avion.

— Ah bon ? s'étonna James, en soulevant un bras pour humer son aisselle.

— Quelle classe... Au fait, tu n'as rien remarqué ?

La jeune fille exhiba le T-shirt caché sous son maillot de football. James examina sa poitrine.

— Bien sûr que j'ai remarqué. Ils ont triplé de volume depuis la dernière fois.

Kerry lui donna un coup de poing à l'épaule.

— Mais c'est pas vrai ! Vous ne pensez vraiment qu'à ça, vous, les garçons ?

— Ben ouais, avoua James avec un sourire coupable.

— Et mon T-shirt ? La *couleur* de mon T-shirt ?

— Oh. Bleu marine, j'avais pas remarqué. Toutes mes félicitations.

— Merci, dit-elle avant de se diriger vers la porte. Bon, je vais prendre une douche. On se voit en bas pour le dîner ?

∴

Le réfectoire était bondé. Lauren et Bethany, assises en compagnie d'autres T-shirts gris de leur âge, produisaient un vacarme assourdissant. James s'engagea dans la file du self-service, posa sur son plateau une assiette de spaghettis bolonaise, une salade et un gâteau au chocolat, puis se dirigea vers la table où il avait l'habitude de dîner avec ses amis.

Il n'y trouva que Kerry et Gabrielle.

— Où sont les autres ?

— Callum, Connor et Shakeel sont toujours en mission de recrutement, expliqua Gabrielle. Bruce est en mission dans le Norfolk. Quant à Kyle, il purge une nouvelle punition aux cuisines !

— À ce propos, James, il faut qu'on parle tous les deux, lâcha Kerry, le visage fermé.

— Quoi encore ?

— J'ai appris que tu avais profité de mon absence pour me tromper.

Sous le choc, James avala de travers et cracha sur la table une bouchée de spaghettis. Il n'arrivait pas à croire que Lauren ait pu le dénoncer dès son retour au campus, alors qu'elle avait promis de garder le secret.

— Écoute, bredouilla-t-il entre deux quintes de toux. Je ne sais pas ce qu'elle t'a dit, mais je te jure que…

Kerry secoua la tête. James essuya les pâtes mâchouillées à l'aide d'une serviette en papier.

— Ne mens pas, c'est inutile. Bruce et une demi-douzaine d'autres garçons ont assisté à la scène.

James se sentait complètement perdu.

— Bruce ?

— Oh, tu sais, moi, ça ne me choque pas, poursuivit Kerry. Tu es libre d'explorer le côté gay de ta personnalité. Tu te cherches. C'est parfaitement normal à ton âge.

— Mon côté *quoi* ? s'étrangla James. Oh, eh, qu'est-ce que tu racontes, là ?

— Écoute, je veux juste te mettre à l'aise. Que ce soit bien clair : si tu ressens à nouveau le besoin de sortir avec Kyle, je ne t'en voudrai pas.

James comprit enfin que sa petite amie faisait allusion à l'incident qui s'était déroulé dans les vestiaires du gymnase, peu de temps avant son départ en opération. Elle ignorait tout de l'affaire Becky. Il sentit un poids de plusieurs milliards de tonnes disparaître de sa poitrine.

— Ah ouais, Kyle et moi, très amusant, bégaya-t-il, un sourire idiot sur le visage.

Il essayait désespérément de se remémorer les mots qu'il avait prononcés au moment où il s'était senti piégé. Il était terrifié à l'idée de ce qu'il aurait pu avouer si une providentielle bouchée de spaghettis ne s'était coincée en travers de sa gorge…

— Alors comme ça, Kyle est encore puni ?

— Ce garçon est complètement débile, dit Gabrielle.

— Qu'est-ce qu'il a fait cette fois ?

— Tu te rappelles de son business de DVD pirates ?

James hocha la tête.

— Mac était prêt à fermer les yeux tant que Kyle se contentait de distribuer des copies à ses potes, mais il a commencé à se montrer un peu trop gourmand.

— Comment ça ?

— Quand les commandes ont dépassé ses capacités de production, il a embauché Jake Parker pour l'aider à copier les films et à coller les étiquettes sur les disques.

— Jake ? Le petit frère de Bethany ?

— Lui-même. Apparemment, il s'est amusé à mélanger les étiquettes.

— Et alors ?

— Des mômes de six ans voulaient se procurer un DVD pirate de *Harry Potter* pour une soirée pyjama. Ils ont eu droit à *Massacre à la tronçonneuse*.

— Mort de rire ! brailla James en frappant du poing sur son plateau.

Kerry lui donna un coup de pied sous la table.

— Ce n'est pas drôle. L'un de ces gamins en a pissé dans son froc.

— Pas drôle ? haleta James avant de s'abandonner à une irrésistible crise de fou rire.

Malgré les efforts qu'elle déployait pour garder son sérieux, un large sourire apparut sur le visage de Kerry. Elle se pencha en avant et regarda James droit dans les yeux. Il saisit une serviette en papier, essuya *in extremis* ses lèvres maculées de sauce bolonaise et l'embrassa passionnément.

C'était bon de la retrouver.

Épilogue

À l'exception de son identité, **JANE OXFORD** refusa de livrer la moindre information aux agents du FBI. Inculpée pour meurtre, extorsion et trafic d'armes, elle encourt la réclusion criminelle à perpétuité. Pourtant, compte tenu de l'extrême complexité de son dossier, il est peu probable que son procès se tienne avant plusieurs années. Elle attend d'être traduite devant un tribunal au quartier des femmes du pénitencier supermax de Florence, dans le Colorado.

Dans les mois qui suivirent son arrestation, le FBI perquisitionna ses nombreuses propriétés et saisit des comptes en banque dans le monde entier. À l'examen de ses documents comptables, les experts de la police financière découvrirent que Jane Oxford avait depuis longtemps renoncé à la fourniture d'armes conventionnelles aux groupes terroristes et aux gouvernements des pays en voie de développement, pour s'orienter vers le détournement de technologies militaires, des secrets industriels revendus aux producteurs institutionnels via des sociétés-écrans comme le cabinet de consultant de Jean Etienne.

Profitant d'un marché global de 500 milliards de dollars, Jane Oxford est parvenue à amasser 1,4 milliard de dollars. Ce chiffre, qui dépasse de très loin les estimations du FBI, est sans rapport avec son train de vie relativement modeste. Il semble désormais évident qu'elle a poursuivi ses activités criminelles par simple goût du risque, en accord avec le profil psychologique dressé par les comportementalistes de la police.

À ce jour, aucun élément n'a permis de retrouver la trace des missiles *Buddy*. Les autorités ont acquis la conviction qu'ils ont été détournés par un concurrent industriel. Cependant, elles n'écartent pas la possibilité que quelques exemplaires soient tombés entre les mains d'organisations criminelles. Certains spécialistes estiment que Jane Oxford pourrait même ne pas être responsable de leur disparition.

CURTIS OXFORD, reclassifié détenu à haut risque par les autorités pénitentiaires, passa quarante-huit heures à l'isolement avant de regagner la cellule T4 d'Arizona Max.

Quelques mois plus tard, l'un des « oncles » de Las Vegas découvrit que le psychiatre de Phœnix avait recommandé le placement de nombreux patients en internat militaire en échange de pots-de-vin. Les avocats de Curtis déposèrent un appel, arguant du fait que ce traitement inadapté était seul responsable des meurtres commis par leur client.

Le juge rendit les conclusions suivantes : « *La défense a démontré que l'accusé souffrait depuis des années de graves troubles psychologiques. S'il doit à l'évidence assumer une part de responsabilité dans ces actes d'une extrême gravité, il apparaît que la décision de le soumettre à une cour pour adultes était inappropriée.* »

Le premier jugement fut cassé et les charges requalifiées en homicides involontaires. Par voie de conséquence, le magistrat estimant que Curtis n'aurait jamais dû être incarcéré à Arizona Max, les poursuites concernant la tentative d'évasion et le meurtre de Scott Warren furent abandonnées. Trois semaines plus tard, Curtis plaida coupable devant un tribunal pour enfants de l'Arizona. À la lumière d'une nouvelle évaluation psychiatrique, il fut condamné à sept ans d'emprisonnement dans une institution carcérale éducative pour mineurs.

Interrogées par les journalistes de la chaîne de télévision locale, les familles des trois premières victimes manifestèrent leur indignation.

Les investigations du FBI révélèrent que Jane Oxford avait établi un fonds doté de 30 millions de dollars destiné au soutien financier de son fils. Les experts ne tardèrent pas à avouer leur incapacité à démontrer que cet argent, soigneusement blanchi grâce aux failles du système bancaire international, provenait d'activités illégales. En 2012, année de sa remise en liberté, Curtis Oxford se trouvera à la tête d'une importante fortune.

Quelques semaines après l'émeute qui avait suivi l'évasion, **ELWOOD** et **KIRCH** fêtèrent leur dix-huitième anniversaire et furent aussitôt transférés dans le quartier des adultes d'Arizona Max. **STANLEY** et **RAYMOND DUFF**, pleinement remis de leurs blessures, regagnèrent le bloc T4 dès sa rénovation achevée.

Par tradition, l'État d'Arizona attribue à des blocs cellulaires le nom de surveillants morts dans l'exercice du devoir. Le quartier **SCOTT WARREN** sera prochainement inauguré dans une nouvelle prison de Phœnix.

Dans son rapport, la commission chargée d'enquêter sur l'évasion insista sur l'urgence de renforcer les mesures de sécurité d'Arizona Max. Elle recommanda notamment le remplacement des sas d'intervention d'urgence et l'utilisation par le personnel d'alarmes individuelles. Compte tenu des difficultés budgétaires auxquelles est confrontée l'administration pénitentiaire de l'État, il est probable que ces dispositions ne seront jamais appliquées.

WARREN REISE (*alias* Scott Warren) a quitté ses fonctions d'agent spécial du FBI pour passer davantage de temps avec sa femme et ses trois enfants. **THÉODORE MONROE** et **MARVIN TELLER** poursuivent leur mission au sein de l'équipe chargée d'enquêter sur la situation actuelle de l'organisation criminelle de Jane Oxford.

PAULA PARTRIDGE fut interrogée par les forces de police de Californie et d'Arizona. Les enquêteurs ne relevèrent aucun fait permettant de remettre en cause son témoignage. L'administration pénitentiaire lui versa une compensation financière dont le montant fut tenu confidentiel. Une agence de presse débarsa 7 000 dollars pour s'offrir le récit de « sa cavale terrifiante aux mains de deux enfants tueurs. » L'interview fut publiée dans plus d'une centaine de quotidiens et de magazines du monde entier. Cette petite fortune permit à Paula de quitter sa caravane et de verser l'acompte nécessaire à l'achat d'une maison individuelle. Elle offrit à sa fille, **HOLLY PARTRIDGE**, un séjour dans un hôtel de Disneyland.

Lors d'une perquisition menée au ranch de **VAUGHN LITTLE**, le FBI découvrit une importante quantité d'armes automatiques, d'obus de mortier et de fusils de précision. En outre, Vaughn et sa femme **LISA LITTLE** furent accusés d'avoir abrité des fugitifs. Ils écopèrent respectivement de huit et quatre ans d'emprisonnement. Le ranch et les chevaux furent vendus pour payer les lourdes amendes et les frais de justice. **REBECCA LITTLE** (Becky) vit aujourd'hui avec sa sœur aînée, en Californie.

EUGENE DRISCOLL et **WILLIAM BENTLEY** (Bill) se remirent de leurs blessures. Tueurs à gages depuis plus de quarante ans, ils étaient recherchés pour une trentaine d'homicides dans onze États américains et deux provinces canadiennes.

À l'issue d'un procès de trois semaines, un tribunal du Texas les reconnut coupables de six meurtres et les condamna à la peine de mort par injection létale. Compte tenu de la complexité et de la lenteur des procédures d'appel, cette sentence ne sera pas appliquée avant des années.

DAVE MOSS, discrètement exfiltré de sa chambre d'hôpital dès l'arrestation de Jane Oxford, rejoignit le campus quelques jours après James et Lauren. Deux mois plus tard, grâce aux séances de rééducation dispensées par l'équipe médicale de CHERUB, il fut déclaré apte à participer de nouveau aux opérations de terrain.

Si le rapport rédigé par John à l'issue de la mission salua comme il se doit le succès des agents, il émit de sévères critiques à l'encontre de **JAMES ADAMS** et de Dave Moss, l'un pour avoir provoqué un accident de la route et mis en danger la vie de ses coéquipiers, l'autre pour s'être endormi au cours d'un tour de garde et permis à Stanley Duff de mettre en œuvre ses projets de vengeance.

Seule **LAUREN ADAMS** s'en tira sans réprimande. John loua « son courage, sa lucidité, son esprit d'équipe et son extraordinaire potentiel ». À la lecture du rapport, le docteur McAfferty décida de lui attribuer le T-shirt bleu marine. Elle est l'un des plus jeunes agents à avoir reçu cette distinction.

Les responsables de la CIA et du FBI, loin de partager les réserves émises par John Jones, saluèrent avec enthousiasme le rôle joué par les agents de CHERUB dans la capture de Jane Oxford.

Un mois après leur retour, le docteur McAfferty reçut un colis provenant du quartier général de la CIA. Il contenait trois coffrets de bois précieux destinés à James, Dave et Lauren.

Lorsque James regagna sa chambre à la fin des cours, il trouva la boîte posée sur son oreiller. Il souleva le couvercle et découvrit une médaille dorée représentant une tête d'aigle placée au centre d'une étoile à cinq branches. Il déplia la notice glissée dans le coffret :

L'INTELLIGENCE STAR
est décernée par les États-Unis d'Amérique
pour services rendus,
en récompense d'un ou de plusieurs actes volontaires,
exceptionnels et désintéressés
entrepris au mépris d'un danger objectif.

James sortit la médaille de son écrin et la retourna. Lorsqu'il vit son nom gravé au verso, un sourire radieux illumina son visage.

CHERUB, agence de renseignement fondée en 1946

1941

Au cours de la Seconde Guerre mondiale, Charles Henderson, un agent britannique infiltré en France, informe son quartier général que la Résistance française fait appel à des enfants pour franchir les *check points* allemands et collecter des renseignements auprès des forces d'occupation.

1942

Henderson forme un détachement d'enfants chargés de mission d'infiltration. Le groupe est placé sous le commandement des services de renseignement britanniques. Les *boys* d'Henderson ont entre treize et quatorze ans. Ce sont pour la plupart des Français exilés en Angleterre. Après une courte période d'entraînement, ils sont parachutés en zone occupée. Les informations collectées au cours de cette mission contribueront à la réussite du débarquement allié, le 6 juin 1944.

1946

Le réseau Henderson est dissous à la fin de la guerre. La plupart de ses agents regagnent la France. Leur existence n'a jamais été reconnue officiellement.

Charles Henderson est convaincu de l'efficacité des agents mineurs en temps de paix. En mai 1946, il reçoit du gouvernement britannique la permission de créer CHERUB, et prend ses quartiers dans l'école d'un village abandonné. Les vingt premières recrues, tous des garçons, s'installent dans des baraques de bois bâties dans l'ancienne cour de récréation.

Charles Henderson meurt quelques mois plus tard.

1951

Au cours des cinq premières années de son existence, CHERUB doit se contenter de ressources limitées. Suite au démantèlement d'un réseau d'espions soviétiques qui s'intéressait de très près au programme nucléaire militaire britannique, le gouvernement attribue à l'organisation les fonds nécessaires au développement de ses infrastructures.

Des bâtiments en dur sont construits et les effectifs sont portés de vingt à soixante.

1954

Deux agents de CHERUB, Jason Lennox et Johan Urminski, perdent la vie au cours d'une mission d'infiltration en Allemagne de l'Est. Le gouvernement envisage de dissoudre l'agence, mais renonce finalement à se séparer des soixante-dix agents qui remplissent alors des missions d'une importance capitale aux quatre coins de la planète.

La commission d'enquête chargée de faire toute la

lumière sur la mort des deux garçons impose l'établissement de trois nouvelles règles :

1. La création d'un comité d'éthique composé de trois membres chargés d'approuver les ordres de mission.

2. L'établissement d'un âge minimum fixé à dix ans et quatre mois pour participer aux opérations de terrain. Jason Lennox n'avait que neuf ans.

3. L'institution d'un programme d'entraînement initial de cent jours.

1956

Malgré de fortes réticences des autorités, CHERUB admet cinq filles dans ses rangs à titre d'expérimentation. Au vu de leurs excellents résultats, leur nombre est fixé à vingt dès l'année suivante. Dix ans plus tard, la parité est instituée.

1957

CHERUB adopte le port des T-shirts de couleur distinguant le niveau de qualification de ses agents.

1960

En récompense de plusieurs succès éclatants, CHERUB reçoit l'autorisation de porter ses effectifs à cent trente agents. Le gouvernement fait l'acquisition des champs environnants et pose une clôture sécurisée. Le domaine s'étend alors à un tiers du campus actuel.

1967

Katherine Field est le troisième agent de CHERUB à perdre la vie sur le théâtre des opérations. Mordue par un serpent lors d'une mission en Inde, elle est rapidement secourue, mais le venin ayant été incorrectement identifié, elle se voit administrer un antidote inefficace.

1973

Au fil des ans, le campus de CHERUB est devenu un empilement chaotique de petits bâtiments. La première pierre d'un immeuble de huit étages est posée.

1977

Max Weaver, l'un des premiers agents de CHERUB, magnat de la construction d'immeubles de bureaux à Londres et à New York, meurt à l'âge de quarante et un ans, sans laisser d'héritier. Il lègue l'intégralité de sa fortune à l'organisation, en exigeant qu'elle soit employée pour le bien-être des agents.

Le fonds Max Weaver a permis de financer la construction de nombreux bâtiments, dont le stade d'athlétisme couvert et la bibliothèque. Il s'élève aujourd'hui à plus d'un milliard de livres.

1982

Thomas Webb est tué par une mine antipersonnel au cours de la guerre des Malouines. Il est le quatrième agent de CHERUB à mourir en mission. C'était l'un des neuf agents impliqués dans ce conflit.

1986

Le gouvernement donne à CHERUB la permission de porter ses effectifs à quatre cents. En réalité, ils n'atteindront jamais ce chiffre. L'agence recrute des agents intellectuellement brillants et physiquement robustes, dépourvus de tout lien familial. Les enfants remplissant les critères d'admission sont extrêmement rares.

1990

Le campus CHERUB étend sa superficie et renforce sa sécurité. Il figure désormais sur les cartes de l'Angleterre en tant que champ de tir militaire, qu'il est formellement interdit de survoler. Les routes environnantes sont détournées afin qu'une allée unique en permette l'accès. Les murs ne sont pas visibles depuis les artères les plus proches. Toute personne non accréditée découverte dans le périmètre du campus encourt la prison à vie, pour violation de secret d'État.

1996

À l'occasion de son cinquantième anniversaire, CHERUB inaugure un bassin de plongée et un stand de tir couvert.

Plus de neuf cents anciens agents venus des quatre coins du globe participent aux festivités. Parmi eux, un ancien Premier Ministre du gouvernement britannique et une star du rock ayant vendu plus de quatre-vingts millions d'albums.

À l'issue du feu d'artifice, les invités plantent leurs tentes dans le parc et passent la nuit sur le campus. Le lendemain matin, avant leur départ, ils se regroupent dans la chapelle pour célébrer la mémoire des quatre enfants qui ont perdu la vie pour CHERUB..

Table des chapitres

**Pour tout connaître
des origines de CHERUB, lisez
HENDERSON'S BOYS**

CHERUB - *les origines*

L'ÉVASION

Été 1940. L'armée d'Hitler fond sur Paris. Au milieu du chaos, l'espion britannique Charles Henderson recherche désespérément deux jeunes Anglais traqués par les nazis. Sa seule chance d'y parvenir : accepter l'aide de Marc, 12 ans, orphelin débrouillard. Les services de renseignement britanniques comprennent peu à peu que ces enfants constituent des alliés insoupçonnables. Une découverte qui pourrait bien changer le cours de la guerre…

LE JOUR DE L'AIGLE

1940. Un groupe d'adolescents mené par l'espion anglais Charles Henderson tente vainement de fuir la France occupée. Malgré les officiers nazis lancés à leurs trousses, ils se voient confier une mission d'une importance capitale : réduire à néant les projets allemands d'invasion de la Grande-Bretagne. L'avenir du monde libre est entre leurs mains…

L'ARMÉE SECRÈTE

Début 1941. Fort de son
succès en France occupée,
Charles Henderson est de
retour en Angleterre avec
six orphelins prêts à se
battre au service de Sa
Majesté. Livrés à un
instructeur intraitable,
ces apprentis espions
se préparent pour leur
prochaine mission
d'infiltration en territoire
ennemi. Ils ignorent
encore que leur chef,
confronté au mépris de sa
hiérarchie, se bat pour
convaincre l'état-major
britannique de ne pas
dissoudre son unité…

OPÉRATION U-BOOT

Printemps 1941. Assaillie
par l'armée nazie, la
Grande-Bretagne ne peut
compter que sur ses alliés
américains pour obtenir
armes et vivres. Mais
les cargos sont des proies
faciles pour les sous-
marins allemands,
les terribles U-boot.
Charles Henderson et ses
jeunes recrues partent à
Lorient avec l'objectif de
détruire la principale base
de sous-marins allemands.
Si leur mission échoue,
la résistance britannique
vit sans doute ses
dernières heures…

LE PRISONNIER

Depuis huit mois, Marc Kilgour, l'un des meilleurs agents de Charles Henderson, est retenu dans un camp de prisonniers en Allemagne. Affamé, maltraité par les gardes et les détenus, il n'a plus rien à perdre. Prêt à tenter l'impossible pour rejoindre l'Angleterre et retrouver ses camarades de **CHERUB**, il échafaude un audacieux projet d'évasion. Au bout de cette cavale en territoire ennemi, trouvera-t-il la mort… ou la liberté ?

TIREURS D'ÉLITE

Mai 1943. CHERUB découvre que l'Allemagne cherche à mettre au point une arme secrète à la puissance dévastatrice. Sur ordre de Charles Henderson, Marc et trois autres agents suivent un programme d'entraînement intensif visant à faire d'eux des snipers d'élite. Objectif : saboter le laboratoire où se prépare l'arme secrète et sauver les chercheurs français exploités par les nazis.

L'ULTIME COMBAT

Juin 1944. Alors que l'armée allemande essuie des revers sur tous les fronts, Charles Henderson et ses agents se battent aux côtés de la Résistance dans le maquis de Beauvais. Au matin du débarquement, le commandant allié leur confie une ultime mission : freiner l'avancée d'un bataillon de blindés en route pour la Côte normande. Une unité composée de soldats violents et désespérés qui sème la mort sur son passage...

**LA MUSIQUE ÉTAIT LEUR PASSION,
ELLE EST DEVENUE LEUR COMBAT**

ROCK WAR

1

Par l'auteur de CHERUB

**DÉCOUVREZ UN EXTRAIT D'UNE SÉRIE
QUI VA FAIRE DU BRUIT !**

PROLOGUE

La scène est semblable à un immense autel dressé sous le ciel étoilé du Texas. De part et d'autre, des murs d'images hauts comme des immeubles diffusent un spot publicitaire pour une marque de soda. Sur le terrain de football américain où est parqué le public, une fille de treize ans est juchée en équilibre précaire sur les épaules de son frère.

— JAY ! hurle-t-elle, incapable de contenir son excitation. JAAAAAY, JE T'AIME !

Mais son cri se noie dans le grondement continu produit par la foule chauffée à blanc. Une clameur s'élève lorsqu'une silhouette apparaît sur la scène encore plongée dans la pénombre. Fausse alerte : le roadie place un pied de cymbale près de la batterie, s'incline cérémonieusement devant le public puis disparaît dans les coulisses.

— JET ! scandent les fans. JET ! JET ! JET !

Côté backstage, ces cris semblent lointains, comme le fracas des vagues se brisant sur une digue. À la lueur verdâtre des boîtiers indiquant les sorties de secours, Jay vérifie que les straplocks de sa sangle sont correctement fixés. Il porte des Converse et un jean déchiré. Ses yeux sont soulignés d'un trait d'eye-liner.

Un décompte apparaît dans l'angle de l'écran géant : 30... 29... 28... Un rugissement ébranle le stade. Des centaines de milliers de leds forment le logo d'une célèbre marque de téléphones portables, puis les spectateurs découvrent un Jay de vingt mètres de haut dévalant une pente abrupte sur un skateboard, une meute d'adolescentes coréennes à ses trousses.

— TREIZE ! clament les spectateurs en frappant du pied. DOUZE ! ONZE !

Bousculé par ses poursuivantes, Jay tombe de sa planche. Un smartphone s'échappe de sa poche et glisse sur la chaussée. Les Coréennes se figent. Elles se désintéressent de leur idole et forment un demi-cercle autour de l'appareil.

— TROIS ! DEUX ! UN !

Les quatre membres de Jet déboulent sur scène. Des milliers de flashs leur brûlent la rétine. Les fans hurlent à s'en rompre les cordes vocales.

En se tournant vers le public, Jay ne voit qu'une masse noire ondulant à ses pieds. Il place les doigts sur le manche de sa guitare et éprouve un sentiment de puissance familier. Au premier coup de médiator, les murs d'amplis aussi larges que des semi-remorques cracheront un déluge de décibels.

Puis les premiers accords claquent comme des coups de tonnerre, et la foule s'abandonne à une joie sauvage...

1
PLAY-BACK

QUARTIER DE CAMDEN TOWN, LONDRES

Il y a toujours ce moment étrange, quand on se réveille dans un endroit inhabituel. Ces quelques secondes où l'on flotte entre rêve et réalité sans trop savoir où l'on se trouve.

Lorsqu'il ouvrit les yeux, Jay Thomas, treize ans, réalisa qu'il était effondré sur un banc, dans un angle de la salle des fêtes. L'atmosphère empestait l'huile de friture. Seul un quart des chaises en plastique disponibles étaient occupées. Une femme de ménage à l'air maussade pulvérisait du produit d'entretien sur le buffet en Inox placé contre un mur latéral. Au-dessus de la scène était accrochée une banderole portant l'inscription *Concours des nouveaux talents 2014, établissements scolaires de Camden*.

Constatant que ses cheveux bruns savamment hérissés, son jean noir et son T-shirt des Ramones étaient constellés de miettes de chips, il jeta un regard furieux autour de lui. Trois garçons le considéraient d'un œil amusé.

— Putain, les mecs, quand est-ce que vous allez vous décider à grandir ? soupira Jay.

Mais il n'était pas réellement en colère. Il connaissait ces garçons depuis toujours. Ensemble, ils formaient un groupe de quartier baptisé Brontobyte. Et si l'un d'eux s'était endormi à sa place, il lui aurait sans doute fait une blague du même acabit.

— Tu as fait de beaux rêves ? demanda Salman, le chanteur du groupe.

Jay étouffa un bâillement puis secoua la tête afin de se débarrasser des miettes restées coincées dans son oreille droite.

— Je n'ai presque pas dormi la nuit dernière. Ce sale con de Kai a joué à la Xbox jusqu'à une heure du matin, puis il a décidé de faire du trampoline sur mon matelas.

Salman lui adressa un regard compatissant. Tristan et Alfie, eux, éclatèrent de rire.

Tristan, le batteur, était un garçon un brin rondouillard qui, au grand amusement de ses copains, se trouvait irrésistible. Alfie, son frère cadet, n'avait pas encore douze ans. Excellent bassiste, il était sans conteste le meilleur musicien du groupe, mais ses camarades se moquaient de sa voix haut perchée et de sa silhouette enfantine.

— Je n'arrive pas à croire que tu laisses ce morveux te pourrir la vie, ricana Tristan.

— Kai est balaise pour son âge, fit observer Alfie. Et Jay est maigre comme un clou.

L'intéressé les fusilla du regard.

— Bon, on peut changer de sujet ?

Tristan fit la sourde oreille.

— Ça lui fait combien de lardons, à ta mère, Jay ? demanda-t-il. Quarante-sept, quarante-huit ?

Salman et Alfie lâchèrent un éclat de rire, mais le regard noir de Jay les convainquit qu'il valait mieux calmer le jeu.

— Laisse tomber, Tristan, dit Salman.

— Ça va, je rigole. Vous avez perdu le sens de l'humour ou quoi ?

— Non, c'est toi le problème. Il faut toujours que tu en fasses trop.

— OK, les mecs, le moment est mal choisi pour s'embrouiller, intervint Alfie. Je vais chercher un truc à boire. Je vous ramène quelque chose ?

— Un whisky sans glace, gloussa Salman.

— Une bouteille de Bud et un kilo de crack, ajouta Jay, qui semblait avoir retrouvé sa bonne humeur.

— Je vais voir ce que je peux faire, sourit Alfie avant de se diriger vers la table où étaient alignés des carafes de jus de fruits et des plateaux garnis de biscuits bon marché.

Au pied de la scène, trois juges occupaient des tables d'écolier : un type chauve dont le crâne présentait une tache bizarre, une Nigérienne coiffée d'un turban traditionnel et un homme à la maigre barbe grise portant un pantalon de cuir. Ce dernier était assis à califourchon sur sa chaise retournée, les coudes sur le dossier, dans une attitude décontractée en complet décalage avec son âge.

Lorsque Alfie revint avec quatre verres d'orangeade, les joues gonflées par les tartelettes à la confiture qu'il y avait logées, cinq garçons à la carrure athlétique — quatre Noirs et un Indien âgés d'une quinzaine d'années — investirent la scène. Ils n'avaient pas d'instruments, mais portaient un uniforme composé d'une marinière, d'un pantalon de toile et d'une paire de mocassins.

— Ils ont braqué un magasin Gap ou quoi ? sourit Salman.

— Bande de losers, grogna Jay.

Le leader du groupe, un individu à la stature de basketteur, se planta devant le micro.

— Yo, les mecs ! lança-t-il.

Il s'efforçait d'afficher une attitude détachée, mais son regard trahissait une extrême nervosité.

— Nous sommes le groupe Womb 101, du lycée George Orwell. Nous allons vous interpréter une chanson de One Direction. Ça s'appelle *What Makes You Beautiful*.

De maigres applaudissements saluèrent cette introduction. Les quatre membres de Brontobyte, eux, échangèrent un regard abattu. En une phrase, Alfie résuma leur état d'esprit.

— Franchement, je préférerais me prendre un coup de genou dans les parties que jouer une daube pareille.

Le leader de Womb 101 adressa un clin d'œil à son professeur de musique, un homme rondouillard qui se tenait près de la sono. Ce dernier enfonça la touche *play* d'un lecteur CD. Dès que les premières notes du play-back se firent entendre, les membres du groupe entamèrent un pas de danse parfaitement synchronisé, puis quatre d'entre eux reculèrent pour laisser le chanteur principal seul sur l'avant-scène, devant le pied du micro.

La voix du leader surprit l'auditoire. Elle était plus haut perchée que ne le suggérait sa stature, mais son interprétation était convaincante, comme s'il brûlait réellement d'amour pour la fille jolie mais timide évoquée par les paroles. Ses camarades se joignirent à lui sur le refrain, produisant une harmonie à quatre voix sans perdre le fil de leur chorégraphie.

Tandis que Womb 101 poursuivait sa prestation, Mr Currie, le prof de Jay, s'approcha des membres de Brontobyte. La moitié des filles de Carleton Road craquaient pour ce jeune enseignant au visage viril et au corps sculpté par des séances de gonflette.

— Pas mal, non ? lança-t-il à l'adresse de ses poulains.

Les quatre garçons affichèrent une moue dégoûtée.

— Les boys bands devraient être interdits, et leurs membres fusillés sans jugement, répondit Alfie. Sans déconner, ils chantent sur une bande préenregistrée. Ça n'a rien à voir avec de la musique.

— Le pire, c'est qu'ils risquent de gagner, ajouta Tristan. Leur prof a copiné avec les jurés pendant le déjeuner.

Mr Currie haussa le ton.

— Si ces types remportent le concours, ce sera grâce à leur talent. Vous n'imaginez pas à quel point il est difficile de chanter et danser en même temps.

Tandis que les choristes interprétaient le dernier refrain, le leader recula vers le fond de scène, effectua un saut périlleux arrière et se réceptionna bras largement écartés, deux de ses camarades agenouillés à ses côtés.

— Merci, lança-t-il en direction de l'assistance, le front perlé de sueur.

Le public était trop clairsemé pour que l'on puisse parler d'un tonnerre d'applaudissements, mais la quasi-totalité des spectateurs manifesta bruyamment son enthousiasme.

— Super jeu de jambes, Andrew ! cria une femme.

Alfie et Tristan placèrent deux doigts dans leur bouche puis firent mine de vomir. Mr Currie lâcha un soupir agacé puis tourna les talons.

— Il a raison sur un point, dit Jay. Ces types sont des merdeux, mais ils chantent super bien, et ils doivent avoir répété pendant des semaines pour obtenir ce résultat.

Tristan leva les yeux au ciel.

— C'est marrant, tu es *toujours* d'accord avec Mr Currie. Je crois que tu craques pour lui, comme les filles de la classe.

— C'était nul ! cria Alfie lorsque les membres de Womb 101 sautèrent de la scène pour se diriger vers la table où étaient servis les rafraîchissements.

Deux d'entre eux changèrent brutalement de direction puis, bousculant des chaises sur leur passage, se dirigèrent vers celui qui venait de les prendre à partie. Ils n'avaient plus rien des garçons proprets qui avaient interprété une chanson vantant la douceur des cheveux d'une lycéenne. Ils n'étaient plus que deux athlètes de seize ans issus d'un des établissements les plus violents de Londres.

L'Indien au torse musculeux regarda Alfie droit dans les yeux.

— Qu'est-ce que tu as dit, merdeux ? demanda-t-il en jouant des pectoraux.

Frappé de mutisme, Alfie baissa les yeux et contempla la pointe de ses baskets.

— Si je te croise dans la rue, je te conseille de courir vite, très vite, gronda l'autre membre de Womb 101 en faisant glisser l'ongle du pouce sur sa gorge.

Alfie retint sa respiration jusqu'à ce que les deux brutes se dirigent vers le buffet.

— T'es complètement malade ? chuchota Tristan en lui portant un violent coup de poing à l'épaule. Ces types viennent de la cité de Melon Lane. C'est tous des déglingués, là-bas.

Mr Currie avait manqué l'altercation avec les chanteurs de Womb 101, mais il avait été témoin du geste violent de Tristan à l'égard de son frère.

— Eh, ça suffit, vous quatre ! rugit-il en se précipitant à leur rencontre, un gobelet de café à la main. Franchement, votre attitude négative commence à me fatiguer. Ça va bientôt être à vous, alors vous feriez mieux de rejoindre les coulisses et de préparer votre matériel.

Le groupe suivant était composé de trois filles. Elles massacrèrent un morceau de Panamore et, en parfaite contradiction avec leur look punk, réussirent le prodige de le faire sonner comme une chanson de Madonna.

Lorsqu'elles eurent quitté la scène, les membres de Brontobyte entreprirent d'installer la batterie de Tristan. L'opération prenant un temps infini, la femme coiffée d'un turban consulta sa montre. Comble de malchance, la courroie de la basse d'Alfie se rompit, et ils durent la bricoler en urgence avant de pouvoir s'aligner devant le jury.

— Bonsoir à tous, lança Salman dans le micro. Nous sommes le groupe Brontobyte, de Carleton Road, et nous allons vous interpréter une de nos compos intitulée *Christine*.

Une de mes compos, rectifia mentalement Jay.

Il prit une profonde inspiration et positionna les doigts sur le manche de sa guitare.

Ils patientaient dans la salle des fêtes depuis dix heures du matin, et tout allait se jouer en trois minutes.

Pour raison d'État, ces agents n'existent pas.

www.cherubcampus.fr
www.hendersonsboys.fr